Kristina Dunker
Die Angst der Bösen

© privat

Kristina Dunker, 1973 in Dortmund geboren, studierte Kunstgeschichte und Archäologie in Bochum und Pisa und arbeitete als freie Journalistin. Mit siebzehn Jahren veröffentlichte sie ihr erstes Buch. Seither hat Kristina Dunker zahlreiche Jugendromane verfasst und für ihre Arbeit mehrfach Preise und Stipendien erhalten. Kristina Dunker lebt in Castrop-Rauxel und im Altmühltal. Sie bietet Lesungen, Werkstattgespräche und Schreibworkshops für Jugendliche an. Ihre bisher bei dtv erschienenen Jugendromane wurden in mehrere Sprachen übersetzt und sind auch in den USA lieferbar.

Kristina Dunker

DIE ANGST DER BÖSEN

Roman

Deutscher Taschenbuch Verlag

Von Kristina Dunker sind außerdem
bei dtv junior lieferbar:
Durchgebrannt
Sommergewitter
Schwindel
Vogelfänger

FSC
www.fsc.org
MIX
Papier aus verantwortungsvollen Quellen
FSC® C019821

Ungekürzte Ausgabe
2014 Deutscher Taschenbuch Verlag

Umschlagkonzept: Balk & Brumshagen
Umschlaggestaltung: buxdesign I München
Satz: Stefan Krickl, Bozen
Gesamtherstellung: Druckerei C.H. Beck, Nördlingen
Gedruckt auf säurefreiem, chlorfrei gebleichtem Papier
Printed in Germany • ISBN 978-3-423-78275-3

Samstag, 21. Mai

1

Du weißt nie, wann Feierabend ist.

Das weißt du nicht. Das kann schon morgen sein. Oder heute.

Man geht spazieren und hört die Vögel singen: Amsel, Drossel, Fink und wie sie alle heißen; wie ging das Lied noch mal weiter? Egal, Kindheit war eh scheiße.

Also, du freust dich, dass der Winter endlich vorbei ist, Winter ist nämlich superscheiße, saugefährlich, wenn du Platte machst, und trotzdem: alles besser als zu Hause.

Jetzt weiß ich schon wieder nicht mehr, was ich sagen wollte. Da, die Frau mit dem Kind, die vor mir den Friedhof verlässt, die hat auch gemerkt, dass ich durcheinander bin. »Guck dir den gut an«, sagt sie zum Kind, »so kaputt wie der ist.«

Die Leute denken, ich merk nicht, dass sie mich verachten. Ich merk's aber.

Wo war ich stehen geblieben?

Bei Marie. Wegen ihr war ich ja auch auf dem Friedhof.

Auf Marie bin ich sofort abgefahren, schon das erste Mal, als ich sie gesehen hab. Jetzt zusammen sein mit Marie, das wär ein Traum, das wär das höchste denkbare Glück. Selbst wenn das Bettzeug schmutzig wär und das Zimmer nicht geheizt. Selbst wenn sie wieder ihren schlimmen Husten hätte.

Ich bin auch immer so am Pfeifen, das kommt so, wenn man auf der Straße lebt, genau wie das Jucken. Alles ist am Jucken, und wenn du kratzt, fängt's an zu bluten, und dann geh du mal und schnorr bei einem Kleingeld, das mach mir mal vor, weil: Die gucken direkt auf deine Ekzeme und die riechen dich ja auch. Deshalb geben die dir das Kleingeld auch nie in die Hand. Pappbecher ist okay oder vor die Füße werfen.

Bin ich selbst schuld dran, sollt mich waschen.

Hab echt andere Probleme, als mich zu waschen. Marie ist tot, mausetot, dabei hat die so 'nen Schutzengel gehabt, aber die Schutzengel, die sind wie die Leute, die vor Aids Angst haben, die meiden dich auch irgendwann oder kommen mit Mundschutz und Gummihandschuhen. Scheiß auf die Schutzengel, verdammtes Pack. Brauch keinen, bin noch nicht alle. Ich weiß noch, was ich tu. Ich bin extra hierhergefahren zu ihrem Grab, hab sogar eine Rose besorgt, von so 'm anderen Grab, sind eh alle tot. Marie auch.

Kann mich noch erinnern an den Tag, als mein Vater gebrüllt hat, dass er uns umbringen würde. Dem war das zuzutrauen. Der ist auch auf mich oft losgegangen. Mit den Fäusten. Einmal auch mit 'm Messer. Deshalb bin ich weg von zu Hause. Hab keinen Bock mehr auf seine Wutausbrüche und blaue Flecken gehabt. Gerd ist ein brutales Arschloch und bei der Erinnerung daran, wie er Marie und mich überrascht hat, als wir uns ein paar Euro aus Mamas Portemonnaie genommen haben, packt mich das kalte Grausen. Um Haaresbreite sind wir dem entkommen. Wie Gerd hinter uns her ist, wie ein Irrer. Von außen harmlos: Baseballkappe, Turnschuhe, T-Shirt – wie einer, der nur die Einfahrt von seinem Haus von Grashalmen befreien will, aber ich sag dir, mit einem Killerinstinkt bis in die Haarspitzen.

Wenn ich an den letzten Tag zu Hause denk, reg ich mich jedes Mal auf. Dann krieg ich sofort Herzrasen, so 'ne Angst, dabei brauch ich die jetzt gar nicht mehr haben. Jetzt, wo Marie tot ist, kann er ihr auch nichts mehr tun. Aber mein Herz, das rattert sowieso manchmal, das ist nicht mehr feierlich, wie das klabastert, dabei bin ich erst einundzwanzig. Mein Alter mit seinen dreiundvierzig sieht fast jünger aus als ich. Grotesk, was? Meine Gesichtshaut ist so wie die vom Hintern einer achtzigjährigen Oma.

Ich brauch was zu trinken.

Keiner da, den man anhauen kann? Mutter und Kind stehen jetzt vorm Tor an der Bushaltestelle, warten, glotzen rüber. Glotzen tun die Leute alle gern, aber geben werden die nichts, nicht am späteren Abend auf verlassener Straße vorm Friedhof, und auch sonst nicht, da wett ich, so eine wie die, die spendet maximal dem Igelschutzverein.

Fragt das Kind: »Mutti, mit wem spricht der komische Mann? Und warum schreit er und schlägt in die Luft? Ist doch gar keiner da.«

Und sie: »Guck dir den gut an, so kaputt wie der ist. Steig schnell ein, da kommt der Bus.«

Verlogenes Familienpack! Weggeguckt hat meine Alte und verlassen hat sie Gerd erst, als ich schon mehr als zwei Jahre auf der Straße gelebt hab. Da saß er allein in seinem sauberen Reihenmittelhaus und ich hab von den beiden erst wieder was gehört, als Marie gestorben ist. Erfroren ist sie. Am 2. Februar. Ist natürlich nicht ins Sleep-in gegangen, weil die da nämlich klauen wie die Raben.

Jedenfalls hab ich seitdem wieder den Alten auf den Fersen. Redet davon, dass wir zusammengehören, von wegen Familie, will mich retten und von der Straße holen.

Scheiße, was ich hab ich jetzt für 'nen Tattermann! Bin voll am Schlottern. Beim Gedanken an Gerd brauch ich unbedingt was zu trinken.

Eigentlich will ich ja aufhören. Runter von den Drogen.

Kann jeder sehen, was die aus einem machen.

Ich will zu Marie.

Manchmal kann ich Marie sehen, direkt vor meinen Augen.

Ich seh Marie in knackigen Jeans, geht vor mir her und ihr Pferdezopf schlägt im Takt auf die abgewetzte Lederjacke mit den Aufnähern. Schiebt das Bändchen an ihrem superengen Slip runter und hat meine Initialen auf'm Hüftknochen tätowiert. So mager ist die da schon, dass der Knochen richtig rausragt. Fährt mir mit der Zunge in den Mund. Ihr Piercing schlägt mit einem leisen Klacken an meine Schneidezähne.

Nie mehr spür ich das. Nie mehr hör ich ihre Stimme, spreche nur noch mit mir selbst.

Da sagt ausgerechnet mein Vater, ich soll kämpfen. Er will alles wiedergutmachen, sich mit Mama versöhnen, mit mir. Will selber nie mehr trinken. Der Alkohol wär an allem schuld, sagt er.

Ich trink auch und nicht grad wenig. Trotzdem bin ich ein friedfertiger Mensch. Das Böse liegt nicht im Alkohol, sondern im Charakter.

Gerd sagt, ich soll zum Grab gehen, Abschied von Marie nehmen und danach einen Entzug machen. Hat schon einen Platz für mich, sagt er. Hat einen Plan: Therapie und Reha und dann Job in 'ner Behindertenwerkstatt.

Was ich nicht auf die Reihe kriege: Er, der für alles verantwortlich ist, will mir jetzt aus der Patsche helfen?

Das will mir nicht in den Schädel, sooft ich mir auch mit der Faust an die Stirn schlage: Das geht nicht rein.

Gerd will doch nur vor sich selbst gut dastehen.

Er sagt, es täte ihm leid. Sagt, er habe sich verändert. Sei ein anderer Mensch geworden. Menschen könnten sich ändern, bereuen und Fehler wiedergutmachen, sagt er.

Ich weiß nicht.

Aber er hat mir sogar 'n Handy geschenkt: teures Teil, neuste Technik.

Rausgeschmissenes Geld.

Ruf ich Gerd an?

Ich hab schon als Kind nicht Papa zu dem sagen wollen.

Mach ich's trotzdem?

Sag ich ihm, dass ich am Grab war und er mich abholen soll, weil ich fertig bin? Ganz fertig.

Bevor ich anrufe, wenigstens noch ein Bier.

Da drüben, die Jugendlichen, die den Friedhof ansteuern, die haben was zu trinken dabei. Ist der eine nicht schon stramm? Die werden ja wohl nicht so sein? Sehen doch genau so aus wie ich vor fünf Jahren, war auch immer draußen bei den Kumpels, Partystimmung.

Oder doch lieber sein lassen, die anzuhauen?

Lieber ziehen lassen, das könnt sonst böse ausgehen?

Wieso hab ich jetzt so 'n schlechtes Gefühl?

Nur weil der eine gegen eine Mülltonne tritt? Weil die so 'ne heiße Braut dabeihaben, die ihnen den Kopf verdreht? Weil sonst kein Mensch mehr auf der Straße ist?

Ja und, soll mir etwa die Igelschutztante zur Seite stehen?

Besser vorsichtig sein, wegbleiben, abhauen?

Ey, wer bin ich denn?! Hab ich je Schiss gehabt, auf die Leute zuzugehen? Hab ich je den Schwanz eingezogen? Zigtausendmal hab ich Leute angequatscht, die nicht angequatscht werden wollten. Also ich geh da jetzt hin, Handy in der Hand, schlurf ich da hin, grins die Braut an und sag: »Habt ihr mal 'n bisschen Kleingeld für mich?«

2

Lilly war wie so oft zu spät dran.

Als sie endlich aus der Klokabine kam und alle Wutträ-nen weggeblinzelt hatte, waren die anderen schon gegangen und der Kellerflur leer.

Sie ahnte, dass sie jetzt für ihre Bockigkeit büßen musste, und spürte, wie eine neue Wut in ihr hochkochte – kaum war der Ärger über die Freundin verraucht, kam der Ärger über sich selbst. Warum hatte sie so lange geschmollt? Sie wusste doch, dass sie Tatjana keine Geheimnisse verraten durfte. Tatjana war nie vertrauenswürdig gewesen, nicht aus Bosheit, sondern weil sie anscheinend gar nicht verstand, dass es Dinge gab, die man besser für sich behielt.

Vielleicht konnte sie die anderen noch einholen. Aber wenn sie die Jugendherberge schon verlassen hatten und irgendwo waren, wo's was zu trinken gab, wo was los war und man nicht umkam vor Langeweile, dann würde sie ihre Freunde nicht mehr finden und der Abend wäre gelaufen. Das Schlimmste daran wäre nicht das Alleinsein, sondern dass Paul keine ruhige Minute hätte, wenn er ohne sie dabei wäre. Ohne seine beste Freundin müsste Paul nämlich zusehen, dass er die Zeit mit der Bande heil überstand. Der Gedanke trieb sie zur Eile an.

Mit langen Schritten hastete sie durch den Flur. Vorbei am kaputten Getränkeautomaten, den Sven und Levent auf dem Gewissen hatten, und die Treppe mit dem Gummigeländer, unter dem Kaugummis wie Seepocken auf Strandmuscheln klebten, hinauf. Am Nachmittag hatte sie bei der Wattwanderung Muscheln gesammelt, was Paul, der neben ihr hergeschlendert war, zu einer Bemerkung gereizt hatte: »Oh, wie niedlich, Lilly! Pflückst du demnächst auch Blümchen und ziehst Röcke an?«

»Nö«, hatte sie trocken gekontert. »Ich dachte einfach nur, es wäre schön, was Hübsches neben der Badewanne liegen zu haben, falls ich mir demnächst mal die Pulsadern aufschneide.«

Sie hatte gegrinst, aber gleich gemerkt, dass ihr Witz überhaupt nicht nach seinem Geschmack war. Auch das hätte sie sich vorher denken können. Sie kannte Paul lange genug, genau wie Tatjana.

Er war erschrocken und beleidigt zugleich. »Wenn du so was sagst, mache ich mir gleich Sorgen um dich, und da habe ich eigentlich gar keine Lust drauf.«

»Dann lass es doch.« Ihre Stimme war sofort barsch geworden.

»Kann ich nicht.« Er hatte die Fäuste in die Taschen der hochgekrempelten Jeans gerammt und seine nackten Zehen mit Schmackes in den Schlick gedrückt – und wäre beim nächsten Schritt fast in eine Glasscherbe getreten, wenn sie ihn nicht zur Seite gedrängt hätte.

»Pass auf deine Füße auf, du Idiot. Wenn sich hier jemand Sorgen machen muss, dann ich.«

Das stimmte auch jetzt, am Abend, wieder. Paul war zwar nicht direkt in Gefahr, aber in einer Situation, die von einem auf den anderen Moment brenzlig werden konnte. Ein einziger blöder Satz, eine einzige falsche Bewegung reichte aus. So wie der Dompteur in der Raubtierarena auch nur ein Mal stolpern muss, um von den großen Katzen zerfleischt zu werden.

Schwungvoll riss Lilly die Eingangstür auf. Ein Frühlingsabend voller Vogelgesang, aber nirgendwo Paul, der lebensferne Träumer, der Vögel so mochte. Als er ihr vor ein paar Wochen gestanden hatte, dass er sich eine CD zum Kennenlernen der unterschiedlichen Vogelstimmen gekauft hatte, hatte sie sich an ihrer eigenen Spucke verschluckt. »Das solltest du aber keinem erzählen« war das Einzige, was ihr in diesem Moment dazu eingefallen war. Dabei war Paul viel klüger als sie. Er konnte seine Geheimnisse gut verbergen.

Was jetzt? Die Clique war fort und Paul mit ihr. Wahrscheinlich hatte er sich nicht getraut zu sagen: »Wenn Lilly nicht dabei ist, bleib ich auch hier.« Die anderen waren eh misstrauisch, rätselten dauernd, warum Paul und Lilly so eng befreundet waren.

Heute Morgen beim Frühstück hatte Sven, dieser Hornochse, vor versammelter Mannschaft gefragt: »Was hängt ihr immer zusammen, wenn ihr nicht miteinander bumst?«

»Wir unterhalten uns vielleicht«, hatte sie sarkastisch geantwortet, »aber Reden ist dir ja fremd, du Flachdenker.«

»Was hast du zu mir gesagt: Flachleger?« Er hatte gelacht und quer über den Tisch zu ihr rübergegriffen. »Ist das eine Aufforderung? Soll ich dich mal wieder ...«

Lilly war ausgewichen, hatte dabei zwei Kaffeetassen umgekippt, das dröhnende Gelächter gehört und gedacht: Ich hasse euch alle.

Alle außer Paul natürlich. Paul war bei Svens Spruch zusammengezuckt, als hätte er einen Schlag in den Nacken bekommen.

Ein Windstoß mischte den Qualm der Raucher, die auf dem Hof vor der Jugendherberge standen, mit der Frühlingsluft. Zu Hause schimpften sich die Lehrer die Hälse heiser, wenn einer auf dem Schulhof oder in den Toiletten rauchte. Auch die Zehner, unter denen ja einige schon achtzehn waren, durften's nicht, mussten ein gutes Vorbild für die Kleinen sein. Hier dagegen war alles erlaubt. Obwohl viele Frust wegen der Ausbildungsplatzsuche hatten, war das Klima in der Schule lockerer geworden, wohl deshalb, weil die gemeinsame Zeit bald zu Ende war und man sich nur noch ein paar Wochen gegenseitig ertragen musste.

Klassenlehrerin Silke Hoffmann stand mitten zwischen den Schülern. Mit einer Weinflasche in der Hand strahlte sie in eine blitzende Handykamera, lachte und freute sich, dass sie mit den Schülern so gut zurechtkam. So gut, dass Levent ihr den Arm um die Schulter legte. Seine Fingerspitzen glitten runter bis zu dem Stück veilchenblauem BH, der unter ihrer zu engen Bluse hervorguckte. Dabei grinste er Lilly verschwörerisch an.

Merkt die Hoffmann das nicht? fragte sich Lilly verärgert. Wie kann eine erwachsene Frau so was nicht merken? Und wieso hatte sie keine Angst, dass Lilly, die auch im Team für die Dokumentation der Abschlussfahrt war, so ein Foto in Großformat auf Pappe klebte und in der Pausenhalle aufhängte? Jeder, auch Paul, würde sagen, dass das Lilly locker zuzutrauen wäre.

»Komm mit aufs Foto!« Levent winkte Lilly mit dem freien Arm.

»Keine Lust.«

»Aber ich will meine beiden Lieblingsfrauen bei mir haben. Ich will ein Foto von uns, ich mit dir und Silke im Arm.«

Weinselig, wie die Hoffmann war, merkte sie nicht, dass sie verarscht wurde. »Na los, Lilly«, rief sie, »ist doch ein schönes Andenken an unsere Abschlussfahrt.«

Lilly würdigte die Lehrerin keines Blickes. Deren joviale Art ging ihr auf die Nerven.

»Warum bist du nicht mit den andern mitgegangen?«, fragte sie Levent.

»Bin verletzt.« Er zeigte grinsend auf seinen bandagierten Fuß, mit dem er gestern Abend wie ein Irrer zusammen mit Sven gegen den Getränkeautomaten getreten hatte, weil darin eine Zwanzigcentmünze stecken geblieben war. Zur Hoffmann gewandt ergänzte er: »Umgeknickt, wegen der scheiß Straße hier, lauter Löcher drin, sollten die mal reparieren.«

Silke Hoffmann nickte: »Wenn es nicht besser wird, Levent, fahren wir morgen früh zum Arzt. Jetzt kommt: lächeln!«

Widerwillig stellte Lilly sich dazu. Viel zu oft ließ sie sich breitschlagen von dummen Frauen und frechen Jungs wie Sven und Levent, die nichts hatten außer ihrer großen Klappe, ihrem Stolz und ihrer Männlichkeit – und, nicht zu vergessen, ihren Händen, die ganz schnell genau da hinlangten, wo man sie nicht erwartete.

Jedenfalls Silke Hoffmann nicht. Sie kreischte los, mitten beim albernen »Spaghetti«-Ausruf, und zog Levents Hand aus ihrer Bluse wie einen nassen Fisch. Wenigstens konnte Lilly während des losbrechenden Gelächters und Hand-Abklatschens verschwinden.

Diese Idioten! Es wurde wirklich Zeit, dass die zehnte Klasse zu Ende ging und sich die meisten Wege trennten.

Zuerst lief Lilly zur Straße, in der absurden Hoffnung, dort doch noch die Clique zu sehen. Danach ging sie deutlich langsamer hinter die Jugendherberge, schaltete ihren iPod an, schickte eine SMS an Paul – *Wo seid ihr? Kann ich nachkommen?* – und legte sich auf eine der steinernen Tischtennisplatten.

Obwohl sie sich an der Küste befand, waren kaum Sterne zu sehen. Das einzig Urlaubshafte war der Salzgeschmack auf den Lippen, wenn sie sich mit der Zunge darüberfuhr. Außerdem spürte sie das Piksen einer sperrigen Muschelscherbe in ihrer engen Hosentasche. Etwas Wahres war schon dran gewesen, als sie Paul geschockt hatte mit der Bemerkung über die Dekoration der Badewanne, in der sie sich umbringen wollte.

Es gab so viel, was ihr an ihr selbst nicht gefiel. Zum Beispiel dass sie so oft Nein sagte und dann doch nachgab. Oder dass sie sich ständig mit anderen Menschen streiten musste, ob sie wollte oder nicht. Auch dass sie immer noch nicht wusste, was sie nach der Schule machen sollte, und natürlich, dass sie wieder mal falsch und hoffnungslos verliebt war, weil das Thema Jungs sich bei ihr nur verkorkst gestaltete.

Mit denen aus ihrer Klasse wollte sie jedenfalls nichts mehr zu tun haben. Ihr momentaner Schwarm hieß Jan-Oliver, kam aus einem anderen Stadtteil und damit fast aus einer anderen Welt. Er machte nie anzügliche Bemerkungen, behandelte sie freundlich, hörte ihr zu, zeigte Gefühle und konnte sich über mehr unterhalten als Fußball, Fernsehen und technische Geräte. Jan-Oliver ähnelte vom Charakter her Paul, nur dass er eben nicht ihr Freund seit Kindertagen war. In Paul könnte sie sich – unabhängig davon, ob es ihm recht wäre oder nicht – nie verlieben, weil er für sie wie zur Familie gehörte. Paul war ihr Seelenzwilling, nicht weniger, aber auch nicht mehr.

Jan-Oliver also war der Name, den sie am liebsten tief in die Tischtennisplatte geritzt hätte. Jan-Olivers Augen hatten genau die Farbe, die der Himmel über ihr hatte: blasses Blaugrau. In diesem Augenblick war Jan-Oliver über dreihundert Kilometer von ihr entfernt. Er dachte nicht an sie, es sei denn zufällig.

Ihr Handy vibrierte, zeigte eine SMS an. Paul schrieb, dass sie an der Tankstelle eingekauft hätten und jetzt auf einen Friedhof gingen. Die Stimmung sei schlecht. Er wollte zurückkommen.

Warte auf mich, ok?

»Okay«, seufzte Lilly laut und wunderte sich, dass sie sich gar nicht freute. Sie hasste es zu warten, aber dass sie jetzt die Stirn krauszog und leicht nervös in die Richtung blickte, aus der ihr bester Freund kommen musste, hatte einen anderen Grund. Seine Mitteilung, die Stimmung in der Clique sei schlecht, beunruhigte sie.

3

Tatjana schob sich das letzte Stück Schokoriegel in den Mund, doch der bittere Geschmack verschwand nicht. Zu den Gewissensbissen, die sie Lilly gegenüber hatte, kam der Frust über ihr Gewicht. Den zweiten Schokoriegel hätte sie sich echt verkneifen können. Aber dieser Abend war so bescheuert, dass sie es einfach nicht schaffte, ihre ätzende, aber bitter nötige Diät durchzuhalten. Als sie jetzt sah, dass Paul schon wieder eine SMS schrieb, gab sie sich auch keine Mühe mehr, ihre schlechte Laune für sich zu behalten.

»An wen schreibst du?«, fragte sie, machte ihren Hals so lang wie möglich und schielte auf sein Handy. »Lass mich raten, an Lilly. Wie lange habt ihr euch jetzt nicht gesehen? Zwanzig Minuten?«

»Nerv mich nicht, Tatjana.«

»Au, was schubst du mich?« Ihr war nach Stänkern und da passte es ihr gut, dass Leon ihre Beschwerde hörte, sich hilfsbereit umdrehte und, ohne nach links und rechts zu gucken, auf sie zuwankte. Zum Glück war um diese Zeit kaum noch Autoverkehr.

»Paul, pass auf«, sagte Leon mit schwerer Zunge.

»Was denn? Ich wehre mich nur. Deine Freundin ist furchtbar neugierig.«

»Sind Frauen immer.« Leon hatte eine Bierfahne. Schwungvoll legte er Paul den Arm um die Schultern, machte ein paar schnelle, ruckartige Schritte vorwärts auf den Bürgersteig und ließ sich mit ihm gegen einen der Backsteinpfeiler kippen, die das Tor zu einem Friedhof einrahmten. »Und, was ist mit meiner Stiefschwester, Paule?« Der Themenwechsel war genauso unvermittelt wie seine Bewegungen. »Ist Lilly wieder am Zicken?«

Tatjana nickte, obwohl sie wusste, dass Lilly allen Grund hatte, wütend zu sein: nämlich auf sie und ihr blödes Plappermaul.

Sven und Ilkay, die am Eingang gewartet hatten, gaben ein paar glucksende Lacher von sich. Ilkay hatte die Tüte mit Getränken abgestellt, war auf die Querverstrebungen des schmiedeeisernen Tors gestiegen und rüttelte daran, um etwas hin- und herzuschwingen. »Lilly hat doch immer Stress mit sich selbst«, behauptete er.

»Quatsch. Ich hab's euch heute Morgen schon gesagt«, rief Sven, »Lilly braucht wieder 'nen ganzen Kerl, nicht so 'ne Gurke wie Paul, der besorgt's ihr nicht richtig.«

Tatjana sah, wie Paul eine Faust ballte – nur eine und die hatte er noch hinter dem Rücken versteckt. Er würde es nicht bringen, sich mit Sven anzulegen, denn Sven war gefährlich, auch wenn er nicht so viel getrunken hatte wie jetzt. Nicht nur, dass er kräftig und durchtrainiert war, er war auch skrupellos. Sie hatte mal gesehen, wie er sich nach einem Fußballspiel mit einem gegnerischen Fan geprügelt hatte. Der andere war sicher nicht schwächer gewesen, hatte aber den Fehler gemacht, auf Fair Play zu setzen, was Sven nicht tat: Plötzlich war da das Messer in seiner Hand gewesen und der andere hatte schnell klein beigegeben.

Wenn Tatjana ehrlich war, hatte sie selbst manchmal Angst vor Sven und konnte überhaupt nicht nachvollziehen, wie sich Lilly vor einer Weile mit ihm hatte einlassen können. Sven sah nicht mal gut aus, seine aschblonden Stoppelhaare waren so farblos, dass sie sich kaum von der Gesichtshaut unterschieden, und obwohl er bestimmt viel Krafttraining machte, konnte man bei ihm schon den Ansatz des gleichen imposanten Bierbauchs sehen, den sein älterer Bruder vor sich hertrug. Ilkay zum Beispiel mit seinen wuscheligen dunklen Haaren und dem großen, schlanken Körper war viel attraktiver, selbst der dürre Paul und der segelohrige Levent machten mehr her, weil sie auf angesagte Klamotten achteten. Das Geld dafür stammte bei Levent allerdings aus unklaren Quellen. Während Paul einfach die liebe Mami anpumpte, musste er sich etwas einfallen lassen. Zwar schob Levent auch Einkaufswagen beim Großmarkt, aber daneben kam er auch illegal an Geld. Irgendeiner schuldete ihm immer was, angeblich nur für kleine Gefälligkeiten wie aus dem Internet runtergeladene Kinofilme. Tatjana traute außer Leon keinem der Jungs. Doch berühmt-berüchtigt fürs Abziehen schwächerer Schüler war nur Sven, und der war obendrein noch geschmacksverkalkt und hässlich.

Trotzdem war ihre Freundin ausgerechnet mit Sven gegangen.

»Sex Wochen lang«, wie der gerne herumtönte. Zu Tatjana hatte Lilly nur gesagt, Sven sei für sie wie ein kleiner Pitbull und auf diese Rasse sei sie nun mal geprägt worden. Verliebt hatte das nicht geklungen, sondern einfach nur merkwürdig. Aber wer verstand schon Lilly?

Am ehesten wohl Paul. Und das störte Tatjana gewaltig. Es war sozusagen die Quelle allen Übels. Wenn Lilly Paul nicht die ganze Zeit mehr vertraut hätte als ihr, wäre es zu einem Streit wie heute Abend gar nicht gekommen. Dann wäre Tatjana auf Lillys Schockergeschichte vorbereitet gewesen, dann hätte sie damit umgehen können.

Plötzlich hatte sie Lust, Paul für die Fremdheit zwischen ihr und ihrer Freundin eins reinzuwürgen.

»Paul ist eben ein Frauenversteher, Sven«, sagte sie deshalb, »Paul ist Lillys beste Freundin.«

»Stopp mal, Tatjana«, rief Leon. Ausgerechnet ihr Freund musste ihr widersprechen und den Spaß verderben. »Lilly war sauer auf *dich*. Weil du nämlich eine Labertasche bist. Ich würd dir auch nichts anvertrauen, wenn du alles weitersagst. Mann, ihr glaubt ja nicht, was ich von Tatjana erfahren habe. Das geht mir die ganze Zeit im Kopf rum, da komm ich gar nicht drüber weg. Bevor mein Alter vor zwei Jahren Lillys Mutter kennengelernt hat und wir zu denen gezogen sind, ist Lilly ...«

»Leon«, herrschte Paul ihn an, jetzt mit angewinkelten Armen und zwei geballten Fäusten, »halt den Rand!«

Leon stoppte, schlug sich scheinbar erschrocken die Hand vor den Mund und fing wild an zu lachen. Tatjana wusste, er war ziemlich dicht und würde jeden Moment verraten, was sie verraten hatte. Weil sie das unbedingt verhindern wollte – Lilly war ihre Freundin, und dass sie gequatscht hatte, tat ihr wirklich leid –, sprang sie auf Leon zu und verschloss seine Lippen mit ihren.

»Nicht jetzt, Bär. Lass uns gucken, dass wir 'ne gemütliche Bank für uns zwei finden.«

»Bär«, ulkte Ilkay, »hast du das gehört?«

Tatjana ärgerte sich. Ständig musste man aufpassen, was man sagte.

»Weißt du, woran ich dabei denk, Alter?« Sven trank einen Schluck aus seiner Bierflasche, ließ den Mund offen und die Zunge darin kreisen.

Ilkay lachte und machte entsprechende Bewegungen.

Dann legte Sven den Kopf in den Nacken und fragte: »Warum hab ich eigentlich keine Freundin?«

Da fragst du noch?, dachte Tatjana.

»Tröste dich, ich hab auch keine«, sagte Ilkay leichthin und schaukelte weiter an dem Tor herum, das leise quietschte.

»Weil Lilly dich verlassen hat, Sven. Und das war gut so.«

Diese Antwort kam von Paul. Er musste ähnliche Gedanken gehabt haben wie Tatjana.

Tatjana hielt den Atem an. Das war nicht klug von Paul. Dieser Satz könnte Sven schon reichen. Der konnte Paul sowieso nicht ab, hielt ihn für einen verwöhnten Streber und duldete ihn nur, weil er irgendwie zu Lilly gehörte. Doch Sven schien Paul gar nicht gehört zu haben. Ungerührt sah er weiter in den Himmel, als habe er romantische Anwandlungen und träume wirklich von Lilly. Was aber nicht hieß, dass Paul sich sicher fühlen konnte.

Wachsam beobachtete Tatjana die Jungen. Einen Augenblick sagte niemand etwas. Auch das Torquietschen hatte aufgehört. Ilkay schaukelte nicht mehr, sondern beobachtete Sven aus zusammengekniffenen Augen. Paul schien über seine eigene Courage überrascht zu sein, er blickte unsicher von einem zum anderen und zuckte nervös mit Armen und Beinen.

Nur Leon war ganz in Tatjanas Umarmung versunken und wohl der Einzige, der nichts mitgekriegt hatte, denn er suchte nur immer wieder ihren Mund, um ihn zu küssen.

Sie schmeckte Schokolade, Bier und Chilichips und wollte lieber nicht wissen, wann Leon sich das letzte Mal die Zähne geputzt hatte.

Trotzdem: Er war ihre große Liebe und sein Körper warm und beschützend.

»Ich geh jetzt«, sagte Paul nicht sehr laut, und obwohl sie wusste, dass er natürlich zu Lilly wollte, dass Lilly ihm sicher noch mehr erzählen würde als ihr, fachte das ihre Eifersucht nicht weiter an. Lilly brauchte Hilfe, egal von wem. In Leons Umarmung spürte Tatjana ein Glück, von dem sie wusste, dass Lilly es noch nie gehabt hatte.

Leon war Tatjanas erster Freund und Tatjana, die im Gegensatz zu Lilly noch Jungfrau und stolz darauf war, würde ihr erstes Mal mit ihm haben – und zwar dann, wenn sie es beide hundertprozentig wollten, so hatten sie es ausgemacht. Es würde schön werden und schön bleiben. Tatjana würde nie so verletzt und krampfig durchs Leben irren wie Lilly. Tatjana hatte ihre Liebe gefunden.

Sie fuhr erschrocken zusammen, als sie ein lautes Scheppern hörte. Sven hatte gegen einen Mülleimer getreten. Dessen Inhalt ergoss sich über den Bürgersteig; Sven stieg darüber hinweg. Ganz ruhig und so, als wolle er sich auf keinen Fall die Turnschuhe dreckig machen, ging er auf Paul zu.

Tatjana wusste, dass es jetzt losging.

4

Paul spürte, wie seine Handflächen nass von Schweiß wurden und sein Herz schneller schlug. Pinkeln musste er plötzlich auch. Verdammt, das musste ja irgendwann so kommen, dass Sven ihn mit diesem Blick ansah und sein Butterflymesser auf- und zuschnacken ließ.

Vielleicht sollte er rennen. Aber wohin?

Zur Jugendherberge, sich wie ein Grundschüler hinter Frau Hoffmann verstecken und sagen: »Da, der, Frau Lehrerin, der will mir was«? Nein, das kam nicht infrage. Wenn es denn unausweichlich war, würde er diese Schläge *jetzt* einstecken und nicht später vor allen anderen im Schlafraum oder auf der Herrentoilette.

Was ihm heute blühte, war längst überfällig.

Schon am allerersten Tag, als die Sitzenbleiber Sven und Levent in ihre Klasse gekommen waren, hatte Paul gewusst, dass die Angst jetzt sein ständiger Begleiter sein würde. Die beiden hatten sich direkt hinter ihm in die letzte Reihe gesetzt. Ihm war eine Gänsehaut über den Rücken gelaufen, zwischen seinen Schulterblättern hatte es unentwegt geprickelt und er hatte den Drang verspürt, mit seinem Stuhl möglichst weit nach vorn zu rutschen.

Levent war relativ harmlos, eben der übliche Macho: immer breitbeinig und mit zurückgelehntem Oberkörper dasitzen, völliges Desinteresse am Unterricht ausstrahlen, jede Wortmeldung der anderen ins Lächerliche ziehen, seine fragwürdige Meinung über Frauen ausposaunen und sich trotzdem fast einstimmig zum Klassensprecher wählen lassen. Eins von Levents Lieblingsspielchen mit Paul war es, mit offenem Mund einen Kaugummi nach dem anderen zu zerschmatzen und die fertig gekauten in hohem Bogen in seinen Nacken zu spucken. Etliche ekelige, nasse Kügelchen waren in Pauls Kragen gefallen. Das war erniedrigend gewesen, sicher. Noch schlimmer aber waren Svens Bemerkungen, wenn Paul versuchte, den Kaugummi aus Hemd oder Hosenbund herauszulösen.

»Frau Hoffmann, tun Sie was, der Paul fummelt sich hier wieder am Hintern rum!«

Dann hatte die Klasse gejohlt, obwohl alle natürlich wussten, was los war. In vielen Gesichtern lag nicht nur Erleichterung darüber, dass es sie nicht selbst getroffen hatte, sondern auch Schadenfreude, dass ausgerechnet er dran glauben musste.

Gequält wurden in der Klasse mindestens vier Jungs, damit hätte Paul also leben können. Doch keinen der anderen hatte Sven auf diese Weise auf dem Kieker wie Paul, keinem anderen glotzte er demonstrativ auf den Hosenstall und fragte: »Sag mal, kann's sein, dass du eigentlich ein Mädchen bist?«

Dass ich mir einen Schutzpanzer zugelegt habe, hinter dem ich mein wahres Ich verberge, hatte er vorgestern in einem Chat geschrieben, *liegt vor allem an Sven Lange.*

Die Antwort war schnell gekommen: *Wie sehr uns einzelne Arschlöcher fertigmachen … Vielleicht ist es irgendwann mal Zeit, sich zu wehren.*

Paul hatte eine Weile überlegt, bevor er zurückschrieb, und dann war es nur ein einziges Wort gewesen: *Vielleicht.*

Er war noch immer nicht der Meinung, dass er ausgerechnet jetzt etwas gegen Sven tun sollte. Nicht nachdem er so lange durchgehalten hatte und sich schon auf der Zielgeraden befand. Seine Strategie, sich unauffällig durch den Schulalltag zu ducken, war bisher einigermaßen aufgegangen. Nun waren es nur noch viereinhalb Wochen bis zum Verlassen der Schule, bis zum Beginn der Freiheit.

Eine Zeitspanne, die ihm allerdings von Tag zu Tag länger zu dauern schien. Sein erster Fehler war gewesen, dass er sich nicht vor der Abschlussfahrt gedrückt hatte. Hätte er doch wenigstens vermieden, den Abend mit Lillys furchtbaren Freunden zu verbringen. Das war extrem dumm gewesen.

Doch nachdem Lilly durch die abgeschlossene Klotür »Haut alle ab, ich will keinen von euch mehr sehen!« gebrüllt hatte, war ihm ja gar nichts anderes übrig geblieben, als sich anzuschließen. Peinlich genug, dass er ihr in den Mädchenwaschraum gefolgt war, denn das war schließlich eine No-go-Area für einen Mann. Als er die Blicke von Sven, Levent, Leon und Ilkay gesehen hatte, hatte er so hart wie eben möglich gesagt: »Soll sie doch da drin verrotten. Gehen wir!«

Zu seiner Erleichterung hatten sie genickt und ihn kommentarlos mitgenommen. Levent, der wegen seiner Fußverletzung humpelte, war in der Jugendherberge geblieben.

Die harmonische Ruhe hatte allerdings nicht lange gehalten. Schon kurz nach dem Aufbruch hatte Sven Stress gemacht, weil sein Handy nicht mehr in seiner Jackentasche steckte. Er behauptete, jemand müsse es ihm geklaut haben; niemals würde er es in der Jugendherberge lassen; niemals könne es passieren, dass er es irgendwo vergäße.

Als sie den Friedhof nahe der Jugendherberge ansteuerten, hatte Paul unbemerkt verschwinden wollen. Doch dann war ihm völlig unerwartet die Bemerkung über Lilly rausgerutscht. Kurz darauf hatte Sven mit voller Wucht gegen einen Mülleimer getreten und Paul war siedend heiß klar geworden, dass er ein Problem hatte.

Jetzt stolperte er rückwärts über den Kiesweg des Friedhofs, bis seine Füße in lockere Erde einsackten und ihn der erste hohe Grabstein bremste.

»Paule«, sagte Sven – jede Silbe mit dem Klappern des auf- und zuschnappenden Butterflymessers unterlegt –, »was hast du eigentlich mit der Lilly, hä? Was ist das für 'ne Beziehung?«

»Freundschaft«, antwortete er und fühlte, wie sich ein Teil der Angst in Trotz verwandelte. Für Lilly würde er sich gern zusammenschlagen lassen.

»Aha.« Sven nickte vor sich hin und zeigte beiläufig, wie gut er sein Messer im Griff hatte. »Glaubst du, so was ist mit mir nicht möglich?«

Darauf fiel Paul nichts ein. Normalerweise war Sven nicht so schwafelig-tiefgründig. Sven war ein Mann der Tat. Er würde ihm gleich die Faust in dem Magen rammen oder das Messer durchs Gesicht ziehen. Er atmete sich schon wie ein Stier in Rage, stieß aggressive Schnaufer aus, die selbst dem verliebten Leon nicht verborgen blieben. Er kam heran und berührte Sven am Arm.

»Alter, lass gut sein! Steck das Messer weg. Paul gehört doch zu uns.«

»Der?«, fragte Ilkay, plötzlich von der Seite kommend. »Davon weiß ich nichts. Der hält sich für was Besseres.

Macht bald Abi, unser kleiner Professor. Hab vorhin noch gehört, wie er zur Hoffmann gesagt hat, dass er in unserer Klasse nix gelernt hat. Scheiß Streberarsch. Soll mal beweisen, dass er zu uns gehört.«

»Wie soll er das machen?«, gab Sven zurück. »Soll er die Hose runterlassen und zeigen, dass er kein Mädchen ist?«

Ilkay lachte und klatschte die Hand mit Sven ab. »Wär 'ne Möglichkeit. Obwohl ich nicht weiß, ob ich mir antun will, das anzugucken, Alter.«

Beide zogen alberne, angewiderte Grimassen. Leon stieß Paul an. *Los, sag was, wehr dich,* schien er ihm damit sagen zu wollen, aber Paul konnte nicht. Seine Kehle war wie zugestopft mit Angst, Frust und gewaltiger Wut. Wie lange musste er sich das noch bieten lassen? Würde diese Quälerei nie aufhören? Warum waren es immer die saudummen Typen, die die Welt bestimmten?

»Irgendwie hab ich Bock, jemanden zu Brei zu schlagen, wie kommt das wohl?«, hörte er seinen Erzfeind sagen und wappnete sich innerlich gegen den Angriff, als Tatjana unerwartet aufschrie.

Zu Pauls Glück drehten sich augenblicklich alle zu ihr um. Sie war ein paar Meter zurückgeblieben, kam jetzt aber zu ihnen gelaufen.

»Boah, ich steh da so, quatscht mich so 'n Kerl von hinten an und packt mich an, ey!« Bereits von den wenigen Metern war sie außer Atem. Ihr Gesicht war rot, aufgeregt zeigte sie auf jemanden, der erst stehen geblieben war, ihr aber nun mit schlurfenden Schritten folgte.

Ein harmloser Penner, das sah Paul auf den ersten Blick.

»Sorry, Lady«, lallte er und entblößte seine schmutzigen Zähne. Er war noch ganz jung, ein Straßenkind, kaum älter als sie selbst, aber eben nur noch ein Penner. Sein eingefallenes, gelbliches Gesicht wirkte wie aus Pergamentpapier, seine Haare waren verfilzt, seine Kleidung stank und seine Hände zitterten enorm.

»Wollt nur mal wegen 'n bisschen Kleingeld fragen. Flasche Bier wär auch nicht schlecht.« Der große, ausgezehrte Junge blieb vor der Gruppe stehen, suchte die Gesichter nach einem Lächeln ab, fand aber keins, was ihn wohl irritierte. Dafür versuchte er jetzt, selbst umso deutlicher zu grinsen. »Hey, Kollegen«, sagte er in das aufgeladene Schweigen hinein, »wie geht's, was geht ab?«

»Meister, du gehst hier gleich ab«, rief Leon und gab ihm mit beiden Armen einen kräftigen Stoß vor die Brust. »Hast du meine Freundin angepackt? Willst du einen in die Fresse, oder was?«

Ausgemergelt und kraftlos, wie er war, konnte sich der Penner kaum auf den Beinen halten, sondern kippte gleich nach hinten um und setzte sich in den Kies.

Das gefiel Sven natürlich. Er wandte sich von Paul ab und baute sich neben Leon vor dem Sitzenden auf. Eine Sekunde überlegte Paul abzuhauen; Tatjana hatte ihm quasi den Weg frei gemacht. Aber er war immer noch wie erstarrt.

»Jetzt geht dir der Arsch auf Grundeis, was?«, rief Sven. »Du tatscht hier kein Mädchen mehr an, ist das klar?!«

Von dort, wo er stand, konnte Paul nicht genau sehen, welche Geste der selten dämliche Penner machte. Er hörte ihn nur »Klar, Chef« sagen, mit dünner Krächzstimme zwar, aber trotzdem so provozierend, dass Leon brüllte: »Verarsch uns nicht, du Wichser!«

Tatjana lachte hysterisch auf. »Leon, ich liebe dich.« Sie eilte zu ihm und umklammerte seinen Arm, kuschelte ihren Kopf an seine Schulter und sagte: »Gib's ihm, er hat mich total erschreckt!«

Leon zog lautstark Rotz hoch und spuckte auf den Mann am Boden.

»Gut so, Bär«, sagte Tatjana zufrieden und warf Paul dann einen Blick zu. Dies war seine letzte Fluchtmöglichkeit.

Leon hatte fürs Erste Dampf abgelassen, der Penner würde sich jeden Augenblick davonmachen, sie würden ihm alle noch ein paar Schimpfworte nachrufen. Danach würde sich Sven wieder ihm zudrehen, und was schon so lange schwelte, würde endgültig eskalieren.

Da aber bückte sich Ilkay zu dem Mann hinunter und rief überrascht: »Hey, guckt mal, was der hier hat! Ich fass es nicht, das neuste Modell, schweineteuer.«

Der Penner protestierte und schlug mit dem Arm nach Ilkay, war aber chancenlos: Im nächsten Moment hielt der dessen Handy wie eine Trophäe am ausgestreckten Arm nach oben.

»Zeig her«, befahl Sven Ilkay und nahm das Handy. »Alter, ey, das ist doch nicht deins, du Opfer. Du besitzt doch gar nichts, du kannst doch nix und hast doch nix, du hast das Handy doch geklaut. Gibt's das, Leute, ich vermisse mein Handy und was finde ich hier?«

Sven wird doch nicht im Ernst glauben, dass das sein Handy ist, dachte Paul, das wäre ja total hirnverbrannt. Doch sofort wurde ihm klar, dass es gar nicht darum ging. Dies hier hatte eine andere Logik. Es ging darum, endlich anzufangen, endlich auf jemanden loszugehen, endlich mal richtig gegen den Ball zu treten – der allerdings kein Ball war, sondern ein am Boden liegender Mensch. Ein noch perfekteres Opfer als Paul.

»Du Haufen Scheiße«, brüllte Sven, »du machst unsere Frauen an und klaust unsere Handys?«

Wie schnell aus einem einzigen kleinen Missverständnis ein Plural werden konnte und wie schnell aus einem Täter mehrere wurden. Leon und Ilkay machten sofort mit, sie beschimpften und traten den Obdachlosen, während Paul immer noch wie gelähmt an dem Grabstein stand und Tatjana ein paar Schritte zurückwich und irritiert an ihren lackierten Fingernägeln kaute.

»Scheiße«, sagte sie leise zu Paul, aber sie griff genauso wenig ein wie er selbst.

Wenn ich jetzt dazwischenginge, dachte Paul, wäre es, als würde ich meinen Arm zwischen sich zerfleischende Rottweiler halten. Wenn ich jetzt versuchen würde, einen von ihnen festzuhalten, würde der erste Ellbogen mir die Wangenknochen brechen, der zweite Tritt in meinem Magen landen, der dritte in den Eiern und der vierte träfe mich wohl schon im Liegen und mein Kiefer wäre dann auch Matsche. Unmöglich, dachte Paul, hier kann niemand etwas tun.

Es sei denn ... seine rechte Hand umklammerte sein Handy. Sollte er?

Unentschlossen blickte er auf die prügelnden Jungen. Er sah ihre Bewegungen, die leicht und ohne Zögern kamen, als wären sie seit Langem eingespielt. Sie mussten diese Bewegungen in Tagträumen, vorm Spiegel oder dem PC einstudiert haben – oder sie waren Naturtalente der Gewalt. Paul sah sie wieder und wieder rückwärtstänzeln, Anlauf nehmen, zutreten. Sogar Leon hielt trotz seines Alkoholpegels die Balance und trat zielsicher zu.

Der, der unten lag, zuckte. Paul sah seine schmutzige Hand, wie sie sich schützend hob und gleich darauf gekrümmt neben dem Körper lag. Er hörte das Stöhnen des Mannes, das Keuchen der Jungs, das Knirschen des Kieses unter ihren Schuhen. Er wusste, der Kies war das wenigste, das unter den Tritten knackte, krachte.

Er hielt sich eine Hand vor den Mund, fühlte unter der Haut die Zerbrechlichkeit des eigenen Gesichts.

Er roch Erbrochenes.

Genau in dem Moment, als der üble Gestank sich ausbreitete, hielt Sven inne, drehte sich zu Paul um und gab ihm den vollen Blick auf das besudelte, blutende Etwas frei.

»So«, sagte er, »jetzt zeig mal, dass du zu uns gehörst.«

5

Gerd hatte versprochen zu warten, bis sein Sohn ihn anrief. Mit allem sei er einverstanden, hatte Martin gesagt und die Hand zum Schwur erhoben. »Du bist der Boss. Aber den Zeitpunkt, wann's losgeht, den bestimme ich. Drängeln lass ich mich nicht.«

Dieses Detail konnte den ganzen Plan kippen. Wenn Martin den Zeitpunkt bestimmte: Wann sollte der sein? In drei Monaten oder drei Jahren? Noch einen Abend einen draufmachen, dann ändere ich mein Leben, und wenn nicht morgen, dann übermorgen?

Darauf war kein Verlass.

Also hatte er gegengesteuert, hatte Martin ein Limit gesetzt. Bis Samstagabend habe er Zeit, sich am Grab seiner Freundin von seinem alten Leben zu verabschieden, am Sonntag würde er ihn mit dem Auto abholen und Montagmorgen in die Klinik bringen.

»Das ist das letzte Zugeständnis, das ich dir mache«, hatte Gerd resolut gesagt und mit Genugtuung gesehen, dass Martin erschrak. Er hatte es schon immer gern gehabt, wenn der vor ihm kuschte. So gehörte es sich schließlich auch.

Doch anscheinend war Martins Schrecken nicht groß genug gewesen. Der Junge rebellierte mal wieder und meldete sich nicht.

Schon den ganzen Samstagnachmittag über war Gerd deswegen unruhig gewesen, hatte es aber noch halbwegs geschafft, sich abzulenken, indem er ins Hallenbad gefahren war. Während er wie jeden Tag kräftig seine Bahnen schwamm, hatte er wieder Zuversicht gespürt. Martin würde sich melden. Er war am Ende und hatte keine andere Möglichkeit, als seine Hilfe anzunehmen. Gerd hatte euphorisch das Tempo gesteigert, bis Zentimeter von seinem Kopf entfernt ein massiger Körper einschlug. Im nächsten Moment war sein Mund voll chlorhaltigem Wasser. Aus dem Rhythmus gekommen, trudelte er und zog sich spuckend und fluchend die Schwimmbrille vom Kopf. Natürlich: einer der hoffnungslos überfetteten Jungen in knielangen, ungewaschenen Badeshorts.

Wütend auf die Bademeister, die sich um nichts kümmerten, wütend auf die Jugendlichen, die kein Fünkchen Verstand hatten oder einfach keine Rücksicht nehmen *wollten*, und wütend darüber, dass er so einem nicht einfach die Nase brechen konnte, hatte er sein Training abgebrochen.

Zu Hause hatte er wieder auf Martins Anruf gewartet. Mit dem Telefon direkt vor sich hatte er ferngesehen, geraucht, gegrübelt und einfach nur dagesessen, bis die Abendsonne dem kahlen Raum einen orangewarmen Anstrich verlieh. Da hatte er zum ersten Mal das Mobilteil in die Hand genommen und überlegt, selbst anzurufen.

»Gib ihm noch eine Stunde, vielleicht steht er gerade am Grab«, hatte er sich dann aber ermahnt. Er wollte ja jetzt ein guter Vater sein, tolerant und verständnisvoll. Doch bei dem Gedanken an Marie hatte er schon wieder böse mit den Zähnen geknirscht. Einerseits war es gut, dass sie tot war – endlich waren sie die kleine Hexe los –, andererseits hatte der Verlust Martin ganz in den Abgrund gerissen.

Er sah wieder auf die Uhr: gleich neun. Draußen war es mittlerweile dunkel. Martin konnte sich unmöglich noch auf dem Friedhof herumtreiben. Er war zwar alkoholkrank und hatte eine Zeit lang an der Nadel gehangen, aber er war kein gestörter Grufty.

Gerd war kein Mann, der sich verarschen ließ. Er würde Martin jetzt anrufen.

Als das Freizeichen ertönte, spürte er, wie aufgeregt er war. So viel hing davon ab, dass er Martin in die Therapieeinrichtung brachte. Seine Ehe, Martins Leben und nicht zuletzt sein eigenes. Endlich wollte er mal etwas richtig machen.

Jetzt tat sich etwas, ein Klacken im Hörer. Er atmete tief ein, auf alles gefasst. Im nächsten Moment sagte eine forsche Stimme: »Polizei!«

Das war nicht Martin. Martin musste bei der Polizei gelandet sein, war vielleicht als hilflose Person aufgegriffen worden und saß in einer Ausnüchterungszelle; sein Handy hatte man ihm offenbar abgenommen. Gut. Wenn er noch einmal richtig abgestürzt und nun auf der Wache war, konnte das sogar sehr gut sein. Martin würde einsehen, wie dringend er Hilfe brauchte, und die Beamten konnten ihn so lange festhalten, bis er ihn abholen kam.

»Hier ist ...«, begann Gerd seinen Satz, wurde aber unterbrochen und merkte, dass etwas entsetzlich schieflief. Der vermeintliche Beamte meldete sich jetzt überdreht und unangenehm frech: »Polizei, hier ist die Polizei.«

Irritiert schwieg er. War das ein Polizist? Das klang nach einem ganz jungen Mann, einem Ausländer. Der türkische Akzent war unüberhörbar. Wo immer der war, mussten mehrere Personen zusammen sein. Außerdem befanden sie sich im Freien: Er hörte Vogelstimmen, ein vorbeifahrendes Auto. Martins Freunde?

»Ey, du, hast nicht gehört, wer hier ist? Sprichst kein Deutsch oder was? Hier ist die Polizei, also wer ist da, he?« Jetzt schlich sich albernes Gickstern in den forschen Ton.

»Polizei«, rief der Türke zum vierten Mal, »sofort stehen bleiben, Waffe fallen lassen, sonst gehst du direkt in Knast.« Dann lachte er.

Gerd räusperte sich, wusste aber nicht, was er sagen sollte. Im Hintergrund rief jemand: »Was ist denn da für'n Wichser dran?«, und Gerd begriff: Das hier waren keine Leute, mit denen Martin sich freiwillig abgab. Das hier waren abgezockte Jugendliche ohne jede Erziehung. Die konnten von Glück sagen, dass sie nicht seine Söhne waren. Denen hätte er schon Manieren beigebracht. Aber was war mit Martin?

»Alter«, hörte er da eine zweite, ebenfalls männliche Stimme, »ist da seine Perle dran? Perle, komm her, ich fick dich!«

»Sven«, rief ein Mädchen.

Das Handy wechselte den Besitzer und Sven, wenn er den Namen denn richtig verstanden hatte, keuchte ihm ins Ohr.

»Du, Schlampe, wartest du auf deinen Macker? Bist du schon feucht? Komm zu mir, dein Freund kommt heut nicht mehr nach Hause.«

Offenbar bezog dieser Sven sein Vokabular aus Pornofilmen. Gerd konnte ihn sich leibhaftig vorstellen, einen geifernden Schläger, etwa den Jungen, der ihm heute im Hallenbad beinah ins Genick gesprungen wäre, nur ein paar Jahre älter und verdorbener. Ihm stieg die Galle hoch. Er sprang auf, seine Hand krampfte sich um den Hörer, das Gesicht verzerrte sich vor Hass. Da half es auch nicht, dass das Mädchen wieder erbost »Sveeeen« zeterte, es im Hintergrund undefinierbaren Radau gab und eine stark alkoholisiert klingende, dritte männliche Stimme sagte: »Hör auf mit dem Scheiß, leg auf, Mann!«

Einen Moment war nur unverständliches Getuschel zu hören, außerdem ein Wimmern. Ein getretener Hund?

Dann sagte der Türke: »Okay, er hat recht. Mach aus! Ich will keine Zeugen.«

In diesem Augenblick aktivierte Gerd seine gelähmte Zunge: »Wartet«, rief er hastig und spürte, wie ihm auf einmal der Schweiß literweise den Rücken hinunterzulaufen schien. »Wo ist Martin?«

»In der Hölle«, antwortete Sven.

Dann wurde die Verbindung unterbrochen.

6

Lilly stand auf und tigerte unruhig am Eingang zum Jugendherbergsgelände auf und ab. Wo blieb Paul denn nur? Zornig und ängstlich zugleich grub sie die Fingernägel in die Innenflächen ihrer geballten Fäuste. Hätte sie Tatjana nur nicht ihre beknackte Lebensgeschichte erzählt, dann müsste sie sich jetzt nicht sorgen, sondern könnte Party machen, wie es sich für eine Abschlussfahrt gehörte.

Auf einer Bank neben der Einfahrt saßen Ebru und Hatice, die einzigen türkischen Mädchen aus der Klasse, die mitgefahren waren. Sie steckten die Köpfe zusammen und sahen zu ihr herüber. Lilly wusste ganz genau, dass sie über sie ablästerten, sobald sie die Sprache wechselten. Ihren Namen und das Wort »Schlampe« konnte sie schließlich genau heraushören. Nach einer Weile wurde es ihr zu viel. Sie schlenderte auf die beiden zu und baute sich vor ihnen auf. »Alles klar oder wollt ihr Ärger machen?«

»Hast du mit Levent eigentlich auch geschlafen?«, fragte Ebru.

Hatice kicherte und verbarg die Hälfte ihres Gesichts unterm Kopftuch.

»Geht euch das was an?«

»Warum nicht?! Erzähl mal, wie's so war.«

»Euch fehlen wohl die Erfahrungen, was?«

Ebru lachte höhnisch, Hatice fragte mit rotem Gesicht: »Dein wievielter war das eigentlich?«

»Pass mal auf, du blöde Kuh!« Lilly grapschte nach Hatices Kopftuch, die fing an zu schreien. Ebru sprang auf, trat auf Lillys Fuß.

Sie rangelten miteinander.

»Sven hat behauptet, du würdest es mit jedem machen, wenn er's dir sagt«, rief Hatice so laut, dass es auch Frau Hoffmann hörte, die die kleine Auseinandersetzung bemerkt und sich auf den Weg zu ihnen gemacht hatte.

»Was wird denn hier verhandelt?«, fragte sie streng.

Lilly dachte zum x-ten Mal, dass sich Silke Hoffmann immer gern stark und autoritär gab – wenn es um Streitereien ging, an denen nur Mädchen beteiligt waren.

»Privatsache«, antwortete sie deshalb knapp und ging Richtung Straße.

»Was ist eigentlich mit der Stelle in *Sonjas Salon*?«, rief Ebru ihr nach. Mit Ebru fetzte Lilly sich oft und heftig, aber meist war der Krach nur von kurzer Dauer. Ebru war so ziemlich die einzige von den Türkinnen, mit der sie sich auch mal außerhalb der Schule verabredete. »Nimmst du die jetzt oder nicht?«

»Nimm du sie, Ebru. Ich überlasse sie dir, kannst dann gleich deine Freundin verschönern.«

Ebru lachte ironisch, Hatice schimpfte auf Türkisch. Frau Hoffmann forderte Hatice auf, Deutsch zu sprechen, wurde aber ignoriert. Lilly fand das ausnahmsweise in Ordnung. Es ging die Hoffmann wirklich nichts an, wenn man schlecht über sie redete. Die Hoffmann war eh nervig genug, gab sich schülernah bis zum Erbrechen und kam auch jetzt hinter ihr hergedackelt, um zu fragen, ob mit Lilly alles in Ordnung sei.

»Sicher«, antwortete Lilly achselzuckend und holte ein Zigarettenpäckchen aus ihrer Jackentasche. Dabei raste ihr Herz noch vor Wut, aber sie versuchte, sich nichts anmerken zu lassen. Frau Hoffmann blickte auf ihre fahrigen Finger, als Lilly sich die Kippe ansteckte.

»Möchten Sie auch eine?«, fragte Lilly.

»Gerne.«

Sie rauchten. Lilly blickte suchend die Straße hinunter. Sie hoffte, die Lehrerin würde verschwinden, aber das tat sie nicht.

Silke Hoffmann blickte sie an. »Wartest du auf wen?«

»Auf Paul.«

»Deinen Freund.« Das war halb als Frage formuliert.

»Ja. Aber einfach nur so: Freund. Nicht, was Sie jetzt denken.«

»Ich denke gar nichts. Stimmt das denn, was die Mädchen sagen?«

»Ach, Quatsch«, schrie Lilly. »Die bilden sich das doch nur ein, weil sie verklemmt sind, weil sie nicht emanzipiert sind, deshalb.«

Die Lehrerin seufzte. »Aber das sind nette Mädchen, besonders die Ebru. Es ist schade, dass du dich nicht mit ihnen anfreundest.«

»Ach ja, wie soll das denn gehen?«

»Versuch's einfach. Bemüh dich, nicht immer gleich so aggressiv zu werden. Du hättest nicht mal Tatjana zur Freundin, wenn die nicht mit Leon zusammen wäre.«

Damit traf die Hoffmann einen sehr wunden Punkt. Lilly wurde noch wütender. Die Lehrer machten einen aggressiv, die waren das Problem. Bekloppte Besserwisser! Was bildete eine Tusse wie die Hoffmann sich ein? Hatte die etwa was erreicht in ihrem Leben? Keinen Mann, keine Kinder, keine Courage, um sich gegen die Jungs in der Klasse durchzusetzen. Die durfte ihr maximal Englisch beibringen, ansonsten hatte sie sich aus ihrem Leben rauszuhalten.

»Warum freunden *Sie* sich nicht mit denen an?«, keifte Lilly und fügte leiser, aber deutlich fieser hinzu: »Wissen Sie, was ich abartig finde? Dass Sie sich von Levent befingern lassen.«

Treffer! Frau Hoffmann wurde tiefrot bis runter zum Hals. »Das war Spaß. Du weißt doch: Gerade Levent und Ilkay sind wie große Kinder.«

»Und der Exfreund meiner Mutter war der Papst.«

»Es war *Spaß*, Lilly.«

»Klar doch.«

Tausend Sachen wurden Spaß genannt, obwohl sie alles andere als das waren. Natürlich hatte Lilly nicht mit Levent geschlafen. Sie mochten sich und frotzelten oft miteinander rum, mehr aber auch nicht.

Einmal, als sie zu dritt – Sven, Lilly und Levent – tanzen gewesen waren, hatte Sven groß rumgetönt, dass er Levent erlauben würde, seine Freundin auch mal geil abzuknutschen. Außer einem albernen Kuss und einem kaum ernst gemeinten Griff an die Brust war aber nichts daraus geworden; das Foto, das Sven gemacht und rumgezeigt hatte, vermittelte einen ganz falschen Eindruck. Es machte Lilly zum Gespött. Spaß hieß also meist: Spaß für die anderen.

Am Ende der Straße zeichnete sich jetzt eine Gestalt ab, die schnell näher kam. Jemand rannte, ein Junge mit schwarzen Haaren und hellem T-Shirt.

»Wenn du jemanden zum Reden brauchst, Lilly –«

»Danke. Nein.« Sie lief einfach los und fiel ihm um den Hals. »Paul! Endlich. Was? Was ist das denn? Du bist ja voller Blut.«

»Sei still.« Paul zog sie an sich, hielt ihr den Mund zu. »Das darf keiner mitkriegen.«

In großem Bogen ging er mit ihr an Frau Hoffmann vorbei. Das Blut an seinem T-Shirt war noch frisch und feucht. Es verschmierte Lillys Gesicht.

Sie überquerten den Hof hinter der Jugendherberge und liefen die Stufen zum Kellereingang hinunter. Links und rechts neben dem Geländer wuchsen Büsche, sodass sie vor Blicken geschützt waren. Außer Atem sank Paul auf die rissigen Steinplatten vor der Kellertür, Lilly immer noch neben sich.

»Mannomann, das war heftig.«

»Was ist passiert?«, fragte Lilly und suchte seinen Kopf nach Verletzungen ab. Blut klebte Paul an Nase und Kinn, im Haar waren weißer Staub und winzige Kiessteinchen. Er roch auch unangenehm säuerlich, als ob er sich erbrochen hätte. »Mist, ich habe kein Taschentuch dabei.« Mit einer Eintrittskarte vom Museum, das sie heute besucht hatten, wischte sie Paul vorsichtig übers Gesicht. »Red schon«, drängte sie.

»Ist scheiße gelaufen, heute Abend«, antwortete er erschöpft. »Ich hätt's wissen müssen. Sven ist ein Monster.«

»Wo hat er dich erwischt?«

Paul winkte ab. »Vergiss es.«

Lilly runzelte die Stirn. Nachdem sie sein Gesicht einigermaßen gesäubert hatte, wirkte er nicht mehr wie jemand, der verprügelt worden war.

Paul schien ihre Verwunderung zu bemerken. »Krokodilly«, sagte er und grinste schief, »mach dir keine Gedanken um mich.«

Lilly setzte zum Protest an, obwohl sie den Kosenamen gerne hörte. Gepanzert und mit Zähnen bewaffnet wäre sie nämlich gern.

»Oh, verdammt«, rief er plötzlich, »du hast auch was von dem Blut abgekriegt. Das müssen wir sofort abwischen.«

»Wieso, ist doch deins«, sagte Lilly und stemmte sich gegen Paul, der sie hochziehen wollte.

»Eben nicht«, antwortete er. »Ist eben nicht meins. Frag jetzt nicht. Ich will damit nichts zu tun haben und nicht darüber reden, klar?«

»Aber ...«

»Schnell! Ich weiß nur eins: Das Blut hier überall, das ist von einem, der vielleicht Aids hat.«

7

Ilkay sah Paul Brinker an diesem Tag schon zum zweiten Mal aus den Mädchentoiletten kommen. Der hatte da nichts zu suchen! Er wollte sich Paul gerade schnappen, als auch Lilly aus den Waschräumen kam.

Was fanden eigentlich alle an Lilly? Levent fand sie scharf und auch Sven stand immer noch total auf seine Ex. Dabei war Lilly alles andere als attraktiv: zu dünn, zu kantig, zu tiefe Ringe unter den zu schwarz geschminkten Augen, zu oft blondierte Haare, abschreckendes Tattoo im Nacken: einen Skorpion, der auf den ersten Blick so echt aussah, als krabble er ihr über die Haut. Jetzt lief sie heulend hinter Paul her und quengelte: »Wie kriegen wir denn raus, ob das ansteckend ist? Wo kommt das überhaupt her? Red mit mir, verdammt noch mal.«

Für Ilkay war der Fall sofort klar: Paul würde auspacken. Wenn er Lilly richtig eingeweiht hatte, hätten sie womöglich gleich noch die Hoffmann und später vielleicht die Bullen am Hals. Das musste er verhindern.

Sven hatte schon ein paarmal wegen Körperverletzung Sozialstunden machen müssen, Leon schlug sich mit einer Anzeige wegen Fahrens ohne Fahrerlaubnis herum und Ilkay war nicht darauf aus, selbst auch Bekanntschaft mit der Polizei zu machen.

Er hatte genug Stress zu Hause. Sein Vater war streng und fand neuerdings, Ilkay sollte versuchen, Abitur zu machen. Paul hatte seine Zulassung zur Oberstufe schon vor einem halben Jahr gehabt. Ilkays Eltern wollten auch einen gebildeten Sohn, der Geld verdient und Karriere macht. Ilkay verstand das, er war nicht dumm. Er hätte Paul nicht nur in Technik, Mathe und Informatik überflügeln können, aber er wollte auf keinen Fall ein falsches Image bekommen. Wie sähe das denn aus, wenn er sich im Englischunterricht dauernd meldete und dämliche Antwortsätze wie »Yes, Mrs Hoffmann, George likes dogs very much« von sich gab? Das war schon auf Deutsch völlig bescheuert. Ihm reichte es, wenn er die Antwort für sich wusste, was in Frau Hoffmanns Kindergartenunterricht wirklich nicht schwierig war.

Also behauptete er, er hätte keinen Bock aufs Lernen. Das stimmte zum Teil ja. Für die Schule arbeiten, statt nachmittags Fußball zu spielen, war nicht sein Ding. Überhaupt kam das Erwachsenenleben schneller und komplizierter daher, als er gedacht hatte. Manchmal wünschte er sich, die Schule würde noch ein Jahr länger laufen, zweimal zehnte Klasse, dafür würde er auch jeden Vormittag dort abhängen, wäre doch gar nicht so schlecht. Levent war ein echter Freund, Ebru saß ihm direkt gegenüber und Frau Hoffmann stresste nicht, ließ sich verarschen und war trotzdem im nächsten Moment wieder freundlich. Würde sie das auch noch sein, wenn sie erfuhr, was mit dem Obdachlosen passiert war?

Viel wichtiger aber war, was sein Vater davon halten würde. Ein Sohn, der über einen hilflosen Bettler herfiel – das war nicht nach seinem Geschmack, das würde niemanden aus der Familie begeistern.

Ilkay gab sich einen Ruck, rannte Paul und Lilly hinterher

und stoppte sie vor den Flurtüren. Mit einem Griff hatte er Paul am T-Shirt gepackt und gegen das Glas gedrückt. »Wir haben was besprochen, Streberarsch. Du hast es vielleicht nicht mitgekriegt, aber was gerade abgegangen ist, war 'ne Sache zwischen uns fünf. Du hältst die Klappe, klar?«

»Ilkay«, quietschte Lilly erschrocken und versuchte, ihn von Paul wegzuziehen. »Was ist denn heute los mit euch allen?«

»Geht dich nichts an«, fauchte Ilkay und sah im gleichen Moment Sven die Treppe hochkommen. Der erfasste die Situation sofort, schoss heran und keilte Paul von der anderen Seite ein.

»Will er auspacken?«

Eine Sekunde zögerte Ilkay mit der Antwort. Was vor einer knappen Stunde passiert war, hätte er sich nicht zugetraut. Sven hatte ihn einfach mitgerissen. Wie ein Sog war das gewesen. Ilkay wusste nicht, woher plötzlich seine Wut gekommen war. Er wusste nicht, ob er das alles wirklich gewollt hatte, er wusste nur, es war passiert. Wenn die Gruppenzusammensetzung nicht so ungünstig gewesen wäre, wenn Lilly und Levent nicht gefehlt hätten und Sven stattdessen in der Jugendherberge geblieben wäre – vielleicht wäre dann gar nichts weiter gewesen.

»Lasst Paul in Ruhe!« Lilly drängte sich zwischen die Jungs.

»Halt du dich raus, du hast damit nichts zu tun«, herrschte Sven sie an.

»Ich hab schon was damit zu tun. Ich hab was von dem Blut abgekriegt.«

»Und?«, fragte Sven begriffsstutzig.

»Was wohl«, zischte Lilly, »wegen Aids.«

Sven guckte immer noch blöde, als würde er's so schnell nicht raffen. Er war ja auch nicht in der Lage, eine analoge

Uhr zu lesen, und als Ebru letztens in Kunst einen Kirschbaum gemalt hatte, hatte Sven doch tatsächlich gefragt, ob Kirschen auf Bäumen wachsen.

»Der hatte kein Aids«, entschied Sven jetzt, packte Lilly rigoros an den Armen und beförderte sie ins Treppenhaus. Sie schrie und schlug mit den Fäusten gegen das Ribbelglas. Sven aber stemmte sich einfach gegen die Tür, sodass sie sie nicht aufbekam.

»Was machen wir?«, fragte er Ilkay ruhig.

»Paule soll die Klappe halten, dann ist's gut«, antwortete er. Er war immer noch wütend, aber die Lust auf einen neuen Gewaltausbruch war ihm vergangen. Auch er hatte einen Blutspritzer abbekommen. Ausgerechnet an dem Arm mit der Wunde. Kurz vor der Fahrt war er beim Fußball gefoult worden. Wenn das Blut nun direkt ...

»Wirst du was erzählen, Paule?«, fragte Sven und lächelte kalt. »Kann mir gar nicht vorstellen, dass du das machen willst, oder? Du hängst schließlich mit drin oder seh ich das falsch?«

»Ich sag nichts«, piepste der.

»Schwule Sau.« Ilkays Wut kam mit Macht zurück. Paul hätte auf dem Friedhof eins auf die Nase kriegen sollen und nicht dieser Typ, den keiner kannte. Wäre der nicht aufgetaucht, wäre jetzt alles in schönster Ordnung.

Mittlerweile hatte Lilly mit ihrem Radau auch noch die Lehrer aufgescheucht. Frau Hoffmann kam die Treppe raufgeschnauft, dicht gefolgt von Herrn Gralla.

Vor dem Sportlehrer hatten alle Respekt. Er war streng, aber fair und ging außerdem in seiner Freizeit boxen. Es hieß, bevor er an die Schule kam, hätte er eine Weile ein Fitnessstudio betrieben.

»Was ist denn hier los?« Herr Gralla hatte die Tür im Nu aufgerissen und sah Sven, Paul und Ilkay an. »Kann die Lilly sich nicht für einen von euch harten Kerlen entscheiden oder warum macht die so 'n Geschrei?«

Ilkay grinste. Der Gralla war okay, obwohl Paul nun wirklich nicht zu den harten Kerlen gehörte, nicht mal zu den Männern.

Sven sagte: »Lilly hat sich für mich entschieden.«

Paul sagte nichts, war bleich und hatte Schweißtropfen auf der Stirn.

Herr Gralla wandte sich Lilly zu: »Meine Lieblingsschülerin«, sagte er ironisch.

Lilly streckte ihm die gepiercte Zunge raus. »Ihre Machosprüche können Sie sich sparen. Beschützen Sie lieber Ihre Schüler.«

»Gibt's dafür 'nen Grund?«

»Momentan noch nicht.« Sie griff nach Pauls Hand und zog ihn aus der Gefahrenzone. »Kann aber noch kommen.«

8

Gerd würde nicht zulassen, dass die Jugendlichen so einfach aus der Sache herauskämen.

Sie dachten wohl, es reiche, seine Anrufe nicht anzunehmen und das Handy auszuschalten, dann würde er schnell aufgeben und das Geld, das er dafür ausgegeben hatte, als verloren abschreiben. Sie dachten, sie bräuchten nur stur zu bleiben, dann wären sie unauffindbar. Sie dachten, sie könnten ihn einfach abtropfen lassen. Sie irrten sich.

Hier ging es um viel, viel mehr als um den Diebstahl.

Es ging sogar um mehr als um Martin. Es ging um Gerds Ehre.

Mit dem Finger auf der Wiederwahltaste lief Gerd in seinem Wohnzimmer auf und ab. Der Schweiß auf seinem

Rücken war bald getrocknet. Kühle Luft strömte ins Zimmer, aber er fror nicht, er war in Rage.

Der Anruf bei der Polizei in Bremerhaven hatte wenig ergeben. Mit den Bullen war er atmosphärisch einfach noch nie auf einer Wellenlinie gewesen. Offenbar hatten sie gedacht, er sei einer dieser Idioten, die die Polizei mit erfundenen Geschichten und falschen Behauptungen auf Trab halten.

»Wo genau sich Ihr suchtkranker erwachsener Sohn zurzeit aufhält, wissen Sie also nicht?« Allein die Frage! Da war ihm schon der Kragen geplatzt. Die wollten ihn nur abwimmeln, einen Suchtkranken wollten die doch gar nicht suchen.

Der Beamte versicherte ihm noch, dass er einen Streifenwagen an Bahnhof, Kneipenviertel und Friedhof vorbeischicken würde, außerdem würde man die Augen aufhalten.

»Das reicht mir nicht«, hatte Gerd in den Hörer gebrüllt.

»Rufen Sie in einer Stunde noch mal an. Wenn Ihr Sohn sich bis dahin nicht gemeldet hat, verspreche ich Ihnen ...«

Gerd hatte einfach aufgelegt.

Die Stunde, von der der Polizist gesprochen hatte, war fast um. Aber sollte Gerd überhaupt noch einmal auf der Wache anrufen? Sicherer wäre es auf jeden Fall, selbst zu handeln. Er hatte ja sowieso nach Bremerhaven fahren wollen und von den Bullen hielt er genauso wenig wie vom Jugendamt. Mit diesen Institutionen hatte er in der Vergangenheit genug Ärger gehabt.

Abrupt blieb er stehen, überlegte, was zu tun wäre: Eine Rufumleitung vom Festnetzanschluss auf sein Handy legen, damit Martin ihn jederzeit erreichen konnte, während er unterwegs war. Die Fahrt würde in der Nacht schneller gehen, dreieinhalb Stunden, schätzte er. Trotzdem vorher schnell noch einen Espresso trinken. Dann einen Pullover und eine Decke in die Sporttasche werfen, ein paar CDs, die ihn wach halten würden, eine Taschenlampe und etwas, um seinem Willen Nachdruck zu verleihen. Schade, dass er den Baseballschläger nicht mehr besaß.

9

Paul geriet ins Stolpern, als er hörte, was Sven ihm nachrief:

»Mach dir nicht in die Hose, Paule! Denk dran: immer sauber bleiben.«

Die Schüler, die im Gang standen, lachten, obwohl sie nicht wussten, worum es ging, und der Herbergsvater, der zufällig im Eingangsbereich stand, blickte auf Pauls Schritt, als erwarte er dort einen nassen Fleck. Dass Paul kurz vor Ende seiner Schulzeit noch so einen Albtraum erleben musste!

Sobald er mit Lilly wieder draußen war und Schutz im Kellereingang gefunden hatte, sagte er: »Ich kann heute Nacht nicht mit denen in einem Zimmer schlafen.«

»Was ist denn nur passiert?«

Vielleicht wäre es gut, ihr alles zu erzählen. Sie kannten sich seit dem Kindergarten, hatten lange in der gleichen Straße gewohnt, bis seine Familie das alte Haus der Großeltern geerbt hatte. Lilly sein Herz auszuschütten würde Paul erleichtern und vielleicht sogar Auswege zeigen.

»Es gab Stress mit einem Typen. Erst wollten sie mir an den Kragen, dann kam der zufällig vorbei und sie haben sich auf ihn gestürzt.«

»Aber keiner aus unserer Klasse?«

Paul schüttelte den Kopf. Vor seinem inneren Auge sah er wieder den Obdachlosen. Wie der auf dem Boden liegend versuchte, ein Lächeln hervorzubringen, wie er noch bis zum letzten Moment hoffte, die unerwartete Aggression, die sich gegen ihn entlud, wäre nur ein Missverständnis, das er durch ein freundliches Gesicht abwenden könnte.

»Der lacht noch, ey! Lachst du etwa, du Hurensohn? Pass auf, ich tret dir in die Fresse, bis du richtig lachst!«

Bei der Erinnerung zitterten Paul die Knie, Übelkeit stieg in ihm hoch.

Der Straßenjunge hatte die Situation völlig falsch eingeschätzt, hatte genau die falschen Bewegungen, die falschen Gesten gemacht. Aber welche hätte er machen sollen, damit der Sturm an ihm vorübergezogen wäre?

Paul wusste es nicht.

»War er denn alleine oder waren noch andere dabei?«, fragte Lilly, der sein Schweigen zu lang dauerte.

Wieder schüttelte Paul den Kopf, krümmte sich, weil sein Magen schmerzte. Zum ersten Mal fühlte er Reue, dass er nicht eingegriffen hatte. Nicht mal mit dem Handy Hilfe gerufen hatte er. Er besaß kein Fünkchen Zivilcourage, war auch nicht in der Lage, wenigstens jetzt zu einer Telefonzelle zu laufen und von dort anonym einen Krankenwagen zum Friedhof zu schicken.

»Na, sag schon«, forderte Lilly ihn auf.

»Ich kann nicht darüber reden.«

»Ich behalt's für mich.«

»Das weiß ich.« Er sah in ihr offenes, ehrliches Gesicht. Als sie ergänzte: »Wir haben uns doch immer geholfen«, traten ihm fast die Tränen in die Augen. Er schämte sich für seine Feigheit, aber es war ihm unmöglich, sie zu überwinden, und dafür schämte er sich noch mehr.

Lahm behauptete er: »Ist besser, wenn du's nicht weißt.«

»Dann frag ich einfach Tatjana, wenn du nichts sagst.«

»Mach das. Wär mir echt lieber. Die haben mich auf dem Kieker, die können mich doch alle nicht ausstehen. Die suchen nur Gründe, um mich fertigzumachen. Du weißt, warum.«

Wenn er über seine altbekannten Probleme sprach, fühlte er sich wieder auf sicherem Boden und konnte den Gedanken an den Obdachlosen beiseiteschieben. Er fühlte sich nicht als einer der Täter; er war ja selber ein Unterdrückter, hatte seit der achten Klasse jeden Tag darum kämpfen müssen, dass er nicht unterging.

Lilly nickte stumm und nahm seine Hand. Ihre war warm und beruhigend. Er hielt sie gern fest, mochte es, dass die Finger sich gegenseitig streichelten. Lilly war ihm so vertraut: Da war zum Beispiel der Leberfleck, von dem sie gern erzählte, dass sie ihn seit ihrer Geburt als ihr ganz persönliches, unveränderliches Kennzeichen am Ringfinger habe. Lilly konnte aus einem Leberfleck etwas Kostbares machen und hatte auch Pauls Kindheit kostbar gemacht.

»Mir wird langsam kalt.«

»Du kannst gern wieder reingehen.«

»Und du?«

Er schüttelte den Kopf. Aber nur in dem dünnen Pulli, den er vorhin schnell gegen das blutige T-Shirt getauscht hatte, konnte er die Nacht auch nicht gut draußen verbringen. »Am liebsten«, sagte er, »würde ich nach Hause trampen.«

»Meinst du nicht, dass die sich schon wieder beruhigt haben? Ilkay ist doch eigentlich in Ordnung, und wenn ich mit Sven rede ...«

»Da freut er sich bestimmt«, fiel Paul ihr bitter ins Wort, »darauf wartet der doch nur. Sven und Lilly – die große Versöhnung eines Traumpaars.«

»Eifersüchtig?«

»Leck mich!« Paul zog seine Hand weg, rückte von ihr ab und verschränkte die Arme vor der Brust. »Der Typ macht mir mein Leben kaputt.«

»Nur noch ... warte« – sie zählte an den Fingern ab – »genau viereinhalb Wochen.«

»Das ist lang genug. Und geradezu lebensgefährlich, wenn ich an heute Nacht denke.«

»Leon ist auch noch da.«

»Leon ist sternhagelvoll. Der schläft seinen Rausch aus und kriegt gar nichts mehr mit.«

»Okay.« Ihre Hand berührte ihn wieder. »Ich glaube zwar wirklich nicht, dass sie dir heute Nacht was tun, aber ich versteh auch, dass du nicht aufs Zimmer willst. Nur: trampen ...? Das würd ich nicht so gerne.«

»Du sollst ja auch nicht mitkommen«, antwortete er wieder freundlicher.

»Ich werde dich nicht alleinlassen.«

»Danke, du bist süß.«

»Pass auf, ich hab 'ne Idee.« Lilly sprang plötzlich auf, hechtete die Stufen hoch, rief: »Warten Sie! Hallo! Hallo, Herr ... Herr Dingsda, warten Sie bitte!«

Verwundert sah Paul, wie sie über die Wiese auf das Seitengebäude zulief, in dem der Herbergswirt wohnte. Der war gerade dabei, ins Haus zu gehen, er stand nur noch vor der Tür, um seine Katze zu streicheln.

Der Mann sollte ihnen helfen? Sicher hatte er von ihrer Klasse nur den schlechtesten Eindruck. Erst hatte er sich über Müll im Garten beschwert, dann sprachlos vor dem kaputten Getränkeautomaten gestanden.

Lilly aber redete mutig auf ihn ein, als Paul sie einholte.

»Ich verstehe ja, dass Sie längst Feierabend haben. Sie brauchen auch gar nicht mit zum Hauptgebäude rüberzukommen. Sie sollen uns nur den Schlüssel für ein leeres

Zimmer geben. Die anderen dürfen davon nichts wissen; wir schließen uns da ein und schlafen dann sicherer.«

»Ihr habt eure Lehrer dabei. Die sind für Ordnung zuständig.«

Lilly verdrehte die Augen. »Sie wissen, dass die überfordert sind.«

Der Herbergsvater – *Franke,* stand auf seinem Klingelschild – seufzte. »Ja, allerdings. Ich denke ernsthaft darüber nach, nur noch Klassen mit Kindern aufzunehmen, keine Jugendlichen mehr.« Er musterte Paul. »Dir sehe ich schon ein bisschen an, dass du nicht zu denen passt.«

Paul wusste nicht, was er dazu sagen sollte. Die Bemerkung war ihm peinlich, auch wenn sie wohl als Kompliment gedacht war.

»Wollen Sie uns nicht helfen?«, fragte Lilly ungeduldig. »Sie haben die Möglichkeit dazu. Wir sind kein Liebespärchen, wir wollen nichts ausnutzen und haben auch sonst nichts Schlimmes vor. Wir werden bedroht.«

»Ihr habt Alkohol getrunken.«

»Häää?«, machte Lilly so heftig, dass Paul fürchtete, sie würde gleich alles verderben. »Was spielt das für 'ne Rolle, he? Sehen wir besoffen aus?«

»Das nicht. Aber nüchtern seid ihr auch nicht.«

»Es ist unsere Abschlussfahrt! Da muss man feiern. Das werden Sie wohl verstehen. Nur ticken gerade zwei von unseren Schlägertypen voll aus und haben es auf Paul abgesehen, weil ... weil ...«

Sag es, dachte er. Sag ihm, was Paul für einer ist. Sag's doch, es macht mir nichts.

»Weil er ... kein Schlägertyp ist?«

Paul lächelte. Herr Franke war einfallslos.

»Genau«, sagte Lilly.

»Du bist so was wie der Außenseiter der Klasse, stimmt's?«

Jetzt mimte der Wirt psychologischen Durchblick und kratzte sich nachdenklich am Bart.

»Sie helfen uns ja eh nicht«, antwortete Paul.

10

Tatjana hatte lange warten müssen, bis der Waschraum endlich frei war. Beim Saubermachen von Leons besudeltem Zeug konnte sie keine Zeuginnen gebrauchen. Nicht nur, weil sie Leon schützen wollte, sondern auch, weil sie selbst auch nicht gerade scharf darauf war, bei solch einer Hausfrauentätigkeit gesehen zu werden.

Schnell zerrte sie seine Jeans und Turnschuhe aus der Plastiktüte. Gott, wie das stank. Sie warf die Hose angewidert auf den Boden, stellte die Schuhe in ein Waschbecken und drehte den Hahn auf. Das Wasser färbte sich rotbraunocker, bevor es röchelnd im Abfluss verschwand.

Sie konnte nicht hinsehen, riss stattdessen massenhaft Papiertücher ab. Ein hässliches Geräusch, wie pfeifende, schnappende Atemzüge.

Der Schweiß brach ihr aus, Tränen flossen. Sie musste aber die Nerven behalten, sich beeilen, denn jeden Moment konnte jemand reinkommen.

Also zog sie den ersten triefend nassen Schuh aus dem Becken und bearbeitete ihn wild mit einer Schicht Tücher. Als sie über die Sohle fuhr, diese harmlose, griffige, gummiartige Turnschuhsohle, zitterte ihre Hand. Dass Leon zu solch einer Brutalität fähig gewesen war!

Nie hätte sie das gedacht. Und sie wollte ganz sicher keinen Freund, der sich später, wenn man eines Tages zusammenwohnte, vorm Fernseher besoff und dann ihr oder den Kindern gegenüber austickte.

»Das macht Leon nicht, niemals«, sagte sie zu sich selbst. Überzeugend klang das nicht. Da waren zu viele Tränen, die Schuhe stanken zu sehr und die Hose lag auf dem Boden wie weggeworfen – halb tot und mit verdrehten Beinen.

Tatjana schluchzte.

Der ganze Scheißabend hatte mit Lillys Geschichte seinen Anfang genommen. Alles lag nur daran, dass Lilly so gut erzählen konnte, detailreich und widerlich. Lilly war plötzlich so verletzlich gewesen und hatte so viel Verlässlichkeit gefordert – zu viel auf einmal. Tatjana war auch nur ein Mensch, auch nur ein Mädchen.

Der erste Schuh fertig, jetzt der zweite.

Auf dem Gang waren Schritte und Stimmen zu hören. Sie zerrte die Tüte über die Jeans, beugte sich tief übers Waschbecken.

Die Tür flog auf. »Lilly? Bist du hier?« Aileen, Ebru, Hatice, Kim, Nina – das ganze Volk.

»Die ist hier nicht«, antwortete Tatjana möglichst unfreundlich.

»Ey, wo ist die?«, fragte Hatice.

»Keine Ahnung, hier jedenfalls nicht.«

»Du bist doch ihre Freundin!«

Tatjana zuckte die Achseln. Sie hatte keine Ahnung, ob sie und Lilly echte Freundinnen waren. Auf jeden Fall war sie jetzt, da Tatjana sie gebraucht hätte, nicht da; sie war abgehauen mit Paul. Das zumindest schienen ihre Mitschülerinnen schon zu wissen.

»Geht die jetzt etwa mit Paule?«, fragte Nina.

Tatjana wusste, dass das nicht so war, schwieg aber. Solange sie über Lilly rätselten, achteten sie hoffentlich nicht auf das, was Tatjana tat.

»Boah, macht die's jetzt auch noch mit Paul? – Treibt die's mit jedem aus der Klasse? – Ist die 'ne Nutte oder was?« Die

Stimmen der Mädchen überschnitten sich. Die Tür ging wieder zu; die Gruppe zog weiter den Gang hinunter, kreischendes Gelächter, das irgendwann verebbte. Tatjana hörte wieder das Gurgeln des Wassers.

Der andere Turnschuh war jetzt auch sauber, beschloss sie. Sie stopfte beide mit Papier aus und nahm sich dann die Jeans vor. Zuletzt wusch sie sich ihr eigenes Gesicht, trocknete es erschöpft mit den rauen grauen Tüchern. Womit hatte sie das alles verdient?

Und er, der Obdachlose?

Ob er noch lebte? Ob er auch gerade versuchte, sich das Gesicht abzuwischen? Ob er überhaupt was sehen konnte? Wegen der zugeschwollenen Augen und wegen des Deckels wohl eher nicht.

Verflixte Heulerei. Tatjana griff nach einem neuen Tuch. Für das, was sie getan hatten, konnte man ins Gefängnis kommen, oder?

11

Gerd scherte sich einen Dreck um die Geschwindigkeitsbegrenzung. Er flog förmlich auf der Überholspur, Lichthupe im Dauereinsatz. Dazu hatte er die härteste Musik, die er besaß, so laut wie möglich aufgedreht, aber seine quälenden Erinnerungen konnte sie nicht übertönen.

Immer wieder glaubte er die Stimmen der Jugendlichen zu hören und in der Geräuschkulisse dahinter das Wimmern, das klang, als käme es von einem sterbenden Tier. Das war sein Sohn gewesen, daran hatte er mittlerweile keinen Zweifel mehr.

Martin war vorhin in der Nähe gewesen. Er hatte seinen Anruf wahrscheinlich mitbekommen, hatte den Arm nach dem Handy ausgestreckt, vielleicht sogar leise »Papa« gesagt, so wie nur ganz, ganz früher als Kind.

Gerd würde dieses Telefonat nie vergessen können, das wusste er schon jetzt. Manche Sachen, die zu sehr wehtaten, vergaß man nicht. Da konnte man noch so alt werden.

Auch er hatte als Junge immer wieder Schläge aushalten müssen. Das war mehr als dreißig Jahre her und trotzdem konnte er sich an die hässlichsten und schmerzhaftesten Momente seiner Kindheit noch so intensiv erinnern, als seien sie erst gestern gewesen.

Jetzt stiegen Bilder in ihm auf, und weil er das nicht wollte, stellte er die Musik lauter, kniff die Augen zusammen, als könne er sich so gegen die Dunkelheit auf der Straße und in seinem Innern schützen, und gab noch mehr Gas.

Er konzentrierte sich aufs Fahren, nur aufs Fahren.

Seine Vergangenheit war vorbei, obwohl die Rechnungen noch immer offen waren und es auch bleiben würden. Gerds Vater lebte nicht mehr.

Gerd war jetzt selbst ein Vater – einer, der endlich allen Dreck hinter sich lassen wollte.

Wieder eine Baustelle. Gerd musste bremsen und runterschalten, weil ein LKW so mittig fuhr, dass er nicht vorbeikam. Er fluchte, wollte sich nicht mehr von anderen ausbremsen lassen.

Er wollte handeln. Für Martin, für sich selbst.

Baustellenende. Er war unterwegs.

12

Paul lag genau wie Lilly angezogen auf einem der oberen Stockbetten des offiziell unbenutzten Zimmers im Souterrain. Sie unterhielten sich im Flüsterton und waren so froh über ihren kleinen Coup mit dem Extrazimmer, dass sie über den Beginn des Abends kein Wort mehr verloren.

Lilly kicherte in einer Tour. »Die Wolldecke riecht ein bisschen muffig.«

»Hier war bestimmt schon ewig keiner mehr drin.«

»Tja, Paule, ein Geheimzimmer ist halt keine Luxussuite.«

»Und kein Penthouse. Wenn ich später mal richtig viel Geld verdiene, kauf ich mir ein Penthouse und richte das ganz schrill ein.«

»Ich helf dir dabei.« Lilly wälzte sich genüsslich hin und her. »Kochst du dann auch für mich?«

»Asiatisch.« Er untermalte seine Worte mit den Händen. »In meiner riesigen, chromglänzenden Megaküche. Und dann setzt du dich auf mein Kuhfellsofa mit den flauschigen roten Herzchenkissen, die du mir geschenkt hast ...«

»Geil.«

»Weißt du übrigens, dass die schöne Wohnung bei uns unterm Dach frei geworden ist? Mama sucht schon länger einen Nachmieter, aber mir gibt sie sie nicht. Sie meint, wir bräuchten die Kohle.«

Plötzlich waren auf dem Gang Schritte zu hören.

»Lilly? Paul? Seid ihr hier?«, fragte die zaghafte Stimme von Silke Hoffmann.

Mit einer einzigen Bewegung verständigten sich die beiden, dass sie sich nicht zu erkennen geben würden. Auch als die Klinke heruntergedrückt wurde und Paul die Lehrerin enttäuscht »Fehlanzeige« sagen hörte, rührten er und Lilly sich nicht.

Frau Hoffmann konnte eine unruhige Nacht wohl mal vertragen. Dafür wurde sie schließlich bezahlt.

Kurze Zeit später schlief Lilly ein.

Paul dagegen konnte keine Ruhe finden. Zwar war er in

Sicherheit, hatte die Lehrerin und die Mitschüler ausgetrickst und seine beste Freundin bei sich, aber das hässliche Bild des zusammengetretenen Obdachlosen ließ ihn nicht los. Je mehr seine Aufregung abklang und je mehr Zeit er zum Nachdenken hatte, desto drängender wurde die Frage, was aus dem jungen Mann geworden war. Würde er irgendwann heute Nacht zu sich kommen und sich blutend nach Hause schleppen? Wohl kaum. Erstens hatte er kein Zuhause und zweitens war er derart gestiefelt worden, dass er schon zäh sein musste, um die Verletzungen wegzustecken. Würde er die Polizei einschalten? Einer wie der? Wohl eher nicht. Aber wenn der Typ sie nicht selbst anzeigte, würde sein Arzt es tun – denn einen Arzt würde er brauchen, so viel war sicher.

Paul wälzte sich von einer Seite auf die andere. Sein schlechtes Gewissen verursachte ihm immer stärkere Magenschmerzen. Er war so ein verdammter Feigling. Er wusste, es wäre seine Pflicht gewesen, etwas zu tun. Zumindest zum Friedhof zurückzulaufen und zu gucken, ob der Typ noch da war.

Aber was dann? Sollte er ihm etwa ein Pflaster in die Hand drücken? Sich entschuldigen? Einen Krankenwagen rufen und sich damit gegen seine Mitschüler stellen? Alles keine Lösung, oder?

Und was wäre erst, wenn Paul da ankam und der Typ tot war?

Oder wenn er noch lebte, sich aber nicht bewegen konnte und dort, wo sic ihn zurückgelassen hatten, allmählich verreckte? Wenn er sogar morgen noch dort läge, hilflos, halb bewusstlos und kurz vorm Ersticken. Wenn niemand ihn fand, bis das große Auto kam, das …

Plötzlich war Paul kotzübel. Er stand auf, lief zur Toilette und übergab sich. Als er zurück zum Zimmer schlich, hörte er im Treppenhaus ein Handy klingeln und kurz darauf Ilkays Stimme:

»Ja? – Ach, du bist's, Alter. Ist das deine neue Nummer? Ein Zweithandy ist immer gut, hat Levent auch. – Nee, den hab ich nicht gesehen. Ich guck jetzt mal, ob die Mädchen noch wach sind. – Was? Paul packt nicht aus. Der war's schließlich, der ihm den Rest gegeben hat.«

Paul spürte, wie sich sein Magen ein zweites Mal aufbäumte.

Ilkay hatte recht: Auch er war schuldig.

Sonntag, 22. Mai

13

Gerd passierte das Ortsschild um Viertel nach zwei. Noch immer war er aufgekratzt und hellwach, kurvte mit heruntergelassenen Fensterscheiben durch die nächtlichen, menschenleeren Straßen. Nur ein magerer Igel wetzte vor seinem Auto von einem fantasielosen Garten in den nächsten.

Gerd hielt am Bahnhof. Er durchquerte die Halle, lief die Bahnsteige entlang. Martin war nicht zu finden.

Von einem Liebespaar, das auf einen Nachtbus wartete, ließ er sich erklären, wo die meisten Kneipen lagen, und brauchte bestimmt drei Stunden, bis er sie alle abgeklappert hatte – erfolglos.

Übermüdet suchte er sich ein Café, in dem er sonntagmorgens um sechs schon einen Kaffee und ein Brötchen bekam. Obwohl er vier Tassen trank, schlief er am Tisch fast ein und schaffte es erst gegen sieben, sich auf den Weg zu seiner letzten Station zu machen.

Ein einziger Ort war ihm noch eingefallen, an dem Martin sein könnte: der Friedhof.

Ein Jahr vor dem Tod ihrer Tochter waren Maries Eltern in den Norden gezogen und sie hatten gewollt, dass Marie in ihrer Nähe begraben lag. Um kurz vor acht hatte er das Grab endlich gefunden. Direkt am Grabstein steckte eine einzelne rote Rose in einer Schnapsflasche. Martin war also hier gewesen.

Aber wo war er jetzt?

In der Hölle, hörte er zum x-ten Mal die Antwort des Jungen.

In der Hölle war Martin schon lange vorher gewesen, praktisch seit er mit dieser Hexe, die hier unter der Erde vergammelte, ausgerissen war und jeden noch so beschissenen Trip mitgenommen hatte. Was hatte der Junge alles an Gift geschluckt, geraucht und gespritzt. Aber diese Drogenhölle damals hatte Martin sich selbst ausgesucht. Das hier war etwas anderes. Es gab einen großen Unterschied zwischen selbst gewählter und aufgezwungener Hölle. Anderen ausgeliefert zu sein war das Allerschlimmste. Gerd wusste, wovon er sprach.

Er stieß einen Schluchzer aus, ausgerechnet vor dem Grab der Person, die er schon vor Jahren gern tot gesehen hätte. Er heulte über Martins schreckliches Schicksal und über sein eigenes beschissenes Leben, über seine eigenen Fehler und Gemeinheiten, über das, was er seinem Sohn angetan hatte, ohne es zu wollen. Er heulte über die Einsamkeit im leeren, mehr und mehr verkommenden Reihenhaus, den verlorenen Job, die ganze verdammte Ungerechtigkeit, die ihm widerfuhr, weil er sich oft nicht in der Gewalt gehabt hatte, weil er ein paarmal zu tief ins Glas geguckt hatte – mein Gott, die paarmal, die er ausgerastet war, die musste man ihm doch nachsehen.

Was er getan hatte, war nicht zu vergleichen mit dem, was die Jugendlichen gestern verbrochen hatten. Er hatte es nicht so gemeint und, verdammt, er wollte es ja wiedergutmachen. Hatte er nicht früher auch schon immer versucht, seine Ausraster wiedergutzumachen, Geschenke für den Jungen besorgt, ihn zum Fußball mitgenommen? Diesmal wollte er es ganz richtig machen, ein für alle Mal, fernsehtalkshowreif-richtig wollte er es machen.

Aber dazu brauchte er Martin.

Er hatte sich entschuldigt – und überhaupt, nur weil er war, wie er war, hieß das doch nicht, dass er sein eigen Fleisch und Blut nicht liebte, auch wenn er vielleicht nicht immer das Richtige getan hatte und Martin darunter hatte leiden müssen.

Vor allem hieß es nicht, dass er nicht bereit wäre zu handeln, wenn jemand seinem Sohn etwas antat. So weit käme das noch. Nie würde er zulassen, dass andere seinen Jungen schlugen.

Das würde er sich nicht auch noch sagen lassen, dass er vor dem Pack nicht zu seinem Sohn gestanden hätte, nein, das bestimmt nicht.

14

Leon hätte seine Mitschüler am liebsten angeschrien, sie sollten leise sein. Ihn plagte ein furchtbarer Kater und der Lärm im Frühstücksraum verstärkte seine Kopfschmerzen. Er wünschte sich zurück in sein durchgelegenes Etagenbett. Warum musste man sie am Sonntagmorgen schon um neun aus den Federn scheuchen? Das war reine Schikane.

Den brummenden Schädel in die Hand gestützt, beobachtete er die Lehrer, die seine Stiefschwester und ihren Freund Paule in die Mangel nahmen. Angeblich waren die beiden heute Nacht nicht in ihren Betten gewesen. Ihm war das nicht aufgefallen, obwohl sich Pauls Bett direkt über seinem befand. Leon wusste ja nicht mal mehr, wie er selbst in seiner Koje gelandet war und wer ihm die schmutzige Jeans und die Schuhe ausgezogen und auf die Heizung gelegt hatte. Bestimmt war es Tatjana gewesen. Zwar war er erst ein paar Wochen mit ihr zusammen, aber sie hatte sich auch um ihn gekümmert, nachdem er sich im Flur der Jugendherberge übergeben hatte. Sie war fürsorglich und stand zu ihm, sogar wenn's eklig wurde. Ein echter Vorteil, dachte Leon vorsichtig grinsend, besonders, wenn man alkoholbedingt mal wieder einen Filmriss hatte.

Im Augenblick war seine Freundin allerdings ziemlich knatschig.

»Das hat Lilly sich aber selbst zuzuschreiben«, zischte sie ihm ins Ohr. »Wie kommt sie dazu, sich mit dem in ein Extrazimmer zu verziehen? Glaubt sie, sie kann sich alles erlauben?«

Leon gab nur ein kurzes Brummen zur Antwort. Am liebsten hätte er sich die Ohren zugehalten.

»Was die jetzt alle über sie reden! Peinlich wär mir das. So ein Ruf bleibt doch an einem haften.«

»Wieso?«

»Mann, hörst du mir nicht zu?« Tatjana knuffte ihn in die Seite.

»Alle denken doch hier, dass Lilly und Paul ...« Den Rest des Satzes vervollständigte sie mit einer Geste unter dem Tisch.

Leon kniff die Augen zusammen und sah zu seiner Stiefschwester hinüber.

Soweit er wusste, war Lilly zwar andauernd verliebt, aber praktisch immer allein und unglücklich. Sie hatte mal was mit Sven gehabt und auch einen Marius hatte es mal kurz gegeben, einen Lackaffen vom Gymnasium, aber sonst kannte er sie nur solo. Lilly tat gern so, als ob sie an jeder Hand drei Liebhaber hätte und auf Sex genauso wenig verzichten könnte wie Tatjana auf ihre Lieblingsserie. Leon wusste aber genau, dass das nur Show war. Hunde, die laut bellten, bissen nicht – genauso war es auch mit Lilly. Lilly war großmäulig, launisch, geheimniskrämerisch, selbstzerstörerisch und stur; sie war giftig gegenüber ihrer Mutter und schon ein paarmal von zu Hause abgehauen. Aber was Jungs anging, war sie – trotz der Sache mit Sven – eher zurückhaltend. Nichts von dem, was über sie geredet wurde, stimmte. Kam zu ihm oder seinem Vater jemand, den sie nicht kannte, ein Freund von früher oder so, dann schloss Lilly oft ihre Zimmertür ab. Wenn sie ihre schräge Phase hatte, verbarrikadierte die sich regelrecht. Merkwürdig war sie, widersprüchlich und manchmal sehr anstrengend, aber eindeutig keine, die es mit jedem machte. Und schon gar nicht mit Paul. Über den hatte Leon sowieso seine spezielle Meinung.

Wenn er sich momentan nicht so gerädert fühlen würde, würde er es Tatjana auch erklären. Aber jetzt ging es sowieso nicht, denn Paul kam zu ihrem Tisch, während Lilly noch von Frau Hoffmann zugetextet wurde.

»Morgen«, murmelte Paul und setzte sich an Leons andere Seite, allerdings ohne ihn anzusehen.

»Warum habt ihr zwei euch heute Nacht eigentlich abgesetzt?«, fragte Tatjana sofort und lehnte sich vor Leon zu Paul herüber. Ihre langen Haare streiften dabei Leons Marmeladenbrot, aber er hatte sowieso keinen Appetit.

»Warum wohl.« Pauls Antwort kam knapp und unfreundlich. »Glaubst du, ich wollte, dass der Abend so weitergeht?«

»Stell dich nicht so an«, flüsterte Tatjana böse, »das war schließlich Notwehr.«

»Notwehr?«

»Ja!« Jetzt war Tatjana die Sache mit der Marmelade auch aufgefallen.

»Hach, was mach ich denn für eine Sauerei? Sorry, Leon.«

Sie suchte etwas, womit sie sich die Haare abwischen konnte.

»Eine Sauerei war das gestern Abend«, sagte Paul.

»Halt bloß deine Klappe.« Tatjana schüttelte wütend den Kopf. »Du müsstest mir eigentlich auf Knien danken, dass ich den Typen mit ins Spiel gebracht hab. Und jetzt sagst du am besten gar nichts mehr. Du willst doch keinen neuen Ärger, oder?«

Paul schwieg, aber Leon sah, wie dessen Brustkorb vor Aufregung bebte, als er sich Kaffee in den Becher schüttete.

»Du hast das doch nicht meinetwegen gemacht.«

»Pfffft«, machte Tatjana, »wohl kaum. Das wärst du mir echt nicht wert.«

»Worum geht's eigentlich?«, fragte Leon endlich. Es kostete ihn Mühe, aber er hatte es satt, zwischen den beiden zu sitzen und nicht beachtet zu werden.

»Sag bloß, das weißt du wirklich nicht mehr?«, fragte Tatjana ungläubig.

»Nee, nicht so wirklich. Wir haben hier gesessen und was getrunken. Dann hat Lilly mal wieder ihre dollen fünf Minuten gekriegt. Levent hat mich gefragt, ob ich für ihn Zigaretten kaufen würde, weil er nicht laufen kann, und also sind wir los ... Hab ich ihm die Kippen überhaupt gegeben?«

»Das hat Ilkay gemacht«, antwortete Tatjana schroff.

»Ja und sonst? War da noch was? – Ja. Was du mir über Lilly erzählt hast, das hat mich umgehauen, das ...«

»Falsche Spur«, sagte Tatjana.

»Noch was?« Leon rieb sich den Kopf. Eine dumpfe Ahnung stieg in ihm auf, gleichzeitig mit einer neuen Schmerzwelle. »Scheiße, der Penner.«

»Genau das meinen wir«, sagte Tatjana kaum hörbar.

»Ich weiß aber nicht mehr, was da war.« Leon schob den Teller zur Seite, legte seinen Kopf auf den Tisch. »Ich war nicht zurechnungsfähig.«

Er wollte die Augen zumachen, traf aber Pauls Blick, der ihn schweigend beobachtete. »Hast du auch mitgemacht?«, fragte er. Vorstellen konnte er es sich kaum, denn Paul galt als Schwächling; Lilly hatte ihn sogar mal als »sensibel« bezeichnet.

Paul kräuselte die Lippen.

»Daran erinnere ich mich jetzt wirklich nicht«, sagte Leon und grinste ein bisschen. »Mir fehlen so 'n paar Details.«

»Kann ich nicht drüber lachen.«

»Ich auch nicht, Alter. Ehrlich. Ich hab 'nen Filmriss. Hat mein Vater auch öfter mal, ist Vererbungssache. Sag mal, kannst du mir 'ne Aspirin besorgen?«

»Lass, Paul, das mach ich schon.« Tatjana stand auf, wobei ihr Stuhl ein ekelhaft quietschendes Geräusch auf dem Fußboden erzeugte.

Leidend verzog Leon das Gesicht. »Eine Höllenfahrt ist das«, sagte er und vergrub den hämmernden Schädel in den breiten Armen.

15

Gerd wurde um Viertel nach zehn durch das Klingeln seines Handys geweckt.

Bis dahin hatte er trotz der unbequemen Lage im Auto mehr oder weniger fest geschlafen, war nur einmal durch besorgte Friedhofsbesucher aufgeschreckt worden, die gegen die Scheibe geklopft hatten.

Er griff nach dem Telefon. »Ja?«

»Ich bin's.«

»Martin, Gott sei Dank!« Er fuhr im Sitz hoch, stieß gegen das Lenkrad, unterdrückte den Schmerzenslaut, fragte schnell: »Wo bist du? Was ist passiert? Kann ich dich abholen? Ich bin schon in der Stadt.« Gerd hörte ein raues Husten. »Martin, alles in Ordnung mit dir? Bist du verletzt?«

Schluckgeräusche, Ausatmen und schließlich die Antwort: »Ich hab dein schönes Handy verloren, tut mir leid.«

»Das hast du nicht verloren. Man hat's dir weggenommen.«

Martin atmete schwer. »Tut mir leid, ehrlich.«

»Kein Problem. Sag mir bloß schnell, wo du bist und ...« Gerd startete den Motor.

»Ist nicht meine Schuld, dass das Handy weg ist. Tut mir wirklich leid, das teure Teil.«

»Ich weiß«, unterbrach Gerd ihn ungehalten. »Das waren Jugendliche, stimmt's?«

»Fünf so kleine Arschlöcher. Glaubst du nicht. Als ob ich Dreck wär.«

Gerd legte den Rückwärtsgang ein. »Die krieg ich, das versprech ich dir.«

Ein Schluchzer, gemischt mit röchelndem Atem. »Nee, lass mal. Die haben ja recht. Ich bin ja auch Dreck.«

»Das bist du nicht. Du bist mein Sohn.«

»Trotzdem. So was wie ich gehört in den Müll.«

Diese Worte waren wie eine Ohrfeige in Gerds Gesicht. So etwas durfte Martin nicht sagen.

»Ist auch egal. Bloß – Schmerzen hab ich noch. Wird überhaupt nicht weniger. Wird schlimmer. Krieg kaum Luft.«

»Martin«, wiederholte er alarmiert und rangierte den Wagen aus der Parklücke, »wo ... bist ... du?«

»Komm grad von Maries Eltern. Die haben mir Geld gegeben und ein frisches Sweatshirt. Von Marie. Hat ihr gehört. Hat auch nach ihr gerochen.«

»Wahrscheinlich musst du zum Arzt.«

»Haben die auch gesagt.«

Gerd hörte ein Klackern und laute Schluckgeräusche,

dann Martins etwas gekräftigtere Stimme: »Im Moment bin ich also wieder flüssig. Hundert Euro haben sie springen lassen.« Er rief: »Habt Erbarmen! Betet für die Armen!«

Kein Zweifel, dachte Gerd frustriert, mit Schnaps hat er sich schon versorgt.

»Unterm Wasserschlauch im Garten durft ich mich waschen. Ins Haus keinen Schritt rein.« Martin ahmte die Stimme von Maries Vater nach: »Und nicht in mein Auto! Kannst zum Krankenhaus laufen, oder da, nimm dir ein Taxi. Besser, du verschwindest! Verschwinde! Du stinkendes Stück Dreck, du.«

»Sag mir endlich, wo du bist«, rief Gerd herrisch.

Die nächste Antwort ließ so lange auf sich warten, dass er fürchtete, Martin wäre einfach umgekippt.

»Sorry, aber das geht nicht.« Martin trank ein paar Schlucke. »Ich bin hier ganz nah an 'nem ruhigen Platz, wo mich keiner findet. Hab hier im Bahnhof gerade eben 'nen Bekannten von früher getroffen, hat mir 'n bisschen was verkauft. Ich muss abschalten, die Arschlöcher vergessen, gucken, dass ich die Schmerzen loswerd. Ich weiß, ich bin da ja eigentlich drüber weg, aber jetzt brauch ich das noch mal.«

»Nein, das brauchst du nicht! Das darfst du mir jetzt nicht antun«, rief Gerd, während er wendete. Zumindest wusste er jetzt, in welche Richtung er fahren musste. »Abschalten kannst du bei mir. Ich besorge uns ein Hotelzimmer. Du kannst duschen oder erst mal schlafen, in einem richtigen Bett. Und dann bring ich dich zu einem Arzt.«

»Marie schläft auch nicht mehr im Bett. Und 'n Arzt hilft mir auch nicht mehr.«

»Martin, bitte. Jetzt helfe ich dir. Früher hab ich Fehler gemacht, aber jetzt mache ich keine mehr. Ich werde dir helfen. Wir haben es so vereinbart. Daran wirst du dich auch halten.«

»Ich kann nicht«, kam die leise Antwort, »ich schäm mich so.«

Was er dann noch alles erzählte, schockte Gerd so, dass er den Motor abwürgte, mitten auf der Straße.

Als er fertig war, fragte Martin: »Das verstehst du jetzt, ja?«

»Ja.« Er verstand es. »Ja.« Wenn er auch wenig in seinem Leben bisher verstanden hatte – besonders wenn es um die Gefühle seines Sohnes ging –, das hier leuchtete ihm ein.

Gerd brauchte einen Moment, um sich zu sammeln. Erst dann startete er wieder den Motor. »Ich bin unterwegs.«

»Die lassen mich gar nicht ins Hotel.«

»Doch. Ich regele alles für dich, bitte.« Er flehte jetzt. Das hatte er noch nie getan. Betteln war was für Weicheier. »Vertrau mir.«

»Ich kann nicht. Konnte ich ja auch früher nicht, warum jetzt?« Sein Sohn weinte.

Gerd weinte mit und der Wagen schlingerte über die Straße, direkt auf ein Kind zu, das auf die andere Seite wollte. Gerd sah es erst spät, musste scharf bremsen und verlor dabei das Handy. Es fiel in den Fußraum, rutschte unter den Beifahrersitz.

Als er endlich angehalten und das Telefon wiedergefunden hatte, war die Verbindung abgebrochen. Entweder hatte Martin aufgelegt oder sein Kleingeld war aufgebraucht.

Jetzt hieß es schnell sein. Es ging um alles, nicht nur für Martin, auch für ihn. Zurück vom Außenbezirk in die Innenstadt. Er raste durch den mittlerweile erwachten Stadtverkehr und kämpfte gegen die Tränen an.

Als ihn die dritte rote Ampel zum Halten zwang, drückte er, ohne darüber nachzudenken, Martins Handynummer.

Wahrscheinlich genauso gedankenlos nahm am anderen Ende jemand ab. Eine männliche Stimme ohne Akzent, barsch und Gerd wohlbekannt vom gestrigen Horrortelefonat.

»Ja?«, fragte Sven und dann noch einmal, ärgerlich: »Ja?!«

Gelb. Gerd gab Gas.

»Wenn er stirbt, bringe ich euch um. Ich werde euch finden und euch alle umbringen. Und du, kleines Arschloch, wirst der Erste sein.«

16

Lilly bekam einen Lachanfall, als Sven plötzlich zuckte wie von der Tarantel gestochen, laut »Fuck!« fluchte und sein Handy durch die halb offene Tür des anrollenden Busses ins Gebüsch neben der Jugendherberge warf.

»Tickst du noch ganz sauber, Junge?«, fragte Herr Gralla, der durchgezählt hatte und gerade bei ihnen im Gang stand, aber Sven antwortete nicht. Er ließ sich auf einen freien Sitz fallen und verschränkte knurrig die Arme vor der Brust. Spontan drückte Lilly sich an dem Lehrer vorbei und pflanzte sich auf den Platz neben Sven.

»Irgendwie hab ich mal wieder Lust, neben meinem Ex zu sitzen«, sagte sie forsch und musste sich den Mund zuhalten, um nicht wieder loszuprusten. »Was hast du dir für 'ne Droge in deinen Kaffee gemischt, dass du dein neues Handy wegwirfst?«

Sven brummte böse, aber Lilly scherte sich nicht drum. Die Stimmung in der Klasse war über Nacht eindeutig besser geworden.

Ilkay und Sven hatten sich ganz normal verhalten, als die Taschen in den Bus geladen wurden und Paul dabei zufällig direkt neben ihnen gestanden hatte.

Ebru war heute früh freundlich zu ihr gewesen und hatte ihr im Bad ihren Eyliner ausgeliehen. Auch Tatjana war wieder besser drauf; sie hatte Lilly gefragt, ob sie anschließend noch mit zu ihr nach Hause käme, den Geburtstag ihrer Oma feiern, Leon käme auch und es gäbe leckeren Kuchen. Selbst die Standpauke der Lehrer hatte sich in Grenzen gehalten; beide waren vor allem froh darüber, dass die vermissten Schüler wohlbehalten wieder bei der Gruppe waren.

Nur ihr Ex musste noch etwas aufgeheitert werden.

Wenn man Lilly jetzt gefragt hätte, warum sie mit so einem immer noch Kontakt haben wollte, hätte sie es kaum sagen können. Vielleicht weil er der Einzige war, der ihr gezeigt hatte, dass er sie mochte, wenn auch auf unbeholfene, rohe Weise. Sven wollte sie zu seiner Freundin. Alle einfacher gestrickten Mädchen, die ihn genommen hätten, um einen starken Beschützer zu haben, ließ er links liegen. Sven wollte sie, die schwierige, eigensinnige Lilly, die sich nicht mit tief ausgeschnittenen Tops aufbrezelte, sondern meistens garstig und wenig weiblich gab. Logisch wollte er auch Sex. Damit hielt er nicht hinterm Berg und seine Direktheit wiederum fand Lilly okay, denn Heuchler hasste sie mehr als alles andere. Es war ja auch nicht so, dass sie prüde geworden wäre, nur weil der Ex ihrer Mutter seine Triebe nicht unter Kontrolle gehabt hatte. So viel Macht wollte sie der Vergangenheit nicht einräumen.

Dass es für Lilly nach der Trennung längst jemand anderen gab, konnte und durfte Sven nicht wissen. Zwischen ihm und ihrem Schwarm Jan-Oliver gab es keine Berührungspunkte.

Lilly seufzte innerlich. Ihr Jan-Oliver war auch in diesem Moment weit weg und quasi gar nicht existent. Warum da nicht ein bisschen mit Sven flirten?

Es würde auch Paul zugutekommen, wenn sie sich wieder besser mit Sven verstand. Paul würde das zwar nicht begreifen, er lebte nach dem Motto: »Deine Feinde sind auch meine Feinde«, und forderte das auch von anderen. Doch

Lilly war sich sicher, Paul insgeheim einen Gefallen zu tun: Wenn sie Pauls Feinde besänftigte, half sie ihm mehr, als wenn sie sich stur und treu auf seine Seite stellte.

»Du hättest das Handy lieber mir schenken können, statt es wegzuwerfen«, sagte sie also und knuffte Sven ein bisschen. »Ich könnte gut ein neues gebrauchen.«

»Ist besser, dass du's nicht hast.«

»Wieso?« Lilly kicherte, zog gemütlich die Knie an und stemmte sie gegen den Vordersitz. »Bekäme ich dann zufällig raus, mit welchen Tussis du in der Zwischenzeit heiße Affären hattest?«

»Quatsch«, rief Sven ungehalten. Er stand auf, als wollte er sich einen anderen Platz suchen, überlegte es sich aber anders, setzte sich wieder und legte ihr den Arm um die Schultern. »Hab keine Affären. Das Handy war 'n Scheißteil, deshalb.«

»Tja«, machte Lilly gut gelaunt, »shit happens.«

Sven lachte auch. »Das kannst du laut sagen.« Dann zog er sie etwas näher an sich heran, seufzte ganz komisch, grübelte einen Moment und sagte dann: »Du kennst mich doch gut, Lilly, ne?«

»Hmm.«

»Jetzt mal ganz unter uns« – er senkte die Stimme – »kannst du dir vorstellen, dass ich Schiss krieg, dass ich mir in die Hosen mache?«

»Hä?«

»Eben, das kannst du dir nicht vorstellen.« Sven verschränkte die Arme vor der Brust. Er roch nach Schweiß, Zigarettenqualm und Bier, aber Lilly störte das nicht. So roch Sven eben.

Lilly glaubte plötzlich, dass er gleich auf die Sache von gestern zu sprechen käme. Dann würde sie endlich erfahren, was es mit dem mysteriösen Fremden auf sich hatte, mit dem sie angeblich aneinandergeraten waren. Offenbar war das ein Kerl, vor dem man sich in Acht nehmen musste. Vielleicht so ein Glatzengorilla, der ein paar Gleichgesinnte in der Nähe gehabt hatte. Einer, den sie unterschätzt hatten. Zwar hatte er wohl von ihnen eines auf die Nase bekommen, aber danach vielleicht eine Truppe mobilisiert, die mit Baseballschlägern hinter ihnen hergerannt war. So was in der Art musste passiert sein. Tatjana hatte genau wie Paul bisher nichts darüber rausgelassen, obwohl sie doch sonst immer alles, aber auch wirklich alles breittrat, und Leon hatte behauptet, einen Filmriss zu haben.

»Sven?«

»Das ist auch nicht so.«

»Was?«

»Dass ich vor irgendwem Schiss hab. Das geht gar nicht.«

»Also, mal ganz ehrlich«, sagte Lilly grinsend und warf den Kopf zurück, »ich würde jetzt wirklich gern wissen, was sie dir heute Morgen in den Kaffee getan haben.«

»Nix«, antwortete Sven, »höchstens Glücksklee oder wie das heißt, denn du sitzt ja wieder neben mir.«

Und mit diesen Worten küsste er sie, so überraschend und heftig, dass sie sich gar nicht sträuben konnte – und ausgerechnet in dem Moment, als Levent mal wieder ein Foto schoss und Paul sich von den vorderen Sitzen zu ihr umdrehte.

17

Du weißt nie, wann Feierabend ist.

Das weißt du nicht. Das kann schon morgen sein. Oder heute.

Besonders wenn du so'n armes Schwein bist wie ich, kann's dich ganz schnell erwischen. Gerade noch liegst du gemütlich zwischen den abgestellten Güterwaggons in der Frühlingssonne und guckst in den Himmel – schon bist du auf dem Weg nach oben.

»Was machen Sie denn da?«, hat die Oma ausgerufen, die mich früh um sechs auf dem Friedhof gefunden hat. War wahrscheinlich auch im Igelschutzverein. Saubere Witwe mit Gießkanne, eifrige, fleißige Frühaufsteherin, aber ohne Hirn, ohne Herz.

Weißt du, wie viele Leute ohne Herz rumlaufen? Glaubt man nicht. Könntest denen die Brust durchleuchten und würdest sehen, dass da nichts drin ist. Jedenfalls sagt die: »Schämen Sie sich nicht, hier Ihren Rausch auszuschlafen und alte Leute zu erschrecken?«

Sagt die eiskalt zu mir. Sagt's und rafft nichts. Gerd, der hat's gerafft, als ich's ihm vorhin erzählt hab. Der weiß, dass da, wo ich heut Morgen noch drin war, keiner freiwillig reingeht. Nicht mal einer, der sich umbringen will, so wie der Kumpel von mir, der Rattengift geschluckt hat, nicht mal einer, der sich selbst hasst, würde sich freiwillig zum Sterben da reinlegen.

Gerd hat verstanden, warum mir das den Rest gegeben hat. Rippenbrüche, rausgehauene Zähne, rote Striemen, blaue Flecken – das kenne ich alles von zu Hause, das wegzustecken ist kein Problem, darin hab ich Übung. Aber irgendwo ist auch bei mir die Grenze. Irgendwann ist Feierabend. Jetzt will ich nicht mehr.

Gerd ahnt, was kommen wird, und deshalb ist er mächtig sauer auf die fünf kleinen Arschlöcher. Gruselig, wie sauer der ist!

Ich hab richtig Angst vor Gerd, obwohl er ja theoretisch nicht auf mich wütend ist. Trotzdem möchte ich ihm grad nicht in die Finger fallen. Hab ich schon als Kind möglichst vermieden. Wenn Gerd nämlich so dermaßen die Hasskappe aufhat, kann man sich warm einpacken. Die fünf kleinen

Arschlöcher haben seinen Plan durchkreuzt. Gerd muss denken, die haben mich ihm absichtlich weggenommen, damit er kein guter Mensch werden kann. Böse Falle. Denn Gerd lässt sich nicht ungestraft was wegnehmen. Schon gar nicht seine Ziele, egal wie abwegig die sind. Anstelle der fünf kleinen Arschlöcher würde ich jetzt schleunigst zusehen, dass ich Land gewinne.

Was hab ich früher eine Angst gehabt, wenn ich was angestellt hatte! Oder wenn ich einfach nur so wusste, dass Gerd innerlich am Kochen ist. Gründe hat's dafür gar nicht gebraucht.

Im Keller hab ich mich versteckt, hinter Kisten und Kästen, in meinem Zimmer hab ich mich eingeschlossen, aber er hat mich immer gefunden, hat die Kisten zur Seite gestoßen, die Tür eingetreten, den Hund, der mich beschützen wollte, mit'nem Knüppel kaltgemacht. Dabei war das ein kleiner Hund, Pucki hieß er, hätt eh nichts machen können mit seinen Mausezähnchen. Jahrelang hab ich noch den Blutfleck von Pucki vor meinem Bett gesehen.

Scheiße, was heul ich jetzt, ist doch schon so lange her, Puckis krachender kleiner Schädel. Was schwitz ich so und bibber gleichzeitig, brauch ich doch nicht: Gerd ist nicht da.

Er ist nicht da, er ist nicht da, er ist nicht da, er ist nicht da.

Ich entspanne mich.

Ich guck in den Himmel. Schön. Wenn man sich was eingepfiffen hat, so wie ich, merkt man nicht, wie einem die Luft ausgeht. Dann ist man einfach froh, dass endlich mal Feierabend ist. Ich seh den Kondensstreifen von 'nem Flieger, der nimmt mich mit ins weite Blau.

Aber – und das würd ich den fünf kleinen Arschlöchern jetzt gern noch sagen – aber wenn du nur so 'n halbes armes Schwein bist, so fast unten, also noch nicht ganz unten wie ich, sondern nur halb, und wenn du deshalb meinst, du kannst die, die ganz unten sind, prügeln und treten und wie Dreck behandeln, wenn du zu denen gehörst, die so was machen, ne, wenn du so einer bist, so 'ne miese Ratte, dann … dann tust du mir leid. Echt leid, ey.

Weil: Euch kann's ja auch treffen. Morgen. Heute. Aus Zufall oder aus Rache, aus heiterem Himmel oder … angekündigt.

Irgendwann ist Feierabend.

Darauf könnt ihr euch verlassen. Ihr werdet schon sehen.

Freitag, 10. Juni

18

Paul war sehr erleichtert, als sein Hausarzt ihm sagte, sein Blutbild sei in Ordnung, er habe sich nicht mit Hepatitis angesteckt und es sei aufgrund seiner Schilderung auch eher unwahrscheinlich, dass er sich mit Aids infiziert habe. Zur Beruhigung könne man in ein paar Wochen noch einen Test machen. Doch die Erleichterung hielt nicht lange an, denn der Hausarzt wollte natürlich wissen, wieso Paul in Berührung mit dem Blut eines Obdachlosen gekommen war.

Zwar standen Ärzte unter Schweigepflicht, aber Pauls Scham war so groß, dass er zögerte. Die volle Wahrheit konnte er niemandem sagen. Dennoch begann er zu erzählen: Wie er in der Schule im letzten Jahr nur noch das pure Überleben gelernt hatte und zuerst froh gewesen war, dass an jenem Abend auf einmal der Obdachlose aufgetaucht war. »Hilfe für den Mann zu holen hab ich mich nicht getraut. Wie denn auch? Die hätten mich sofort gepackt, wenn ich mein Handy gezückt hätte.«

Der Arzt sagte nichts, aber Paul hatte sich die Frage selbst schon viel zu oft selbst gestellt. Hatte es wirklich keine Möglichkeit gegeben einzugreifen? Tatjana war doch auch noch da gewesen. Paul hätte sich mit ihr absprechen können. Aber irgendwie ...

In Gedanken sah er die Situation wieder vor sich. Nein, er hatte keine Chance gehabt. Die anderen hatten gesagt, dass er mitmachen solle. Ihn treten. *Richtig reintreten, Kartoffelgesicht*, hatten sie gesagt. *Tritt rein oder du bist selber dran. Los, mach schon, das ist jetzt deine Chance zu beweisen, dass du ein Mann bist.* Das wollte und konnte er nicht machen. Da hatten sie ihn gestoßen, sodass er auf den Penner gefallen war und direkt auf ihm lag, auf seinem blutigen Gesicht, mit der Nase in Rotz und Kotze. *Streber*, hatten sie zu ihm gesagt. *Schwuchtel. Schwanzlutscher.* Und: *Hosen runter, die Opfer wollen's miteinander treiben.*

Paul kämpfte mit den Tränen.

»Hast du mal darüber nachgedacht, dich jetzt zu wehren und Anzeige gegen deine Mitschüler zu erstatten?«, fragte der Arzt behutsam. Er musste gemerkt haben, was in Paul vorging.

»Nein, das mache ich nicht. Dann kann ich echt einpacken. Außerdem nutzt das dem Mann jetzt auch nichts mehr.«

Wie von weltfremden Erwachsenen zu erwarten, redete der Hausarzt noch eine Weile auf Paul ein, sprach von seiner moralischen Pflicht, das Vergehen der Polizei zu melden und dem Obdachlosen wenigstens im Nachhinein Gerechtigkeit widerfahren zu lassen.

»Du wirst dich besser fühlen, wenn du das gemacht hast. Du wirst dein Gewissen erleichtern, wirst dir und den anderen zeigen, dass du nicht so bist wie die Schläger deiner Klasse.«

Paul schüttelte nur den Kopf. Er war nicht besser als sie. Er hatte dem Arzt nicht alles erzählt. Das Schlimmste fehlte ja.

Nachdem Paul sich an jenem Abend nämlich wieder vom Bauch des Penners aufgerappelt hatte, waren die Demütigungen weitergegangen. Zuerst hatte es eine Pause gegeben, weil das Handy des Mannes geklingelt hatte. Ein winziger Aufschub war das gewesen, ein verzweifeltes Aufatmen. Zu kurz, um abzuhauen. Paul hatte hastig versucht, sich sauber zu machen; der Penner war nicht mehr in der Lage gewesen, irgendwas zu tun. Selbst sein Winseln und verzweifeltes Luftschnappen hatte aufgehört.

Plötzlich war die Frage aufgetaucht, ob der Typ, der angerufen hatte, wohl die Polizei verständigen würde. Also hatten die anderen diskutiert, wie man *das Scheißopfer* am besten verschwinden ließe. Und wer es tun sollte.

Das, was er dann getan hatte, konnte Paul niemals jemandem erzählen, schon gar nicht dem Arzt. Das war selbst für die bis zu diesem Moment stumm vor sich hin glotzende, Fingernagel kauende Tatjana zu viel gewesen.

»Keine Fotos«, hatte sie gerufen, »das will ich nicht, dass ihr davon Fotos macht. Das ist voll daneben, das muss unter uns bleiben. Am besten vergessen wir's ganz schnell wieder!«

Dieser Meinung war Tatjana drei Wochen später offenbar immer noch. Als Paul die Praxis verließ, traf er sie nämlich zufällig im Flur des Ärztehauses. Er sprang gerade die Treppen herunter; sie stieg im ersten Stock vor der Tür des Kieferorthopäden aus dem Aufzug.

»Na, hast du dir wieder 'nen Krankenschein abgeholt, Paule? Du machst auch nur noch blau.«

»Wenn es so wäre, hätte ich allen Grund dazu.« Weil er noch aufgewühlt war, sagte er ihr, warum er eben beim Arzt gewesen war.

Obwohl er das Gespräch mit ihm gar nicht erwähnte, wurde sie daraufhin gleich noch eine Stufe zickiger. »Erzähl bloß keinem von der Sache!«

»Keine Sorge, ich bin nicht blöd«, log er. »Aber ich mache mir nun mal etwas mehr Gedanken als du.«

»Woher willst du das denn wissen?«

»Ich hab in der Woche danach jeden Tag im Internet gesucht, ob ich Hinweise auf das Schicksal des Penners finde«, flüsterte er.

»Und?«

Paul schüttelte den Kopf. Er hatte nichts entdeckt. In keiner der Online-Tageszeitungen war eine Nachricht erschienen, die von einem Überfall auf einen jungen Obdachlosen in Bremerhaven berichtete. Das beruhigte Paul immerhin ein bisschen, denn das musste wohl heißen, dass der Mann nicht nur überlebt, sondern auch auf eine Anzeige verzichtet hatte. Auch der andere, der am Handy Ohrenzeuge geworden war, schien nicht aktiv werden zu wollen. Allerdings hatte Paul irgendwann nicht mehr weiter nachgeschaut und jetzt bekam er plötzlich das ungute Gefühl, dass sie sich darüber nicht sicher sein konnten.

»Du denkst zu viel. Das ist überhaupt dein Problem.«

»Mensch, Tatjana, der Typ könnte tot sein, ist dir das klar?«

»Doch nicht von so 'm bisschen Dresche.« Sie drehte sich abrupt weg und fuhr sich mit einer fahrigen Bewegung durchs Gesicht.

Paul schüttelte den Kopf. »Das weißt du auch gerade. Du hast nur am Rand gestanden und zugeguckt. Dir geht das am Arsch vorbei. Das ist nämlich *dein* Problem: Du hast überhaupt kein Gefühl für andere Menschen. Deshalb läuft's auch zwischen dir und Lilly nicht. Weil du nicht merkst, wann du andere verletzt.«

»Stimmt nicht.« Tatjana wischte sich die Augen, als kämen ihr die Tränen. »Was fällt dir ein, so was zu sagen? Das ist doch nur dein eigenes schlechtes Gewissen. Außerdem: Eine Abreibung kriegen wir doch schließlich alle mal, frag die anderen. Frag sie mal, vor allem Sven und Ilkay. Glaubst du, die haben zu Hause noch nie was eingesteckt? Stell dich bloß nicht besser dar, als du bist. Du bist kein Stück besser als wir. Richtig schlimm war nämlich, was du zum Schluss gemacht hast. Das war asozial.«

»Das habe ich nur gemacht, weil die anderen mir keine andere Wahl gelassen haben.«

Tatjana schenkte sich die Antwort. Sie drehte sich einfach um und verschwand in der Praxis.

Paul folgte ihr nicht. Er hatte keine Lust mehr auf solche Diskussionen. Die Begegnung mit Tatjana hatte ihn schon genug runtergezogen. Seine Erleichterung darüber, gesund zu sein, war auch verflogen.

19

Lilly ließ sich Zeit mit dem Anziehen, obwohl sie das Luftgemisch aus Schweiß, Wasserdampf und Haarspray im Umkleideraum nicht mochte und wusste, dass es ein Risiko war, allzu lange zu trödeln.

Ein Mädchen nach dem anderen verabschiedete sich. Wenn Lilly den richtigen Zeitpunkt verpasste, wären nicht nur ihre Mannschaftskameradinnen und der 468er weg, sondern auch Jan-Oliver. Und den wollte sie ja gerade abpassen; sie wollte exakt die Letzte sein, die mit ihm zusammen die Halle verließ und dann auf dem in der Abendsonne schimmernden Parkplatz ausrief: »O nein, wie spät ist es denn? Ich verpasse den Bus.«

Ein paarmal war ihr das bisher geglückt und er hatte angeboten: »Dann steig in mein Auto. Ich fahre den kleinen Umweg bei euch vorbei.«

Die ersten Male waren noch im Frühjahr gewesen, da war es um neun dunkel und Ehrensache, dass der Trainer ein

Mädchen nicht allein heimgehen ließ. Nach den Osterferien hatte es zweimal in Strömen geregnet. Beim letzten Mal, kurz vor der Schulabschlussfahrt, fehlte der Grund für eine Ausnahme, aber Jan-Oliver hatte sie trotzdem mitgenommen. Da war es fast schon so gewesen, als bräuchten sie keinen Grund mehr; ganz selbstverständlich waren sie zu seinem Auto gegangen.

Danach hatte es allerdings nicht mehr geklappt, weil immer Mitspielerinnen in der Nähe gewesen waren. Jan-Oliver wollte nicht, dass jemand dachte, er würde ein Mädchen bevorzugen. Er wollte ein guter, fairer Trainer sein und alle gleich behandeln.

Auf so eine Idee würde Sven nie kommen. Jan-Oliver hatte sowieso nicht die geringste Ähnlichkeit mit Sven. Jan-Olli, wie die Volleyballer ihn nannten, hatte Gefühl und war klug. Er weckte in ihr die Sehnsucht nach einem anderen Leben, wenn er erzählte, welche spannenden Exkursionen er mit der Uni machte, wie er ins Ausland fuhr, wie er alles kennenlernte, Sprachen, Menschen, Hauptstädte der Welt.

Also, los, die Haare noch mal gerichtet und das pinke Shirt so weit runtergezogen wie möglich. Ihre Haut war duschgel-duftig und nachschwitzwarm – wenn das nicht verlockte, was dann?

Sophia, die Schnecke, die ihr schon manchen Abend vermasselt hatte, weil sie beim Umziehen unendlich langsam war, sagte: »Ciao, ciao«, und knallte die Tür hinter sich zu.

Es war zwanzig vor sechs. Das Training war heute ausnahmsweise vorverlegt worden. Ein Vorteil für Lilly. Falls ihr Ex und erneuter Verehrer auf die dämliche Idee kommen sollte, sie abzuholen, würde er jetzt erst auf dem Weg zum S-Bahnhof sein. Sie mochte Sven immer noch, keine Frage, aber Schluss war nun mal Schluss, auch wenn er das nicht begreifen wollte.

Bis zehn zählen und dann, dachte Lilly. Sie riss die Tür auf, sah *ihn*, wie er gerade die Bälle raustrug, der Trainerin der ersten Mannschaft zuwinkte und alleine auf sein quietschgrünes Auto zusteuerte.

Lilly zögerte keine Sekunde. »Jan-Olli!«

»Den Bus verpasst?«, sagte er, ohne sich umzudrehen. An seinem Tonfall hörte sie, dass er dabei grinste.

»Ja, du, rein zufällig.« Sie holte ihn ein.

Er öffnete den Kofferraum, warf seine Sportsachen und die Balltasche hinein und sah sie direkt an. »Und jetzt? Taxi gefällig?«

»Mhm«, machte sie mit trockner Kehle. Sie hätte ihn sofort küssen können.

Er wusste eh Bescheid. Ein Blinder mit Krückstock konnte sehen, wie es um sie stand. Schnell glitt ihr Blick einmal über Parkplatz und Eingangsbereich. Sie waren allein.

»Okay, ich fahr dich. Aber das darf nicht zur Dauereinrichtung werden.«

»Klaro.«

Jan-Oliver kniff kurz die Augen zu und gluckste. Das war das Zeichen, dass er einverstanden war.

»Ah, Jan-Ollis berühmtes Sternschnuppenschmunzeln«, sagte sie.

»So nennst du das?«

»Ja. Und wenn du richtig lachst, schiebst du die Zunge zwischen die Schneidezähne, ohne dir draufzubeißen, das finde ich am süßesten.«

Daraufhin tauschten sie beide ein Lächeln. Erst zaghaft, dann immer breiter.

So lief das bei ihnen immer: Nach einer Auftauphase fingen sie an zu flirten. Sie quatschten, alberten herum.

Mit Jan-Olli konnte Lilly stundenlang reden. Ihr Heimweg dauerte mit dem Auto nur neun Minuten, aber sie war sicher, wenn er sie in seiner Klapperkiste bis ans Ende der Welt mitgenommen hätte, wäre ihnen der Gesprächsstoff zwischendurch trotzdem nicht ausgegangen. Wäre das schön – mit Jan-Olli losfahren und plötzlich merken, dass man durch einen Zauber nicht von der Straße runterkommt, dass man zwar rasten kann, aber ansonsten weiterfahren muss, raus aus der Stadt, über die Berge, auf ein Schiff und durch die Wüste, und dann bliebe man für immer in einer Oase. Oder zumindest für eine Nacht unter Sternen.

Mit Sven wäre das unmöglich. Sven wollte alles sofort und er wollte niemals weg aus seiner Stadt, weil er woanders ja keinen kannte. Als Straße wäre Sven eine Sackgasse, Jan-Oliver der endlose Highway.

Jan-Olli fiel plötzlich ein, dass er noch kurz zur Sparkasse musste, daher fuhren sie einen anderen, längeren Weg als sonst, was ihr natürlich gut passte.

Als er im Ort parkte, blieb sie im Auto und genoss es, dort zu sitzen, als wäre sie seine Freundin. Sie öffnete das Handschuhfach, legte eine CD ein, drehte die Lautstärke hoch und machte die Fenster auf, um jedem zu signalisieren, dass dies hier ihr Platz war. Dann kam Jan-Olli zurück und hatte nicht nur seine Kontoauszüge, sondern auch zwei Eishörnchen geholt.

»Danke! Ich hab in der Umkleide so gebetet, dass die lahme Sophia endlich abzischt, damit ich mit dir fahren kann.«

»Du bist ja eine ganz schön freche Nudel.«

»Ist das ein Kompliment?«

Er neigte Eis schleckend den Kopf zu ihr rüber: »Kommt drauf an. Findest du Frechsein gut?«

»Klar. Brave Mädchen müssen ständig Sachen machen, die sie nicht wollen.«

»Zum Beispiel?«

Sie biss auf ein dickes Stück Schokolade im Stracciatella-Eis, aber ihre Stimme klang bitter: »Alles Mögliche.«

»Hm«, machte er und einen Moment herrschte Schweigen. Lillys Ansicht nach war es ein gut erträgliches, gefräßiges Schweigen, denn obwohl sie gerade selbst ein gefährliches Thema angeschnitten hatte, spürte sie, dass es sie jetzt nicht mit sich wegspülen würde. In diesem Augenblick mit Jan-Olli konnte sie solche Bemerkungen machen und damit zurechtkommen.

20

Sven hatte eigentlich gar keinen Bock, schlechte Laune zu haben. Es war Freitagabend und Sommer, die Luft warm und der Abend endlos hell. Er war zwar nicht verabredet, aber er bildete sich ein, es zu sein. Lilly vom Training abzuholen sollte eine Überraschung werden. Sie könnten draußen im Bikercafé an der Autobahn ein paar Bierchen trinken und Pommes essen, später in die Disco und noch später vielleicht in das Schrebergartenhäuschen seiner Oma. Auf der Eckbank unter dem Hirschgeweih hatten sie das erste Mal miteinander gevögelt.

Ja, das war ein perfekter Plan für eine perfekte Nacht.

Wenn er sich nur nicht schon wieder mit seinem Alten gezofft hätte.

Der war arbeitslos, solange Sven denken konnte. Warum also bestand er plötzlich darauf, dass Sven sich einen »anständigen Ausbildungsplatz« suchte? Sollte er sich doch selber einen Job suchen.

Die blöde Bewerbungsschreiberei hing Sven zum Hals raus. Außerdem wusste er, dass ihn mit seinem Zeugnis eh keiner nehmen würde. Wenn er Kohle machen wollte, sah er nur eine Chance: Ins Fernsehen kommen, sich bei einer Doku-Soap bewerben, bei einer Gerichtsshow starten oder so, das wäre was. Lilly würde seinetwegen jeden Abend vor der Glotze hängen. Dann würde sie wenigstens zunehmen und nicht mehr so dürr sein. Scheiß auf die Mode, er stand mehr auf mollige Frauen, man wollte ja was in der Hand haben ... wie in den Filmen, da hatten die auch etwas mehr Fleisch.

Sven lachte vor sich hin, als er durch die Unterführung ging und die Stufen zum S-Bahnhof hinaufstieg. Lilly würde ihn umbringen, wenn sie seine Gedanken lesen könnte. Aber schlafen würde sie trotzdem mit ihm. Sven leckte sich genüsslich die Lippen, klar würde sie das. Sie hatte ihm ja auch erlaubt, dass er sie oben ohne fotografierte.

Grinsend trat er auf den Bahnsteig. Locker noch zehn Minuten zu warten und keiner zum Quatschen da, keiner, dem er vielleicht die Lilly-Fotos auf seinem Handy zeigen könnte, überhaupt kein Mensch hier oben um diese Zeit. Schade, er hätte gern ein bisschen angegeben, aus Vorfreude sozusagen.

Hinter ihm in der Unterführung hallten Schritte. Er drehte sich kurz um: nur der stinkende Penner, der schon im Linienbus zwei Reihen vor ihm gesessen hatte. Solche Typen fuhren den ganzen Tag Bus und nervten die Leute mit ihrer Anwesenheit. Konnten die sich nicht wenigstens verstecken, wenn sie schon so faul waren und die Luft verpesteten? Wieso suchten die sich keine Arbeit?

Sven ärgerte sich, denn nun musste er wieder an seinen Vater denken. Was hatte der Alte in seinem versoffenen Kopf behauptet: Heute Nachmittag hatte jemand aus einem Metall verarbeitenden Betrieb angerufen, bei dem er, Sven Lange, eben ein Bewerbungsgespräch verpasst hätte?

Schwachsinn, er hatte keinen Termin verschlunzt. Aber sein Vater glaubte natürlich diesem Anzugträger, der ihm eine halbe Stunde am Telefon das Ohr abgekaut hatte. Angeblich hatte der Mann auch ganz viel über Sven wissen wollen und schließlich gemeint, er fände ihn passend für den Job. Nur wo genau sich Sven am Montag noch einmal vorstellen sollte, das konnte sein Vater ihm nicht sagen. Typisch! Das Wichtigste vergaß er zu fragen und blaffte dann Sven an, das müsste *er* doch wissen.

Also würde Sven wohl die Hoffmann fragen müssen. Sicher hatte sie den Kontakt hergestellt. »Ich muss meine Schäfchen unterbringen«, sülzte sie immer, »ihr sollt eine Zukunft haben.«

Er hätte mehr Zeit und mehr Zukunft ohne diese dämliche Kindergartentante, die es immer nur gut meinte. Lilly sah das genauso, sie konnte die Hoffmann auch nicht leiden.

Sven schob die Hände in die Jeanstaschen, sah im Augenwinkel den Penner rumlungern, sah ihn sich wie eine hungrige Straßenkatze ranschleichen und dachte, dass er eigentlich mal pinkeln gehen könnte.

Der Hauptpunkt aber, weshalb er den offiziellen Bahnsteigbereich verließ und sich breitbeinig hinter ein Stromhäuschen stellte, war, dass er seit der Abschlussfahrt keine Penner mehr sehen konnte. Sie waren ihm zuwider und unheimlich zugleich. Der Schock über die Drohung am Telefon war zwar schnell vergessen, aber trotzdem machten solche Menschen ihn neuerdings unruhig. Bei diesem hier äußerte es sich so, dass er quasi auf seine Blase drückte. Sven öffnete seinen Hosenstall, und während er auf die Gleise guckte und die körperliche Erleichterung spürte, versuchte er sich abzulenken und an Lilly zu denken, das heißeste Mädchen der Schule.

Doch seine Gedanken sausten unwillkürlich zu dem Abend vor etwa drei Wochen und dem Anruf am nächsten Morgen. Nur Ilkay hatte er davon erzählt, denn der war der Vertrauenswürdigste und Verschwiegenste von allen. Wie Sven sich schon gedacht hatte, war Ilkay der gleichen Meinung gewesen wie er selbst: Über so eine Drohung konnte man sich erschrecken, aber tatsächlich bräuchten sie sich keine Gedanken zu machen. Sven hatte das Handy des Opfers, das das einzige Beweisstück und gleichzeitig die einzige Spur zu ihnen war, ja weggeworfen.

Danach hatten sie kein Wort mehr darüber verloren.

Auch Tatjana hatte wie vereinbart den Mund gehalten, Paule wahrscheinlich auch, weil er eingeschüchtert war.

Nur Leon hatte Sven von sich aus ein einziges Mal angehauen und gefragt, ob er wüsste, was aus dem »armen Schwein« geworden sei.

Sven hatte sich aufgeregt: »Wieso sagst du armes Schwein, Alter? Tut dir der Arsch jetzt leid, oder was?«

»Nee, Quatsch, das nicht«, hatte Leon gemeint, dann aber doof rumgedruckst. Er wüsste gar nicht mehr genau, was eigentlich passiert wäre, wie schwer der verletzt war, er könnte sich kaum an was erinnern und es würde ihn interessieren, ob der wohl wieder auf die Beine gekommen wäre.

»Hab nix Gegenteiliges gehört«, hatte Sven geantwortet und das Thema damit beendet. Sie hatten den nicht totgeschlagen, niemals, das hätten sie schließlich gemerkt.

Sven war gerade dabei, sein Geschäft zu beenden, als er ein Geräusch hörte. Neben dem leisen Singen der Gleise, das weit hinter ihm den nächsten durchfahrenden Zug ankündigte, war da noch etwas. Klang wie das Knirschen kleiner Glasscherben unter einem schweren Stiefel, ganz nah. Überrascht drehte Sven den Kopf, so ruckartig, dass die letzten Tropfen Urin auf seine Turnschuhe fielen. Im nächsten Moment lief ihm ein Schauder durch den Körper. Der Penner stand direkt vor ihm, fast wie an dem Abend vor drei Wochen.

Er war etwas älter, hatte aber die gleichen rotzigen Klamotten, die gleichen fettigen, rotbraunen Haare, die gleiche krumme Nase. Nur die Augen, die waren wirklich anders, nicht müde und wässrig, sondern berechnend, konzentriert, kalt.

»Ey, du Arsch, macht's dir Spaß, mir beim Schiffen zuzugucken?« Svens Stimme sollte polternd und einschüchternd klingen, aber der Einzige, der eingeschüchtert war, war er selbst. Wie lange hatte der andere schon wie ein Gespenst dagestanden und ihn angestarrt?

Hastig versuchte Sven, sein Ding in die Hose zu packen, doch der plötzliche und unerwartet feste Griff des Penners um sein Handgelenk hinderte ihn daran. Die Stimme war ein böses Zischen: »Wie wär 's mal mit 'ner milden Gabe für 'nen Obdachlosen?«

»Was?« Sven riss sich los. Panik blitzte in seinen Augen auf. Er ahnte, dass der Anrufer vor ihm stand, auch wenn er sich nicht erklären konnte, wie der ihn gefunden hatte. Weil er nicht richtig angezogen war, konnte Sven sich aber nicht wehren. »Verschwinde, du Wichser!«, war alles, was er hervorbrachte.

»Nein. Du wirst verschwinden. Denn ohne dich ist die Welt viel schöner, glaub mir.«

Sven staunte noch, als er den ersten harten Stoß vor die Brust bekam. So was war ihm noch nie passiert. Dachte der Kerl nicht an die Folgen? Sven war kein Opfer, er war ein Kämpfer, er hatte ein Messer und das würde er gleich ...

Während seine Hand endlich den Reißverschluss der Jeans hochzog, traf ihn aber schon der zweite Schlag und er stolperte rückwärts, bis ihn der dritte, härteste Stoß runter vom Bahnsteig auf die Gleise beförderte. Sein Handgelenk knackte übel. Schmerz schoss in den Arm und das Steißbein. In seinen Ohren rauschte laut sein Blut. Es rauschte wie das Sirren eines herannahenden Intercitys. Scheiße, der Zug! Ein warnendes Hupen war das Letzte, was Sven hörte, während er sich aufzurappeln versuchte.

21

Tatjana traute ihren Augen nicht, als sie sah, mit wem ihre Freundin da vorm Haus rumknutschte. War das nicht der Volleyballtrainer? Sie blieb stehen und blickte direkt ins Auto. Mit dem Erfolg, dass der Typ sie bemerkte und sich hastig von Lilly verabschiedete. Die fauchte sie noch im Aussteigen an: »Musste das sein, Tatjana?!«

»Was denn?«

»Du verdirbst mir den ganzen Abend.«

»Bloß weil ich neugierig bin?«

Lilly schnaubte wütend, aber im nächsten Moment hatte das Auto gewendet, der Fahrer hupte und Lilly sprang vor Freude auf der Stelle und winkte ihm mit beiden Armen hinterher.

»Ist das dein Neuer?«

Jetzt strahlte ihre Freundin sie an, als hätte sie vergessen, dass sie sich gerade eben noch gestört gefühlt hatte. »Ich hoff's«, sagte sie und ballte die Fäuste, als wollte sie sich selbst die Daumen drücken. »Aber sicher bin ich noch nicht.«

»Na, viel Glück. Aber meinst du, der passt zu dir? Wie alt ist der überhaupt?«

»Was interessiert mich das?! Ich will Jan-Olli ja nicht heiraten.«

»Klar«, antwortete Tatjana lakonisch und dachte zum hundertsten Mal, wie verschieden sie doch waren. Außerdem war sie enttäuscht, denn sie hatte noch nicht mal gewusst, dass Lilly auf ihren Trainer stand. Sie war einfach keine Freundin für Lilly, auch wenn sie sich schon lange kannten und in der Schule nebeneinandersaßen – die wichtigen Dinge und Geheimnisse teilte sie nicht mit Tatjana. In Liebesangelegenheiten hatte Lilly ihr praktisch noch nie etwas erzählt, was nicht sowieso alle wussten. Bis auf dieses verfluchte einzige Mal, am letzten Abend der Klassenfahrt, als Lilly Tatjana anvertraut hatte, was alles in ihrem Leben schiefgegangen war, seit ihre Mutter vor vier Jahren einen Freund namens Richie mit nach Hause gebracht hatte. Tatjana war natürlich in erster Linie geschockt gewesen – so was Widerliches gab es also nicht nur im Fernsehen –, aber dass Lilly Richies Sachen eines Abends in den Hinterhof geschafft, auf einen Haufen geschichtet und angezündet hatte, hatte Tatjana auch umgehauen. Sie fand es wahnsinnig und bewundernswert zugleich, wie ihre Freundin sich gewehrt hatte. Sie selbst wäre in der gleichen Situation wohl einfach nur total zusammengebrochen. Sie hatte ja schon versagt, als Lilly sich ihr anvertraut hatte.

Nur nicht wieder an diesen Abend denken! Schlimm genug, dass sie heute schon einmal daran erinnert worden war, nämlich von Paul.

Sie gingen ins Haus. Oben im zweiten Stock lehnte Leon in der offenen Wohnungstür und sah ihnen entgegen. Tatjanas Herz machte einen Hüpfer, wie immer, wenn sie Leon sah. Sie war noch genauso verliebt in ihn wie am Anfang – trotz allem, was auf der Klassenfahrt passiert war. Sie glaubte fest daran, dass sein Gewaltausbruch ein einmaliger Ausrutscher gewesen war.

»Hi, Bär«, flötete sie. »Wartest du schon sehnsüchtig? Der Bus hatte Verspätung, stand im Stau. An der Bahnunterführung ist einer vor 'nen Zug gesprungen.«

»Wow.« Lilly schleuderte ihre Sporttasche in eine Ecke des Flurs. »Schade, dass ich das nicht mitgekriegt hab.«

»Ich hab gehört, es war einer in unserem Alter«, entgegnete Tatjana pikiert.

»Jemand, den wir kennen?«, fragte Leon und gab ihr einen kurzen Kuss.

»Glaub ich nicht«, sagte Tatjana, während sie sich die hohen Schuhe auszog. »Wer sollte das sein? Höchstens Paul, aber der ...«

»Häää?«, rief Lilly und sprang so wild auf Tatjana zu, dass sie, gerade auf einem Bein stehend, vor Schreck fast gestolpert wäre. »Wieso sollte Paul das machen?«

Tatjana fing sich wieder und wurde nun selbst wütend. Lillys wechselnde Launen gingen ihr gehörig auf den Keks. »Vielleicht, weil ihr beiden Stress habt«, antwortete sie und streifte den Schuh ab. »Vielleicht, weil du mit Sven und deinem Trainer gleichzeitig rummachst und dein armer Paule eifersüchtig ist. Was weiß ich denn?! Vielleicht ist er sogar der Blödmann, der die ganzen Fotos geklaut hat.«

»Welche Fotos?«, fragten Leon und Lilly gleichzeitig, aber Tatjana stürmte an ihnen vorbei in die Küche, sah Leons Bierflasche auf dem Tisch stehen und nahm erst mal einen gehörigen Schluck. Diese Frau war einfach anstrengend.

»Süße«, sagte Leon, trat zu ihr und küsste sie, »lass dich von meiner kleinen Schwester nicht ärgern.«

»Keine Sorge, Bär. Die kann mich gar nicht ärgern, weil mir eh scheißegal ist, was mit der ist und was die macht«, sagte Tatjana beleidigt.

»Dann ist ja gut.« Noch ein Kuss. »Und was war jetzt mit

den Fotos?« Leon war guter Laune, stellte für sie und Lilly Bier, Wasser und Apfelsaft auf den Küchentisch.

»Habt ihr noch nichts davon gehört? Ich meine die Fotos von der Abschlussfahrt. Da hing doch dein großes Plakat, Lilly, in der Pausenhalle. Als Aileen und ich gestern nach der letzten Stunde da vorbeigegangen sind, waren vier Fotos und die Klassenliste für die Nachbestellungen abgerissen. Ich hab das heute beim Bewerbungstraining im Arbeitsamt total vielen Leuten erzählt – sitzt ihr eigentlich auf euren Ohren? Also mich hat das geärgert. Ich hab auch überlegt, wer es gewesen sein könnte, und bin auf Paul gekommen, weil nämlich das Kussfoto von dir und Sven weg ist. Weißt du, das Levent im Bus von euch gemacht hat und unter das Sven gekritzelt hat: *Sven Lange und Lilly Rembecker = big love forever.*«

»So was reißt Paul nicht ab«, sagte Lilly, wirkte aber nicht überzeugt. Nachdenklich setzte sie sich und mixte sich in einem nicht ganz sauberen Glas eine Apfelschorle.

»Von ihm und dir ist aber kein Foto dabei.«

»Paul wollte grundsätzlich nicht mit aufs Plakat. Er hatte Angst, sie würden die Fotos, auf denen er drauf ist, beschmieren.«

Wovor hat der eigentlich keine Angst?, dachte Tatjana, verkniff sich aber einen Kommentar und erzählte weiter, welche Fotos geklaut worden waren: das Foto von Lilly auf Leons Schoß, unter dem *Geschwisterliebe* stand, außerdem das von Sven, Levent, Ilkay und Leon, auf dem sie sich die Arme über die Schultern gelegt hatten und wie eine Gangsta-Rap-Band aussahen. Auch das Foto von Lilly, Levent und Frau Hoffmann vor der Jugendherberge fehlte.

»Das mit der Hand halb in Hoffmanns Bluse, wisst ihr?« Tatjana kicherte. »Aileen hat gesagt, das könnte auch die Hoffmann selbst abgerissen haben, weil das so dermaßen peinlich ist. Du musstest ja auch noch den orangefarbenen Hinweispfeil draufkleben.«

»Für mich war die ganze Abschlussfahrt peinlich, weil du meine Geheimnisse ausgeplaudert hast, Tatjana«, sagte Lilly giftig.

»Ach jaa«, machte Tatjana und setzte sich ihr gegenüber, »ich weiß es ja, sorry, tausendmal sorry, aber ich hab es erstens nur Leon weitergesagt, deinem Bruder, und zweitens hab ich mich entschuldigt und versucht, dir zu erklären, warum ich gequatscht hab. Nämlich weil ich so fertig war.«

»Ich hab's auch nicht weitergesagt«, fügte Leon ernst hinzu.

Zum Glück konnte ich das gerade noch verhindern, dachte Tatjana und fing Lillys Blick auf, der jetzt fast verzweifelt wirkte. In dem Moment wünschte sie sich nichts mehr, als richtig mit Lilly befreundet zu sein, eine Vertrauensperson zu sein und das Vertrauen auch zu verdienen. Aber wie wurde man das?

Wenn sie ehrlich war, vertraute auch sie niemandem wirklich. Sie hatte weder Lilly noch Leon erzählt, wie der furchtbare Abend der Abschlussfahrt weitergegangen war, obwohl beide immer wieder danach gefragt hatten. Leon litt unter seinem Filmriss; seine Gedächtnislücke machte ihm Angst und ärgerte ihn. Lilly war einfach neugierig. Wahrscheinlich dachte sie, ihr lieber, armer Paule sei das Opfer gewesen und der andere Mann nur die Nebenfigur. Manchmal hatte Tatjana Lust, ihr die Wahrheit über Paul zu erzählen, ihr ins Gesicht zu sagen, dass Paul aus Feigheit geholfen hatte, den Gemeinheiten die Krone aufzusetzen.

Dann wieder verwarf sie den Gedanken. Auch wenn sie nicht mit angefasst hatte, war sie genauso mitschuldig wie Paul.

22

Ilkay bekam den Anruf während der entscheidenden Partie gegen den Tabellenführer. Es war das letzte Spiel der Saison, das wichtigste. Bei einem Sieg wären sie Erster in der Bezirksliga, bei unentschieden Zweiter, bei einer Niederlage nur Dritter. Der Kampf um die Spitze war dieses Jahr spannend.

Zur Pause lagen sie drei zu zwei in Führung. Der Sportplatz tobte. An die zweihundert Leute waren gekommen; mit Tröten und Trommeln feuerten sie die Spieler an. Ilkay hatte sich in der Umkleide gerade den Schweiß abgewischt und eine halbe Flasche Wasser getrunken, als das Handy in seiner Sporttasche klingelte. Kurz warf er einen Blick zur Uhr – noch acht Minuten, genug Zeit, um kurz zu hören, wer da was von ihm wollte.

Die Nummer war unterdrückt, aber Ilkay ging trotzdem dran. »Ja?«

Keine Antwort.

»Hallo? ... Hallo! Hey! Ach, Scheiße, Alter, geh ran, ich hab keine Zeit für so Spielchen.«

»Cem?«, fragte eine ihm unbekannte männliche Stimme.

»Falsch. Hier ist nicht Cem. Wer ist da?«

»Zineddine?«

»Willst du mich verarschen?«

»Levent?«

»Du Wichser, ruf jemand andern an, den du nerven kannst!«

Ilkay drückte den Anruf weg und zuckte die Schultern, als ihn seine Mannschaftskollegen fragend ansahen. Vielleicht war das einer von den Gegnern, wollte einer psychologische Kriegsführung gegen die Spieler anwenden. Wieder klingelte es. Wieder die unterdrückte Nummer. Ilkay platzte der Kragen.

»Was willst du, willst du einen in die Fresse?«

»Ilkay, du bist es.« Die Stimme des Fremden klang jetzt ganz ruhig. Sie klang erwachsen und entschieden. »Jetzt kenne ich dich.«

»Was wollen Sie?«

Der Mann schwieg.

»Ey, rede! Was wollen Sie?« Ilkay merkte, wie sein Herzschlag sich beschleunigte. Er sah seine Freunde, die neugierig näher kamen; er wusste, sie wollten ihm helfen, aber er spürte gleichzeitig, dass sie das diesmal vielleicht nicht konnten. Er hob die Hand, damit sie zurückblieben, wollte trotz des Umgebungslärms genau verstehen, was der Unbekannte sagte.

»Ilkay«, sagte er, »was meinst du: Wirst du der Nächste sein?«

»Was?«, fragte Ilkay erschrocken. Augenblicklich dachte er an den Drohanruf, von dem Sven ihm vor einiger Zeit erzählt hatte. Sven hatte deswegen richtig Schiss gehabt, was extrem ungewöhnlich war.

»Was?«, wiederholte er lauter, zwei-, drei-, viermal, er wiederholte es noch, als der Mann längst aufgelegt hatte.

»Wer war das?«, fragten die anderen. »Was ist los mit dir? Du bist ja ganz blass. Trink noch was! Das Spiel geht gleich weiter.«

Ilkay nickte und trank. Er war froh, während des Schluckens nicht sprechen, nicht antworten zu müssen. So einen unheimlichen Anruf hatte er noch nie bekommen.

Sven vermutete, dass der Kerl, der ihn auf dem Pennerhandy angerufen hatte, der gleiche war, der sich auch schon auf dem Friedhof gemeldet hatte. Der Ohrenzeuge also. Aber woher sollte der jetzt Ilkays Nummer haben?

Bestimmt steckte etwas anderes dahinter. Der Mann hatte schließlich mehrere Namen aus seiner Klasse genannt.

Der Trainer rief sie zusammen: Lagebesprechung. Ilkay

hörte kaum zu. Der Hinweis, dass die Gegner ausdauernd und besonders in der zweiten Halbzeit stark waren, interessierte ihn momentan wenig. Er hatte jetzt seinen eigenen, persönlichen Gegner.

Wirst du der Nächste sein?, hatte der gefragt. Wobei der Nächste? Wollte er ihn fertigmachen?

Sven hatte von einer Morddrohung gesprochen. Aber das war ja lächerlich. Das sagte man so, ohne es wirklich zu meinen. Trotzdem: Nach dem Spiel musste er sofort Sven anrufen und sich mit ihm besprechen.

Die Mannschaften betraten das Feld zur zweiten Halbzeit. Ilkay zitterten die Knie. Er trug wie immer die Nummer vier und war einer der Größten seines Teams. Extrem leicht zu erkennen.Misstrauisch ließ er den Blick über die Menge gleiten. Wenn der Kerl hier war, wo stand er? Hatte er schon gemerkt, dass er Ilkay verunsichert hatte?

Keine Chance, jemanden zu entdecken, von dem man nicht weiß, wie er aussieht. So viele Leute standen um den Platz, die meisten von ihnen Männer. Selbst die Bewohner der nahen Mehrfamilienhäuser lehnten sich zum Teil über ihre Balkonbrüstungen. Es konnte jeder sein.

»Alles fit, Ilkay?«, fragte sein Mannschaftsführer.

Er nickte automatisch. Wenn er fair wäre und das Beste für seine Mannschaft wollte, müsste er sich auswechseln lassen.

Aber das kam nicht infrage. Was sollte ihm der Pennerfreund schon tun?

23

Paul lenkte sich mit Chatten ab. Wenn eine gewisse Person online war, vergaß er alles um sich herum. Am liebsten hätte er seine Internetbekanntschaft einmal zu sich eingeladen, traute sich aber nicht. Selbst hinzufahren war auch keine gute Idee. Nico kam aus einer Großfamilie mit vier jüngeren Geschwistern und wohnte 157 Kilometer entfernt, in einem Haus, das Paul sich oft auf Google Earth angesehen hatte.

Wie lange willst du denn noch warten?, schrieb Nico gerade. *Irgendwann bin ich auch mal weg.*

Gib mir noch eineinhalb Wochen, acht Schultage, antwortete Paul.

Er tippte schnell und seine schwitzenden Finger hinterließen feuchte Abdrücke auf der Tastatur.

Ich wünschte mir, du hättest den Mut, jetzt schon zu dir selbst zu stehen, kam die ernüchternde Antwort.

»Ja, hast du noch so 'nen tollen Rat?«, rief Paul und schlug mit der Hand so fest auf die Schreibtischplatte, dass das Glas mit den Stiften umfiel.

Keine zwei Sekunden später klopfte seine Mutter an die Tür. »Was machst du denn die ganze Zeit? Hast du keinen Hunger?«

»Gleich.«

»So ein Computer macht einsam.«

Einsam machen Menschen, die einen nicht so sein lassen, wie man ist, dachte Paul, aber er schwieg.

Wie oft hatte er schon überlegt, es seinen Eltern zu sagen. Wie oft war er aus seinem Zimmer getreten, mit dem festen Vorsatz, es endlich hinter sich zu bringen. Wie oft hatte er sich schon überlegt, wie er es am besten anstellen könnte: Zuerst würde er sagen, dass er vielleicht verliebt sei. Und dann bei der Frage »In wen?« allen Mut zusammennehmen und locker einen Jungennamen nennen. Abwarten, dass der Groschen fiel, die Bombe platzte.

So wollte er es machen. Doch immer wieder hatte er es verschoben.

Sein Vater war außerdem oft über Wochen auf Montage, so wie jetzt. Da fiel es leicht zu denken: Wenn ich mir sicher bin und er das nächste Mal richtig Urlaub hat, dann …

Dann gab es immer wieder Gründe, es nicht zu tun. Einmal hatten seine Eltern Ehekrach gehabt, ein anderes Mal war sein Vater krank gewesen, dann die Zeit zu knapp, die Katze gestorben …

In den letzten drei Wochen hatten Paul außerdem noch die Nachwirkungen der Abschlussfahrt zu schaffen gemacht. Sein Selbstvertrauen war im Keller.

Also hatte er sich eingeredet, dass er sich ja noch nicht ganz sicher sei. Vielleicht sehnte er sich ja nur nach einem Freund, weil er sich in seiner Klasse so fremd und allein fühlte und außer Lilly niemanden hatte, mit dem er sich unterhalten konnte. Fußball und Fernsehshows interessierten ihn genauso wenig wie Ballerspiele und Boxen. Vielleicht war das ja nur eine Phase, vielleicht würde er in der Oberstufe automatisch Leute finden, mit denen er sich verstand, Jungs, die mehr lasen als die *BILD*, die Lust hatten, Radtouren zu machen oder einen Kletterkurs. Noch war er sich nicht sicher, ob er schwul war oder einfach nur in die falsche Gesellschaft hineingeboren.

Telefon! *Lilly* stand auf dem Display. Obwohl er schlecht auf sie zu sprechen war, empfand er ihren Anruf als Rettung. »'tschuldigung, Mama, ich muss drangehen.«

»Aber dann kommst du rüber? Nur für ein halbes Stündchen?«

Er nickte, wartete, bis seine Mutter die Tür hinter sich geschlossen hatte, ließ sich aufs Bett fallen und begrüßte Lilly mit den Worten: »Dass du dich mal meldest …«

»He, *du* warst doch knatschig, nur weil ich mich ein paarmal mit Sven unterhalten habe.«

»Er ist ein Kotzbrocken. Wenn's ihn nicht gäbe …«

»Was dann?«, fragte sie herausfordernd.

»Würde ich es allen sagen«, entgegnete er heftig.

Sie brummelte etwas. »Okay, aber wenn – nur mal so angenommen – ich Sven dazu bringe, dass er dich in Ruhe lässt, gibt es immer noch die anderen in der Klasse.«

»Die sind mir egal.«

»Bin ich dir auch egal? Momentan hab ich so den Eindruck.«

Er antwortete nicht gleich. Während der Gesprächspause hörte er in Lillys Wohnung permanent das Telefon klingeln. Auch bei sich hörte er Geräusche: Der neue Mieter, den er noch gar nicht zu Gesicht bekommen hatte, war offenbar nach Hause gekommen. Er duschte.

Duschte in der schönen Dachwohnung, die Paul so gern für sich gehabt hätte. Wenn man in der Wanne lag, konnte man durch das Dachflächenfenster die Sterne sehen und beim Frühstück guckte man direkt auf die große Astgabel des Kastanienbaums vorm Haus. Dort brüteten, versteckt im Efeu, jedes Jahr die Amseln.

Diese Wohnung zu besitzen wäre für Paul das Paradies gewesen. Dorthin hätte er Nico eingeladen. Das hätte er gewagt.

»Paul?«

»Nein, du bist mir nicht egal. Aber ich musste mal für mich sein. Die Abschlussfahrt steckt mir noch in den Knochen.«

»Was war denn da eigentlich? Mit mir redet ja keiner drüber.«

Er seufzte. »Komm rüber, dann erzähl ich's dir. Zumindest den Teil, den ich heute schon einmal erzählt habe.«

»Was? Mir erzählst du keinen Ton und mit irgendwem sonst quatschst du doch?«

Paul merkte, dass er, was diese Sache anging, mit den

Nerven wirklich am Ende war. Sonst hätte er nie den Arzt vollgeredet. Auch der hatte es gemerkt und sich extra viel Zeit genommen.

»Also komm rüber, aber sag später keinem, was ich dir sage. Und geh zuerst ans Telefon. Bei euch ist jemand in der Leitung.«

»Festnetz«, antwortete Lilly. »Das ist bestimmt für Mama oder Georg. Sollen Leon und Tatjana doch drangehen, aber ich glaub, die wollen nicht. Wir haben nämlich sturmfreie Bude und unser Liebespaar hat Kuschelmusik aufgedreht und das *Bitte-nicht-stören-Schild* an die Türklinke gehängt. Ich lege schon immer mein Ohr an die Wand, ob ich verdächtige Geräusche höre.«

Paul lachte. »Bis gleich, Lilly.«

»Bin in zehn Minuten da«, flötete sie.

Dann legte sie auf und Paul wartete. Er wartete lange.

24

Ilkay hatte sich gerade etwas ins Spiel eingefunden, als er die Unruhe unter den Zuschauern bemerkte. Sie übertrug sich sofort auf ihn. Der obligatorische Rotkreuzwagen fuhr mit Blaulicht und Sirene vom Platz. Was war da los? Die Jungs auf der Reservebank diskutierten und liefen herum, Levent hatte ununterbrochen sein Handy am Ohr und auch die Fans guckten nicht mehr aufs Spiel.

Als in der achtzigsten Minute ausgewechselt wurde, rannte Ilkay zu seinem Freund. »Wir werden Meister und kein Arsch guckt zu.«

Levent sah ihn merkwürdig an. »Seht zu, dass ihr gewinnt.«

»Sag, was los ist!«

»Später.«

»Jetzt.«

Levent seufzte und legte ihm schwer die Hand auf die Schulter. »Sven ist tot. Ist vor ’nen Zug gesprungen.«

»Unmöglich.«

»Doch, ist so.«

Was meinst du, wirst du der Nächste sein?

Ilkay musste sich auf die Absperrung stützen. Seine Beine fühlten sich auf einmal an wie aus Pudding. Sein Blick sauste erneut über die Gesichter der Zuschauer. Eine üble Ahnung formte sich in seinem Kopf: Hatte der Kerl das so gemeint? Hatte er Sven …?

»Das Spiel geht weiter«, sagte Levent. »Verdammt, ich wusste schon, warum ich’s dir erst nachher sagen wollte.«

»The show must go on«, sagte der Typ, der neben Levent stand und ein Fan der Gegner war. Er grinste und roch nach Bier – Ilkay hätte ihm am liebsten eine reingehauen. Aber das ging überhaupt nicht, ihm war so flau, er war so verunsichert und musste doch aufs Feld, musste spielen, kämpfen.

Zu Recht brüllte ihn sein Torwart an, schnauzte der Trainer herum und schnauzte noch lauter, als der kleine Blonde mit den Rastalocken ihnen in der vierundachtzigsten den Ausgleichstreffer reinmachte. Es war nicht Ilkays Schuld, eindeutiger Torwartfehler – und doch: Er war nicht mehr bei der Sache gewesen.

Die Partie lief von da an quasi ohne ihn. Er stand rum wie Falschgeld, störte mehr, als dass er der Mannschaft was brachte. In den letzten Minuten sah er die Leute am Spielfeldrand wieder diskutieren und fragte sich, ob man ihm gleich sagen würde, dass alles ein übler Scherz gewesen war und jemand das Spiel mit Telefonterror manipuliert hatte.

Als abgepfiffen wurde, hatten sie die Meisterschaft knapp

verpasst. Ilkay stürzte auf Levent zu. »Hat uns jemand verarscht, oder?«

Levent schüttelte den Kopf.

»Weißt du sicher, dass es Sven ist?«

»Sie haben seinen Ausweis gefunden.«

»Und ganz sicher Selbstmord?«

»Scheint so.«

»Kein Unfall oder so?«

»Nee. Wäre ja schon ein komischer Unfall.«

»Aber Selbstmord? Kein Mord?«

Levent sah ihn irritiert an. »Das geht dir ganz schön nah, Alter, was?«

Ilkay antwortete nicht. Er hätte Sven nie als Freund bezeichnet, aber jetzt verband sie etwas, etwas Beängstigendes, Böses.

25

Leon und Tatjana fuhren so plötzlich auseinander, als hätten sie einen elektrischen Schlag bekommen.

»Hilfe, was ist denn jetzt los?«, fragte sie erschrocken.

Er sprang vom Bett, zog stolpernd die Jeans hoch und schloss schnell die Zimmertür auf. »Lilly?«

Seine Schwester stand im Flur und schrie wie am Spieß. Das Telefon hatte sie auf den Boden geschmissen. Im Laufen trat er darauf, rutschte aus und zerstörte das Mobilteil.

»Spinnst du? Was schreist du so?«, schrie er nun selbst, packte sie an den Armen und schüttelte sie hin und her.

Sie stoppte und sah ihn an. Für einen Moment flackerte ihr Blick wie im Wahnsinn. Dann löste sich eine Träne.

»Bist du total Banane?«, schimpfte er, merkte aber schon,

dass seine Wut Bestürzung wich. Wie Lilly da stand, machte sie ihm Angst.

Die war nicht umsonst mal eine Zeit lang in der Klapse gewesen.

Endlich gab sie Antwort, scheinbar völlig teilnahmslos. »Ich weiß jetzt, wer sich vor den Zug geworfen hat.« Sie drehte sich um, ging in die Küche, setzte sich auf einen Stuhl und wartete, bis Leon und Tatjana, Letztere nur halb bekleidet, zu ihr kamen.

»Wer?«, fragte Tatjana.

Paul, dachte Leon.

»Svenni«, sagte Lilly.

Leon schluckte. Diese Verniedlichung hatte er noch nie gehört. Sie passte nicht zu dem Sven, den er kannte. Vielleicht redete sie von jemand anderem?

»Sven Lange?«, hakte Tatjana ungläubig nach.

Lilly nickte. »Es heißt, er soll sofort tot gewesen sein.« Laut schluchzte sie: »Svenni war der einzige Mensch, der mich je geliebt hat.«

»Dieser Arsch?«, fragte Tatjana und schlug sich auf den Mund.

Leon blitzte sie böse an, dann nahm er seine Stiefschwester in den Arm und sagte: »Das stimmt doch nicht. Ich mein, andere lieben dich auch ... und Sven ... bist du sicher? Das kann gar nicht sein. Mit Sven habe ich noch vor zwei Stunden gesprochen. Wir haben uns zufällig im Bus getroffen, nachdem ich im Zoogeschäft Futter einkaufen war. Sven hatte supergute Laune. Der wollte dich noch treffen, der hätte nie ...«

Sie weinte. »Es stimmt aber. Ich hab mit Levent gesprochen. Er und Ilkay wollen gleich zum S-Bahnhof. Levent sagt, wahrscheinlich ist da alles abgesperrt, aber wir sollen auch hinkommen.«

»Sven bringt sich nicht um«, sagte Leon kopfschüttelnd und strich mit der Hand über Lillys zuckenden Rücken.

»Er hat sich in letzter Zeit verändert«, sagte sie. »Er hatte vor irgendwas Angst.«

»Sven?«, fragte Leon erstaunt. Auch diese Neuigkeit passte für ihn nicht. Hatte er seinen Kumpel etwa gar nicht richtig gekannt?

»Ja«, murmelte Lilly. »Seit der Abfahrt von der Jugendherberge war Sven komisch. Da hat er sein neues Handy weggeworfen.«

Tatjana riss die Augen auf. Auch in ihrem Blick glaubte Leon plötzlich Angst zu erkennen.

Samstag, 11. Juni

26

Lilly trat einen Schritt zurück und betrachtete ihr Werk. Ja, es sah gut aus, würdig. Der Haupteingang zur Schule war nicht länger ein stinknormaler, öder Vorplatz. Er war jetzt ein Denkmal.

Sie zog ein zerknülltes Taschentuch aus ihrer Jeans und putzte sich die Nase. In manchen Minuten tat es noch genauso weh wie gestern Abend, war noch genauso unfassbar. Sven hatte sich umgebracht. Ausgerechnet ihr Svenni. Er würde nie wieder diese Stufen hinaufgehen, nie wieder durch diese Tür kommen, nie wieder versuchen, ihr in der Klasse den Stuhl unterm Hintern wegzuziehen, sie nie wieder schmachtend ansehen.

Warum hatte er das getan?

Und warum musste Leon jetzt auch noch dieses Lied vor sich hin singen? Das war gemein, es passte wie die Faust aufs Auge.

Join me in death von HIM. Das hatte ihnen beiden gefallen, Sven und Lilly. Anscheinend wusste Leon davon, denn er wurde richtig laut bei der Refrainzeile, deren Wahrheit Lilly jederzeit unterschrieben hätte: *This life ain't worth living.*

Schon wieder kamen ihr die Tränen. Sie hatte kein Taschentuch mehr, musste die Hand benutzen. »Hör auf zu jaulen«, fuhr sie Leon an, »das kann man ja nicht aushalten.«

Leon war gerade noch dabei, die letzten groß kopierten Fotos von Sven mit Klebeband an der Hauswand zu befestigen. Er drehte sich nicht zu ihr um. »Auf Beerdigungen wird nun mal gesungen.«

Seine Stimme klang jetzt auch, als würde er gleich losflennen, und da musste Lilly plötzlich nicht mehr kratzbürstig sein. Versöhnlich sagte sie: »Ja, gut, dann sing. Aber Rockstar wirst du ganz sicher nicht.«

Er lachte rau. »Dabei üb ich immer und sing morgens meinen Bartagamen was vor.«

»Die armen Viecher. Können sich nicht wehren.« Lilly setzte sich auf die Stufen, zündete sich, um irgendwas zu tun, eine Kippe an. »Tierquälerei ist das, Leon.« Sie wusste ganz genau, dass seine Reptilien sein Ein und Alles waren. Zoohändler und Züchter, das war sein heimlicher Berufswunsch.

Auch er wusste, dass sie ihre Bemerkungen nicht ernst meinte.

Schief grinsend kam er nun zu ihr, klebte ihr einen Schnipsel Klebeband auf die Nase, schnorrte sich eine Zigarette aus ihrer Schachtel, seufzte und lehnte sich an sie.

»Scheiße, Schwesterchen, dein armer Ex, ey. Wieso hat er das gemacht? Ich meine, jeder geht davon aus, dass er's selbst gemacht hat. Vielleicht ist er ja auch nur gestolpert oder so.«

Lilly stieß ein verächtliches Schnauben aus. »Gestolpert?«

»Ja, ich weiß. Ist unwahrscheinlich. Aber ich kapier's nicht.«

»Hast du noch nie daran gedacht, Schluss zu machen?«, fragte Lilly ernst, während sie den Klebebandschnipsel erst zerknüllte und ihn dann nachdenklich von einer Fingerspitze auf die nächste setzte. »Nie? Ich schon. Hast du keine Probleme mehr, keiner verletzt dich, trampelt auf dir rum, betrügt dich, zieht dich aus mit seinen Blicken, tatscht dich an und …« Sie gab ein kehliges, halb knurrendes, halb angeekeltes Geräusch von sich und verkrampfte die Finger zu halb offenen Fäusten.

»Hör auf«, sagte Leon und gab ihr einen Klaps auf die Hände. »Du bist destruktiv.«

Lilly fand sich gar nicht destruktiv, sie war nur realistisch. Sie wollte es schon richtigstellen, aber Leon legte sich zurück. Mit dem Kopf auf den Steinen blickte er in den Sommerhimmel. Sie hörte ihn laut schlucken, sich räuspern; sie wusste, dass es ihm dreckig ging, daher hielt sie den Mund.

Zwei Minuten später berührte seine Hand das Skorpiontattoo in ihrem Nacken.

»Das beschützt dich doch, Lilly, oder?«

Seine Berührung kitzelte. Sie war irritierend, aber angenehm. »Na ja.«

»Doch. Seit du das hast, hat dir niemand mehr was getan, oder? Richie ist ausgezogen, wir sind eingezogen. Der Skorpion passt auf dich auf. Bin ich sicher.« Leon ließ seine Hand wieder sinken. »Und wenn er's nicht tut, mach ich's.«

»Danke«, flüsterte Lilly.

Leon brummte. Kein Wunder, dass Tatjana ihn Bär nannte, das passte ganz gut. Sie schwiegen wieder und Lilly dachte, dass ihr Stiefbruder irgendwo auch recht hatte. Sie konnte weiterleben, damit klarkommen. Sie war zäh. Ein Kämpferherz habe sie, hatte ihr Therapeut damals gesagt.

Sven hatte seine Entscheidung getroffen, grausam und unwiderruflich, aber Sven war für sie ja schon Geschichte gewesen; sie hatte sich im Herzen längst anders orientiert.

Ob Jan-Olli auch zur kleinen Gedenkfeier kommen würde?

Bestimmt würde er sich bald auf ihre SMS melden. Oft benutzte er sein Handy allerdings nicht. War manchmal ein bisschen altmodisch.

»Ich würde mich nie umbringen, Leon«, sagte Lilly fest, »weil ich ja auch weiß, dass ich Freunde habe: an erster Stelle dich, Paul und Tatjana.«

»Du hast noch ein paar mehr in der Klasse.«

»Ja? Wen denn?« Erstaunt drehte sie ihm das Gesicht zu. Seine Augen waren rot. Er hatte auch ein paar Tränen verdrückt, aber jetzt grinste er.

»Das willst du jetzt wohl wissen, wer noch auf dich steht, was? Aber warum soll ich dir das sagen? Du hast doch deinen Trainer.«

»Sag's mir trotzdem.«

Er schüttelte den Kopf, lachte gurgelnd, als sie ihn kitzelte.

»Musst du schon selber rausfinden. Und stopp jetzt! Da kommen die ersten Leute.«

27

Paul ging langsam über das weitläufige Schulgelände. Er trödelte am Spielplatz der Kindertagesstätte vorbei, balancierte über das Mäuerchen der Springbrunnenanlage und lief umständlich um alle Grünstreifen herum, ohne die üblichen Abkürzungen zu nehmen. Er wollte den Pulk Menschen vor dem Haupteingang möglichst spät erreichen. Ihm fiel es nämlich verdammt schwer, den Kopf hängen zu lassen. Auch wenn ihm das selbst irgendwie unheimlich war: Er war schlicht und einfach erleichtert.

Aber heute waren alle außer ihm in Trauer. Auch die, die Sven gefürchtet hatten, taten jetzt so, als fänden sie seinen Selbstmord unfassbar schrecklich. Paul war sich sicher, dass er nicht der Einzige war, der schauspielerte. Warum sollte zum Beispiel der dicke Felix, den Sven immer nur *Fettsack* genannt hatte, echtes Bedauern empfinden?

Ilkay allerdings schien ernsthaft betroffen. Unruhig trat er von einem Bein aufs andere und warf dem ankommenden Paul einen Blick zu, in dem zugleich Verachtung und Angst steckten.

»Hast du auch so einen Anruf bekommen?«, fragte er Paul leise, als der sich an ihm vorbeidrücken wollte.

»Was für 'nen Anruf?«

Ilkay gab keine Erklärung ab. Er guckte, als habe er auf eine Zitrone gebissen, und wandte Paul demonstrativ den Rücken zu.

Die Leute standen etwas links versetzt vom Eingang, dort in der Ecke, wo die breiten Stufen an die Hauswand stießen. Wegen dringend fälliger Renovierungsarbeiten – zu lange hatten Schüler und Lehrer schon Asbest eingeatmet – waren ein paar Gebäudeteile gesperrt und die Fahrradständer direkt neben das Haupttor verfrachtet worden.

Normalerweise war dort auf einem blauen Schild der Name der Schule zu lesen. Heute wurde es von einem etwa postergroßen Foto von Sven verdeckt. Dessen Freunde waren mittlerweile alle da, außerdem ein paar andere Schüler, hauptsächlich Jungen aus seiner und der Parallelklasse. Von den Lehrern war am unterrichtsfreien Samstagmorgen nur Frau Hoffmann erschienen. Sie stand mit einer langstieligen gelben Rose in der Hand neben Lilly und Svens Eltern vor der improvisierten Gedenkstelle, drum herum Schüler und Erwachsene, Nachbarn, Verwandte, Freunde der Familie Lange und einfach Neugierige. Sogar ein Reporter von der Lokalzeitung war angerückt – eine spontane Trauerfeier für einen jugendlichen Selbstmörder mit zweifelhafter Biografie hatte es im Ort noch nie gegeben –, das war mit Sicherheit eine Nachricht, an der viele Leute sich heimlich aufgeilen würden. Die Vorstellung, dass das größte Arschloch weit und breit seinem Leben anscheinend freiwillig ein Ende gesetzt hatte, wirkte einfach zu skurril. War Sven etwa von unerträglichen Gewissensbissen geplagt worden?

Paul hätte gestern Abend fast gelacht, als er die Nachricht von Svens Selbstmord gehört hatte. Aber da Lilly am Telefon vor Trauer kaum sprechen konnte, hatte er sich zusammengerissen und nur gesagt, dass er Svens Entschluss genauso wenig verstehe wie sie. Um sie zu trösten, hatte er dann die Halskette aus bunt gefärbten Perlmuttscheiben eingepackt, die er ihr eigentlich erst in zwei Wochen zum Geburtstag schenken wollte, und war damit zu ihrem Haus gefahren. Bestimmt zwei Stunden hatte er davor auf den ummauerten Mülltonnen gesessen und auf ihre Rückkehr von der S-Bahn-Haltestelle gewartet. Auch dorthin zu gehen hätte er nicht fertiggebracht. Besser war es, zu warten und die heimliche Erleichterung durch den ganzen Körper sickern zu lassen, sich die Möglichkeiten auszumalen, die ihm jetzt offenstanden. Er konnte sich freier bewegen, vielleicht Leon einweihen und sogar Nico einladen.

Paul ertappte sich sogar bei dem Wunsch, Sven wäre früher in den Tod gegangen, vor der Abschlussfahrt. Es kam ihm vor, als hätte der Mitschüler ihn vorher noch beschmutzt, ihm seine Unschuld genommen, ihn gegen seinen Willen zu seinesgleichen, zu einem bösen Menschen gemacht. Gestern Nacht hatte er es ganz pathetisch gesehen: Der Teufel hatte ihn gezeichnet.

Aber hatte er sich nicht auch zeichnen lassen?

Paul schob die unangenehmen Gedanken beiseite.

Er grüßte Leon jetzt mit einem wortlosen Handschlag, trat dann etwas schüchtern zu Lilly und legte ihr von hinten die Hände um die Schultern. »Hey, Krokodilly.«

»Ach, Paule.« Sie drehte sich weg von den Blumen, Fotos, Kerzen und Kuscheltieren – Kuscheltiere für Sven Lange, die Krönung des Irrsinns! – und lehnte sich in seine Arme. Noch immer sah sie verheult aus.

»So schlimm?«

»Was denkst du denn? Glaubst du, das vergisst man am nächsten Morgen? Das bleibt eine Narbe fürs Leben.«

»Na, übertreib mal nicht.«

Sie stieß ihn von sich. »Ich hab Svenni geliebt«, rief sie laut.

Sofort hatten sie Publikum. Jeder der umstehenden Schüler wusste, dass Sven Paul am meisten von allen zugesetzt hatte.

»Ja, das weiß ich doch.« Paul wurde rot, als er sah, wie neugierige Blicke ihn trafen. Hier wartete jeder nur auf einen Skandal, eine neue wunderbar schockierende Nachricht. Wie wär's mit: *Schwuler Außenseiter verhöhnt Toten*? So könnte das morgen in der Zeitung stehen. Er sollte sich besser ruhig verhalten.

»Und ich weiß natürlich, dass Sven kein Heiliger war«, sagte Lilly – satte Untertreibung, dachte Paul –, »aber auch wenn er dich und einige andere hier gemein gequält hat, war er trotzdem ein Mensch. Du hast kein Recht ...«

Frau Hoffmann unterbrach sie mit einem lauten Räuspern und einem kurzen Griff an den Arm.

»Lilly, es ist gut, was du sagst, aber ich möchte jetzt einen Moment um Ruhe bitten. Herr Lange wird ein paar Worte sagen.«

Svens Vater war jünger, als Paul gedacht hatte. Sein Gesicht war rot, die Augen dick verquollen, der Mund stand offen, die Hände rangen miteinander, Blutdruck mindestens 240.

»Stellen Sie sich mal so, dass ich die Geschenke für Ihren toten Sohn auch mit drauf habe, Herr Lange«, befahl der Reporter und brachte professionell seine Kamera in Stellung.

»Lassen Sie ihn erst mal anfangen«, bat die Hoffmann pädagogisch.

»Ja«, brachte Svens Vater schwer atmend hervor, »ja, also ich, ja, ich will für meinen Sohn eine Rede halten.«

Wie er so hilflos dastand, tat er Paul leid. Svens Vater kriegte nämlich keinen sinnvollen Satz auf die Reihe. Er machte nur den Mund auf und zu wie ein erstickender Fisch, sagte: »Ich« und »Sven ist ... oder Sven war, er *war* ...«, und fing an zu heulen. Während er so im Mittelpunkt stand, drehte er immer wieder zwischen den Fingern ein kleines Ding hin und her, das Frau Hoffmann ihm schließlich abnahm.

»Sven«, sagte sie gefasst, »war ein besonderer Junge. Seine Eltern hatten ihn sehr lieb. Dies« – sie hielt einen bunten Anhänger für eine Halskette in die Höhe – »ist der Glücksbringer, den Svens Vater Svens Mutter geschenkt hat, als sie vor siebzehn Jahren erfahren hatte, dass sie schwanger war. Die Kette hat nicht lange gehalten, aber den Anhänger hat sie immer aufgehoben, bis heute.«

Frau Lange begann dramatisch zu schluchzen, Frau Hoffmann hob die Stimme. »Wir können alle nicht nachvollziehen, warum Sven seinem Leben offenbar freiwillig ein Ende gesetzt hat. Trotzdem hat es Anzeichen gegeben, dass er vielleicht unglücklich war. Sein manchmal aggressives Verhalten könnte Ausdruck einer unerkannten Depression gewesen sein. Sein Vater sagt, dass er ein Erfolg versprechendes Vorstellungsgespräch nicht antrat, und seine Freunde haben bemerkt, dass Sven in letzter Zeit sehr nachdenklich war. Vielleicht hat ihm das Ende der Schulzeit Angst gemacht.«

»Das ist ja lächerlich. Sven hat anderen Leuten Angst gemacht«, entfuhr es Paul. Frau Hoffmann hörte es und sah ihn irritiert an. Gerade als sie den Faden wieder aufnehmen wollte, wurde sie abgewürgt von Ilkay, der geradezu explodierte. »Willst du Ärger machen oder was?« Er spuckte absichtlich beim Sprechen und trat drohend auf Paul zu. »Du, Klugscheißer, willst du unsern Freund verhöhnen? Hast du keinen Respekt vor Toten?« Leise fügte er hinzu: »Ich frag mich, warum *du* nicht gesprungen bist, du ... du Nichts.«

Eine ältere Frau, vielleicht Svens Oma, rief: »Im Angedenken an den Verstorbenen nehmen Sie sich bitte zusammen! Nehmen Sie Rücksicht auf die Familie!«

»Das machen wir ja auch«, widersprach Ilkay heftig, »nur der hier nicht.«

»Genau«, rief Cem, »der hat immer schlecht über uns geredet.«

Paul wehrte sich: »Stimmt gar nicht.«

»Paule war eifersüchtig«, sagte Levent grinsend. »Nie nimmt mich mal 'n richtiger Mann ran«, jammerte er dazu mit verstellter hoher Stimme.

Von der Vorstellung fühlten sich alle Jugendlichen bis auf Lilly und Leon erheitert, auch Felix verzog den Mund zu einem Grinsen. Feiger Fettsack, dachte Paul.

Allerdings war er selbst genauso feige gewesen vor drei Wochen. Wie Felix jetzt hatte Paul sich feige gefreut, dass jemand aufgetaucht war, der noch unter ihm stand und die Tritte an seiner Stelle eingesteckt hatte.

Vielleicht deshalb, weil er endlich nicht mehr feige sein wollte und es nicht einsah, sich nach Svens Abgang vor neuen Quälgeistern verstecken zu müssen, sagte Paul jetzt: »Sven hat mich diskriminiert, Ilkay, logisch, das weiß jeder. Du und andere hier tun das ja auch. Aber ich lebe so, wie ich will, ob's euch passt oder nicht. Ich habe einen Freund, der mich am Wochenende besuchen kommt. Lilly wollte von Sven nichts mehr wissen und du hattest, soweit ich weiß, überhaupt noch nie eine Freundin. Weil an dir nichts Nettes ist. Genauso wenig wie an Sven.«

»Ah«, machte Frau Lange, als bekäme sie einen Herzanfall. Den anderen verschlug es für einen Augenblick die Sprache.

Paul nutzte die Zeit und lief los. Lief quer über das Hofgelände mit aufrechtem Gang und wackeligen Beinen, lief wie im Schock, wartete auf Beschimpfungen, fliegende Steine, Schläge, Schüsse, Stiche, irgendwas, das ihn treffen und niederstrecken würde. Doch nichts kam. Hinter sich hörte er Geschimpfe und Gezeter, Frau Hoffmanns schrille Stimme, das Weinen der Mutter, das große Durcheinander. Von Ilkay hörte er nichts. Offenbar wartete der auf einen besseren Moment, um zurückzuschlagen, wartete auf eine Gelegenheit ohne Zeugen.

Niemand folgte ihm, bis er die Zufahrtsstraße erreichte. Erst da hörte er schnelle Schritte hinter sich. Er fuhr herum.

»Herzlichen Glückwunsch«, keuchte Lilly. »Jetzt wissen's alle. Nicht der ideale Moment, aber okay, du bist es endlich los.«

28

Silke Hoffmann hatte ihre liebe Not, die aufgebrachten Schüler zu beruhigen. Ilkay, Levent, Cem, Joel und Tim wollten Paul folgen und sich ihn vornehmen. Sie hielt die Jungs mit ausgebreiteten Armen zurück, sprang hin und her wie eine Verteidigerin im Ballsport, rief: »Nein, nicht jetzt, hört auf damit!«

An den Blicken der Umstehenden merkte sie, dass sie sich lächerlich machte. Von einem Lehrer erwarteten die älteren Leute immer noch, dass er die Schüler mit einem einzigen autoritären Satz in die Schranken wies. Das war ihr nie gelungen. Selbst manche von den Fünftklässlern hörten nicht auf sie. Sie konnte jetzt von Glück sagen, dass ihr Herumgehampel wenigstens einigermaßen Erfolg hatte. Die Jungs blieben, während Paul außer Sichtweite verschwand und Lilly langsam zu ihnen zurücktrottete. Die Wut aber verrauchte nicht und fast alle ihre Rabauken gaben zu verstehen, dass Paul ihnen ja nicht weglaufen könne.

»Übermorgen muss er ja wieder zur Schule kommen«, sagte Ilkay, »und dann werden wir sehen, ob der Feigling Sven immer noch beleidigen will.«

»Der ist echt schwul, ey.« Cem ballte die Fäuste. »Haben wir uns doch schon immer gedacht.«

Tim spuckte auf den Boden und selbst der sonst so ängstliche und brave Felix rief laut: »Die Schwanzlutscher glauben auch, sie könnten sich alles erlauben.«

Mit seinem Bekenntnis zur Homosexualität hatte Paul in ein Wespennest gestochen. Zwar schoben die wütenden Jungen vor, es ginge ihnen vor allem um den verstorbenen Sven, aber Silke wusste, worüber sie sich in Wahrheit aufregten. Dass Sven kein wirklich netter Mensch gewesen war, war ja schließlich kein Geheimnis. Sie selbst hatte ihn erst vorgestern gegenüber Martin noch als »schwierigen Schüler mit hohem Aggressionspotenzial« beschrieben.

Bitterkeit stieg in ihr auf, als sie an ihre neue Eroberung dachte. Mittlerweile war sie sich fast sicher, dass Martin nicht mehr anrufen würde.

Während die Jugendlichen wild durcheinanderredeten und sich mit Beispielen überboten, an denen sie gemerkt haben wollten, dass Paul schwul war, wanderten ihre Gedanken zurück zum Donnerstagmorgen.

Da war sie Martin begegnet, und zwar genau so, wie man sich begegnen muss, wenn es mit der Liebe klappen soll: beim Bäcker. Er hatte sie beim Brötchenkaufen in der Schlange vorlassen wollen, aber als sie sagte, sie habe noch Zeit, die Mittagspause ginge bis Viertel nach eins, hatte er sie auf einen Kaffee eingeladen. Sicher, das Stehcafé war voller kichernder Schüler gewesen und der doppelte Espresso hatte ihr die nächsten Stunden über extremes Herzklopfen beschert – wenn es denn der Espresso war. Denn Martin wollte sie wiedersehen. Er hatte sie nach ihrer Handynummer gefragt und versprochen, sie anzurufen. Vielleicht hätte sie schon Zweifel haben sollen, als er ihr sagte, seine Nummer könne er ihr leider nicht geben, sein Handy sei gestohlen worden. Aber sie wollte nicht misstrauisch sein. Martin war so interessiert an ihr und durchaus attraktiv. Er war Anfang vierzig, muskulös, sportlich und endlich mal ein Kerl, der den Eindruck machte, dass er sich nicht so leicht die Butter vom Brot nehmen lassen würde. Ein Typ wie Marc Gralla, aber – Riesenvorteil! – im Gegensatz zu Gralla single.

Als Martin erzählte, dass er den Sommer über eine Trekkingtour durch Kanada machen wollte, hatte Silke sofort davon geträumt mitzufahren. Dann könnte sie endlich mal aller Welt sagen: Ich mache mit meinem Freund Urlaub.

»Was treibt dich hierher?«, hatte sie ihn schließlich gefragt und hätte beinahe hinzugefügt: an diesen trostlosen Ort.

»Ein Sportprojekt mit der Schule da. Soll im nächsten Jahr stattfinden. Wenn denn die Finanzierung steht.« Er hatte auf ihre tägliche Arbeitsstätte, das riesige, anonyme Schulzentrum mit seinen maroden Betonbauten, gezeigt und plötzlich angespannt gewirkt. »Ehrlich gesagt weiß ich nicht, ob das was für mich ist. Wie sind denn die Schüler so?«

Jetzt seufzte Silke laut und betrachtete ihre Schüler, die lautstark darüber diskutierten, ob schwule Jungs sich mit den anderen für den Sportunterricht umziehen dürften oder nicht. Zumindest vom Duschen nach dem Schwimmen sollten sie ausgeschlossen sein, meinten die meisten.

Sport, dachte Silke, ist nach wie vor das Fach, das sich am leichtesten unterrichten lässt, beim Sport lebten viele ihrer Schüler auf. Von dem Sportprojekt, über das Martin gesprochen hatte, hatte Silke allerdings nichts gewusst. Trotzdem hatte sie losgesprudelt, dass es immer schwierig sei, die Kinder zu motivieren, aber wenn man sich Mühe gab …

Martin hatte sie einfach unterbrochen. »Ich motiviere die schon, ich mache noch dem faulsten Fettsack Beine.«

Sie hatten gelacht, er aus vollem Hals, sie etwas zurückhaltend. Sosehr sie raue Kerle anhimmelte, in der Pädagogik bevorzugte sie andere Strategien.

Dann hatte er ihr tausend Fragen gestellt: Ob sie schon mal auf einer Klassenfahrt gewesen wäre? Ach, gerade vor drei Wochen? Sehr gut, denn er plane, zum Abschluss des Projektes ein ganzes Wochenende mit den Schülern zu verbringen. »Was stellen denn deine schlimmsten Schüler auf einer Klassenfahrt so an? Worauf muss ich mich einrichten?«

Silke hatte sofort an den Anruf des Herbergswirts gedacht. Herr Franke hatte der Schule nicht nur einen demolierten Getränkeautomaten und zwei beschädigte Zimmertüren in Rechnung gestellt, sondern auch erwähnt, dass sich ein Mann bei ihm über die Jugendlichen beschwert habe. So sauer sei der gewesen, dass er ihn sogar nach dem Namen der Schule gefragt habe. Angeblich hatten ihre Schüler den Mann bedroht und sein Handy gestohlen. Ihre Beute hatten sie anschließend weggeworfen, denn Herr Franke hatte dieses Handy in einem Gebüsch auf seinem Grundstück gefunden. Da der Fremde die Nummer wusste, hatte Franke ihn als rechtmäßigen Besitzer identifiziert und es ihm zurückgegeben. Er würde aber nicht damit rechnen, dass die Sache damit erledigt sei und nichts mehr nachkäme, der Bestohlene sei äußerst wütend gewesen, hatte ihr Herr Franke noch gesagt.

All das hatte Silke Martin erzählt, woraufhin er die Namen von ihren schlimmsten Schülern erfahren wollte. Ihre schlimmsten Schüler ... Da standen sie jetzt zusammen auf dem Schulhof, alle bis auf Sven. Sein Tod hatte sie ordentlich durcheinandergebracht. Ihre Trauer und ihre Verwirrung versuchten sie durch starke Sprüche zu überdecken.

»Frau Hoffmann«, forderte Lilly sie auf, »sagen Sie endlich mal was dazu. Natürlich war das daneben von Paul, so was zu sagen. Dafür sollte er sich auch entschuldigen. Aber die haben Paul auch immer fertiggemacht. Sven und Levent haben Paul jeden Tag schikaniert, da darf er wohl ein Mal auch den Mund aufmachen. Paul hat auch Respekt verdient, oder nicht?«

»Aber er hat deinen toten Lover beleidigt«, rief Levent.

»Vergesst doch mal Paul für einen Moment«, sagte Silke ernst. »Hier geht es um Sven. An ihn wollt ihr doch jetzt denken.«

Levent brummte, Lilly nickte heftig und Silkes Gedanken schweiften doch wieder ab zu dem Mann, den sie vergessen wollte.

Als sie gehen musste, hatte Martin sie bis in die Pausenhalle begleitet.

»Ich muss jetzt wirklich«, hatte sie gesagt.

»Bist du noch nie zu spät gekommen? Ich bin als Schüler ständig spät dran gewesen.« Er hatte sie angegrinst und dann die Fotos von der Klassenfahrt entdeckt. »Bist du auch drauf? Was ist das denn für ein Junge und was macht der da?«

»Ach, das ist Levent, der ist nur ein Spaßvogel.«

»Aber auch einer von den Bösen.«

Silke war über die merkwürdige Formulierung gestolpert. »Kinder sind nicht böse.«

»Manche schon. Und die muss man bestrafen.«

Bestrafen? Hatte Martin das ernst gemeint?

Sein Anbändeln mit ihr hatte er offenbar nicht ernst gemeint, denn sonst hätte er sich ja wohl gemeldet.

Schluss jetzt! Sie musste endlich aufhören, an Martin zu denken.

Ihr Schulleiter kam, in Begleitung von zwei Fremden, einem Mann und einer Frau, wahrscheinlich waren sie von der Kriminalpolizei.

Ihr Chef würgte die gerade wieder aufgeflammte Diskussion über Paul rigoros ab. »Diese Schule soll ein Ort sein, an dem ihr in Ruhe an euren verstorbenen Mitschüler denken könnt. Ohne Streit, wie es sich gehört. Klar? Lilly, wenn du was sagen willst, hat das sicher bis Montag Zeit.« Dann wandte er sich mit gesenkter Stimme an die aufmerksam zuhörenden Polizisten. »Die Schüler sind aufgeregt, das kann man ja verstehen. Ich glaube nicht, dass Sie die Zusammenhänge, die Sie suchen, ausgerechnet in meiner Schule finden werden.«

»Das wird sich zeigen«, erwiderte die Kripobeamtin. »Sollten Ermittlungen nötig sein ...«

»Werden wir natürlich kooperieren.«

Beunruhigt musste Silke feststellen, dass ihr Chef sehr besorgt war. »Vielleicht stellt sich das alles ja noch als Irrtum heraus.«

Die Polizistin gab keine Antwort, ihr Kollege zuckte mit den Schultern. Während er den Schülern erklärte, dass in Kürze auch eine Psychologin eintreffen würde, damit sie mit dem Erlebten nicht allein seien, ging die Beamtin zu den Langes, bekundete noch einmal ihr Beileid und bat, sie allein sprechen zu dürfen.

»Was ist denn?«, fragte Frau Lange etwas schrill. »Was gibt's denn noch? Wir müssen gleich zum Bestatter. Mein anderer Sohn will uns hier abholen, der ist auf dem Weg. Ihm ist doch nichts passiert? Es ist doch nichts mit Patrick?«

»Nein, nein« – die Polizistin nahm sie am Arm – »mit Patrick ist alles in Ordnung. Wegen Sven sind neue Fragen aufgetaucht.«

29

Paul wohnte nur wenige Gehminuten von der Schule entfernt. Als er nach Hause kam, wollte seine Mutter mit ihm über Sven sprechen, aber danach war ihm überhaupt nicht. Er war froh, dass sein Handy eine SMS meldete.

»Das Teil ist auch dein bester Freund«, maulte seine Mutter.

»Solange ich keinen richtigen Freund hab, muss es halt ausreichen«, antwortete er schnippisch und fügte spontan hinzu: »Ich hab es heute gesagt. Ich hab's allen gesagt.«

Seine Mutter zuckte zusammen, verharrte kurz in der Bewegung, drehte sich dann zu ihm um, schüttelte den Kopf und ging in die Küche. Sie hat es nicht verstanden, dachte er. Er zögerte, ob er ihr nachlaufen und es ihr auch ins Gesicht sagen sollte oder ob es besser war, erst mal nachzusehen, wer da eine SMS schrieb. Ja, das war definitiv besser. Mit ihm gingen ja heute die Pferde durch. Also überflog er die wenigen, hastig dahingetippten Worte: *Hier ist Hölle los. Pass bloß auf. Komm nicht zurück. Wir können dich nicht beschützen.*

Paul hatte nicht erwartet, dass er problemlos wieder aus dieser heiklen Lage herauskäme, aber dass es so schlimm war, erschreckte ihn doch. Wenn Leon ihn schon warnte, bedeutete das Alarmstufe Rot. Leon hatte Sven, Levent, Ilkay und Co. immer besser einzuschätzen gewusst als Lilly.

Plötzlich spürte er, dass er zitterte. Um irgendwas zu tun, ging er auch in die Küche und füllte sich ein Glas mit Wasser, das er in einem Zug austrank.

»Schlechte Nachrichten?«, fragte seine Mutter.

Er schüttelte den Kopf. »Nur so Infos wegen Svens Tod.«

»Du bist aber nicht nur deswegen so aufgewühlt. Es geht um dich, stimmt's? Oder wie hast du das eben gemeint?«

»Was?« Er versuchte Zeit zu gewinnen.

»Na, was wohl?« Sie sah ihn an. »Wünschst du dir wirklich einen Freund statt einer Freundin? Nicht Lilly oder Ebru oder ...?«

»Wie kommst du auf Ebru?«

»Sie wird die Ausbildung bei mir machen. Ich habe ihr jetzt fest zugesagt. Erst wollte ich deinetwegen Lilly nehmen, aber die meldet sich ja nicht.«

Paul schwieg. Der Alltag schien so weit weg, so irreal. Und er konnte sich noch immer nicht konzentrieren.

»Jetzt sagst du nichts mehr. Würdest du offener reden, wenn dein Vater hier wäre?« Sie trat ans Fenster. Mit einer Sorgenfalte über der Stirn beobachtete sie ein wegfahrendes Auto und murmelte: »Ich wünschte, dein Vater wäre öfter hier. Dann würden uns manche Probleme erspart bleiben. Er fehlt mir sehr.«

»Mir auch«, antwortete Paul leise.

Sie kam auf ihn zu, breitete die Arme aus und bat: »Entschuldige, dass ich nicht weiß, wie ich's anstellen soll. Soll ich dich danach fragen? Soll ich es nicht? Ich mache mir schon lange meine Gedanken.«

Paul nahm die Umarmung an. »Ja, na ja. Genau weiß ich es noch nicht. Aber ich denk schon, dass es so ist, wie du vermutest.«

»Gibt's einen Jungen?«, fragte sie leise.

Er holte tief Luft. Das also war jetzt der Moment. Er bemerkte, wie schmal und knochig seine Mutter war, wie klein im Vergleich zu ihm, der im letzten Jahr noch etliche Zentimeter zugelegt hatte, wie deutlich er ihren Herzschlag fühlen konnte. Er sagte nichts, brachte es nicht fertig. Alles, was er tun konnte, war zu nicken.

»Ahmmm«, machte sie.

Danach standen sie einige Minuten so, schweigend, erschöpft, aber einander nah, bis es an der Tür klingelte. Paul dachte an Ilkay und erschrak.

»Ich bin nicht da«, sagte er.

»Warum? Wir haben doch was zu feiern. Jetzt hast du's mir endlich gesagt. Du hast also doch Vertrauen zu mir.« Die Stimme seiner Mutter klang kieksig. »Jetzt trinken wir gleich den Sekt, den meine Freundinnen mir zum Geburtstag geschenkt haben.« Sie wischte sich eine Träne von der Backe und drückte auf den Öffner für die Haustür. Im Flur waren schwere Schritte zu hören, ein Paketbote erschien an der Tür. »Ah, ein Päckchen von meinem Mann, danke. Übrigens habe ich einen neuen Mieter. Bisher hat er noch kein Schildchen angebracht. Ich hab's ihm zweimal gesagt, aber er hat's wohl vergessen. Wenn Sie Post für Martin Nolte haben, wissen Sie Bescheid.«

30

Lilly wurde, nachdem die Langes und die Kripobeamten schon fast eine halbe Stunde zusammengestanden hatten, von Ilkay angestoßen. »Geh mal rüber und krieg raus, was los ist!«

»Muss das sein?«

»Ja. Bitte.«

Lilly murrte, ging aber auf die sechs Erwachsenen zu, die sich auf dem Parkplatz besprachen.

»Kind«, sagte Svens Mutter und umarmte sie.

»Gibt's was Neues?«, fragte Lilly und spürte, wie ihr wieder die Tränen in die Augen traten, als die dicken Arme Frau Langes sie umschlangen. Sie roch nach Zigaretten, Waschmittel und Schweiß, fast ein bisschen so, wie Sven immer gerochen hatte.

Frau Lange nickte, konnte aber nicht antworten, Herr Lange auch nicht. Er schüttelte nur den Kopf und setzte sich in das offene Auto der Polizisten.

»Ich bin Meike Steiger von der Kripo«, sagte die Polizistin zu ihr, nachdem Frau Lange sie losgelassen hatte. »Du warst mal Svens Freundin, stimmt's? Hat Sven dir gegenüber irgendwann Selbstmordgedanken geäußert oder vielleicht einen Abschiedsbrief hinterlassen?«

»Nein, nie.«

»Was hast du gedacht, als du erfahren hast, dass er sich vor einen Zug geworfen haben soll?«

Lillys Antwort kam ohne Zögern. »Dass das nicht sein kann.« Sie zeigte auf ihre Mitschüler, die das Geschehen aus sicherer Entfernung beobachteten. »Keiner von uns kapiert das. Sie können alle fragen. Warum sollte Sven sich umbringen? Das passte nicht zu ihm.«

»Was passte denn zu ihm?«

Lilly biss sich auf die Lippe. Sie tauschte einen Blick mit Frau Hoffmann und dem Schulleiter. Beide verhielten sich jetzt still, aber sie kannten Svens schlechte Eigenschaften und hatten vorher sicher schon darüber berichtet.

»Er war mein Freund.«

»Ja«, sagte die Kommissarin, »aber es gab auch Leute, die ihn nicht mochten. Weil er ... ihnen vielleicht geschadet hat?«

»Kann sein.«

»Die Überwachungskamera war leider defekt. Die Bilder sind sehr schlecht, aber sie zeigen zumindest, dass Sven nicht allein an der S-Bahn-Haltestelle war. Leider haben wir keine Aufnahmen von dem hinteren Bahnsteigbereich, in dem er vor den Zug stürzte. Möglicherweise hat aber der Lokführer etwas beobachtet. Der Mann steht allerdings noch unter Schock. Wir hoffen, dass er sich an Einzelheiten erinnern wird.«

»Wollen Sie damit sagen, jemand hat Sven geschubst?« Lilly klappte den Mund auf. Die Vorstellung war ungeheuerlich, andererseits aber logisch. Warum war bisher niemand darauf gekommen?

»Das versuchen wir herauszufinden«, sagte Frau Steigers Kollege, der sich nicht mit Namen vorgestellt hatte.

Herr Lange, als hätte er erst jetzt begriffen, brüllte plötzlich los und hieb mit den Fäusten auf das Armaturenbrett des Autos ein.

»Tun Sie was! Schnappen Sie den Kerl!«

Der Polizist versuchte ihn zu beruhigen.

»Eine Theorie ist, dass es auf dem Bahnhof zu einem Streit zwischen Sven und dem anderen – vielleicht einem Jugendlichen – gekommen ist. In dessen Verlauf könnte Sven auf die Gleise gefallen oder tatsächlich gestoßen worden sein. Der andere hat die Folgen seines Tuns vielleicht gar nicht absehen können.« Die Worte der Kripobeamtin waren halb als Fragen formuliert, aber niemand gab eine Antwort.

Lilly fühlte sich einfach nur allein. Paul war geflüchtet, Sven war tot und Jan-Olli war auch nicht da. Nach dem gestrigen Abend hatte er sich nicht mehr bei ihr gemeldet, und das, obwohl sie ihm mehrere SMS geschickt und darin natürlich berichtet hatte, was passiert war. Sie schlang die Arme um ihren Körper, fror, obwohl es sommerlich warm war.

»Hatte Sven Feinde, Lilly?«

Sie sprach leise. »Wer hat die nicht?« Der eine hat Feinde, der andere keine Freunde, dachte sie und spürte Selbstmitleid in sich aufsteigen.

»In eurer Clique?« Frau Steiger machte mit dem Kopf einen Wink zum Eingang, wo versteckt von Buschwerk die Schülergruppe stand.

»Nein.«

»Bist du dir sicher? Könnte es nicht sein, dass jemand deinem Exfreund das angetan hat?«

Lilly ballte eine Hand zur Faust und steckte sie sich in den Mund.

»Meike, bald kommt die Psychologin«, sagte der Kripobeamte. »Vielleicht sollte sie sich zuerst um das Mädchen kümmern.«

»Ja, in Ordnung«, antwortete Frau Steiger kurz angebunden und wandte sich wieder an Lilly. Offenbar konnte sie keine Rücksicht darauf nehmen, wie Lilly mit der Neuigkeit zurechtkam. »Vielleicht kannst du mir das noch sagen, Lilly: Wie steht es mit diesem Jungen, von dem gerade die Rede war? Wie stand der zu Sven?« Sie zückte ihren Notizblock, las einen Namen ab. »Paul Brinker.«

»Das ist ja totaler Schwachsinn!« Laut und wild brachen die Worte aus Lilly heraus – Verwirrung, Wut, Enttäuschung, Schmerz und Trauer, alles auf einmal. In dem Moment konnte sie Svens Vater gut verstehen, sie hätte am liebsten auch auf irgendwas eingedroschen, fest und fester, bis alles kaputt war, der Gegenstand, die Hand, die Gefühle.

»Paul war immer das Opfer in der Klasse. Aber Paul könnte Sven nie geschubst haben. Dazu hat er gar keine Kraft und er ist auch viel zu harmlos und gutmütig. Sie dürfen ihn nicht beschuldigen. Immer beschuldigen Sie die Falschen. Außerdem: Paul war gestern Abend zu Hause. Wir haben noch telefoniert.«

Aufgewühlt stürmte sie davon. Sie wollte ihre Ruhe. Sie wehrte erst Frau Hoffmann ab, die ihr besorgt nachlief und behauptete, dass Lilly mit ihrer Trauer nicht allein sein dürfe, dann Ilkay, der wie eine Rakete hinter ihr herschoss, um zu erfahren, was sie mit der Kripobeamtin geredet hatte, und zuletzt Tatjana, die gerade erst die Zufahrtsstraße hochkam und sie begrüßen wollte.

Lilly floh ins Café gegenüber vom Schulgelände. Die einzige Toilette war zum Glück frei. Sie schloss sich ein, lehnte sich mit dem Rücken gegen die Tür und schlug die Hände vors Gesicht.

Sven war also geschubst worden.

Wahrscheinlich war es passiert, weil Sven den Mörder nicht rechtzeitig gesehen hatte.

Auch sie hatte Richie damals nicht gesehen, als er sich im Badezimmer hinter dem Schrank versteckt hatte. Erst als sie sich schon nackt ausgezogen und mit dem Fuß die Wassertemperatur der vollen Badewanne geprüft hatte, bemerkte sie ihn. Angeblich hatte er nicht gehört, wie das Wasser eingelaufen war. Nicht mal, wie sie nach Hause gekommen und laut »Jemand da?« gerufen hatte, wollte er gehört haben, und auch nicht, wie sie den Hund gefüttert und die Musik in ihrem Zimmer aufgedreht hatte, wie sie die Kühlschranktür zugeknallt und die leere Flasche Badezusatz in hohem Bogen in den Mülleimer geworfen hatte.

Richie war einfach so auf sie zugekommen, als sie wie versteinert halb auf den Fliesen, halb in der Wanne gestanden hatte.

»Oh, hallo, schon zu Hause?«, hatte er scheinheilig gefragt, während seine Hand kurz, aber deutlich ihre linke Brust gestreift hatte.

Das war beim ersten Mal. Beim nächsten ...

Schluchzend biss sie sich auf ihre Finger.

31

Paul glaubte schon am Mittag, den aufregendsten Tag seines Lebens hinter sich zu haben. Nach seinem todesmutigen Auftritt vor der Schule und seinem Geständnis zu Hause war er sehr erleichtert über die Reaktion seiner Mutter. Zwar hatte sie nach den ersten Schlucken Sekt einen Weinkrampf bekommen, sich aber bald darauf wieder beruhigt und noch mal mit ihm angestoßen.

Aufgedreht, wie Paul war, hatte er danach zum Telefon gegriffen und Nicos Nummer gewählt. Nachdem er ihm stolz von seinem Coming-out erzählt hatte, hatte er Nico für den nächsten Tag zu sich eingeladen. Nico hatte sofort zugesagt.

Mit Sternchen in den Augen ging Paul ins Wohnzimmer zurück, ließ sich aufs Sofa plumpsen und hauchte: »Er kommt morgen.«

»Dann muss ich ja wohl mal zwei Stündchen spazieren gehen.« Seine Mutter gab ein Glucksen von sich, von dem Paul nicht wusste, ob es bedeutete, dass sie den Gedanken lustig fand oder erschreckend.

Er war selbst etwas erschrocken über sich und seine eigene Courage. Er wusste ja noch gar nicht, wie es mit Nico werden würde. Aber dann fielen ihm seine romantischen Vorstellungen wieder ein und er sagte: »Tja, hätten wir mal die Wohnung noch nicht vermietet.«

»Da sagst du was. Diese Sportskanone ist heute wieder den ganzen Tag unterwegs. Ich frag mich, was der macht. Bringt keine eigenen Möbel mit, sondern lebt in den alten Klüngeln, die dein Vater und ich dort abgestellt haben. Angeblich hat er sich von seiner Freundin getrennt und schreibt jetzt ein Buch. Wie ein Dichter wirkt er aber nicht. Er rennt immer nur draußen rum.«

Paul war mit den Gedanken ganz woanders und zuckte nur die Achseln. »Wer will bei dem Wetter schon Gedichte schreiben?«

»Vielleicht hast du recht. Aber der Typ ist eigenartig. Irgendwie weicht er mir aus.«

»Ist doch egal. Hauptsache, er zahlt pünktlich.«

Sein Handy klingelte.

»Schon wieder! Vor Erfindung dieser Geräte hatte man mehr Ruhe«, maulte seine Mutter.

Paul sah nach, wer dran war: *Lilly*, wer sonst.

»Ach was, Mama. So kann ich Lilly gleich die gute Nachricht erzählen. – Krokodilly«, flötete er ins Telefon, »es gibt Neuigkeiten.«

»Bei mir auch.« Lilly war schlecht drauf. Das war nicht zu überhören.

»Was denn?«, fragte er mit aufkommendem Unbehagen und ging mit dem Telefon in den kleinen Garten hinaus.

»Sven.«

»Was ist mit ihm?« Paul ärgerte sich, weil er spürte, wie seine gute Stimmung verflog. Sven Lange schaffte es, ihm noch als Toter den Tag zu versauen. Was trauerte Lilly dem so hinterher?

Besonders nervig war, dass sie jetzt keine Antwort gab, sondern nur leise ins Telefon schluchzte.

Paul wartete, zupfte Blätter von einem Strauch. Lilly ließ sich Zeit mit dem Weiterreden. Hoffentlich hatte sie nicht einfach nur wieder ihre verrückten fünf Minuten. Man wusste dann nie, was sie so trieb. Manchmal heulte sie nur, aber öfters steigerte sie sich auch in eine solche Wut auf sich und die Welt hinein, dass Gegenstände zu Bruch gingen oder sie sich selbst verletzte.

Einmal hatte er gesehen, wie sie einen Bilderrahmen mit einem Foto von ihr, ihrer Mutter und deren Exfreund

Richie im Schlafzimmer ihrer Mutter entdeckt hatte. Sie hatte nicht gewusst, dass dieses Foto noch existierte, und hatte es zertrümmert. Als das Glas längst zerbrochen war, hatte Lilly immer noch mit dem zerfetzten Rahmen auf den Nachttisch ihrer Mutter eingedroschen. Dass die Splitter dabei ihre Haut aufrissen, schien sie nicht zu merken.

Plötzlich hatte Paul trotz seiner Verärgerung ein schlechtes Gewissen. In letzter Zeit hatte er nur an seine Probleme gedacht und sich fast gar nicht um Lilly gekümmert. Er nahm sich vor, das nachzuholen. Nur durch ihren Einfluss auf Sven hatte sich dessen Mobbing gegen ihn bis zur Abschlussfahrt einigermaßen in Grenzen gehalten.

Also sagte er, so sanft er konnte: »Na, red schon! Was ist los? Weiß man jetzt, warum er's gemacht hat?«

»Das hat er nicht«, schrie Lilly ihm ins Ohr.

Im gleichen Moment war im Hintergrund Krach zu hören: Hämmern und Trommeln, mehrere Stimmen, die durcheinanderredeten, jemand, der rief, sie solle endlich rauskommen.

»Wo bist du, Lilly?«

»Auf dem Klo. Und zwar schon ziemlich lange.«

»Verstehe.« Die Parallele zum letzten Abend der Abschlussfahrt war nicht zu übersehen. Würde Paul denn immer wieder an seinen dunkelsten Tag erinnert werden? Er verzog das Gesicht. Von seiner guten Laune war nichts mehr übrig.

»Mann, Tatjana nervt, dass ich rauskommen soll. Ich will aber nicht.«

»Lilly«, bat Paul ruhiger, als er war, »es ist besser, wenn du dich von ihr trösten lässt. Du kannst nachher auch zu mir kommen.«

Ein Schniefen war die Antwort.

»Und jetzt red Klartext! Sven …«

»… ist geschubst worden. Ermordet.«

Paul gab einen Überraschungslaut von sich. Dass das jemand gemacht haben sollte, fand er dann doch absolut erschreckend. Wie viele gewalttätige Irre gab es denn noch außer Sven?

»Sie wissen noch nicht, wer's war«, sprach Lilly weiter, »aber die haben einen weglaufen sehen. Jetzt wird ermittelt. Kripo. Wie im Fernsehen. Die wollen uns alle befragen, glaub ich. Die haben schon wissen wollen, ob du irgendwie ... Weil du doch immer Streit mit Sven hattest ...«

»Ich?«, rief Paul, plötzlich extrem zornig. »Ich hab den Arsch nicht auf dem Gewissen.« Dann schaltete er das Handy aus, ohne Tschüss zu sagen.

32

Leon lachte still in sich hinein. Seine störrische Stiefschwester war schon eine Nummer für sich. Erst hockte Lilly eine halbe Ewigkeit in der Toilettenkabine und führte Telefonate – mit Paule und dann mit jemandem, der offenbar ihre Laune besserte, Leon tippte stark auf den Trainer – und dann stolzierte sie mit erhobenem Kopf heraus, das Gesicht verschmiert mit Wimperntusche, weil sie geheult hatte, aber trotzdem irgendwie gut drauf. Sie ignorierte die Fragen der Mitschüler, stellte sich an die Theke und forderte: »Gebt mir erst einen Cappuccino aus, dann erzähle ich euch alles.«

»Okay, aber schnell jetzt.« Ilkay, sonst wenig spendabel, knallte das Kleingeld für Lillys Kaffee auf die Theke.

Lilly blickte in die erwartungsvolle Runde, anscheinend ganz ruhig. »Er ist geschubst worden.«

Ilkay fluchte. »Ich hab's geahnt.«

»Von wem, das ist noch nicht klar«, sagte Lilly. »Vielleicht hat 's spontan Streit gegeben oder ...«

Ilkay beendete ihren Satz. »Es war geplant.«

»Ja.«

»Sven fängt doch mit jedem Streit an«, warf Leon ein und erntete zustimmendes Gemurmel.

Ilkay aber schien von einer vorsätzlichen Tat schon fast überzeugt zu sein. »Hat er euch eigentlich auch gesagt, dass er bedroht worden ist? Von einem Anrufer?«

»Hä?«, fragte Lilly, stutzte dann aber. »Doch, irgendwas war da.«

»Was genau? Wann?«

»Hab ich vergessen.«

»Bist du panne, ey, das kann man doch nicht vergessen«, rief Ilkay so aufgebracht, dass sie sich erschreckte und an dem Kaffee verschluckte.

»Wieso muss ich mir das merken, Ilkay, he? Sven hatte manchmal komische Momente. Er war Gott sei Dank nicht immer nur dumpf und doof. Er hat auch mal Gefühle gehabt und irgendwas hat ihn geplagt. Er hat mich ein paarmal ganz ernst gefragt, ob ich mir vorstellen könnte, dass er vor jemandem Angst hat. Ja, das fing mit einem Anruf auf dem scheißneuen Handy an.«

»So viel wusste ich auch schon.«

»Was fragst du mich dann?«

Ilkay antwortete nicht. Leon konnte sehen, wie es in ihm arbeitete, und da dämmerte auch ihm etwas. Ganz dunkel war da eine Erinnerung – Sven, der sich auf einem Friedhof ein Handy einsteckt und sagt: »Das nehm ich jetzt schon mal als Anzahlung.«

»Du meinst doch nicht, Ilkay, dass das *damit* was zu tun hat«, sagte Tatjana. Ihr Gesicht war wie erstarrt. Ihre Hand griff nach Leons. Schwitzende Finger umklammerten seine. »Neuerdings reden alle wieder davon. Paul hat mich gestern auch darauf angesprochen. Der hat beim Arzt einen Bluttest machen lassen. Er meinte, der Typ könnte Aids gehabt haben und vielleicht dabei draufgegangen sein.«

»Nee, das kann nicht sein, oder?«, fragte Leon erschrocken. Ihm war jetzt klar, worum's ging.

Ilkay biss sich auf die Lippe. »Wenn doch, wären wir ganz schön am Arsch.«

»Wovon redet ihr hier eigentlich?«, fragte Levent.

»Um einen Typen, mit dem wir auf der Abschlussfahrt Krach hatten«, erklärte Tatjana mit gedämpfter Stimme. »Der ist uns quergekommen und hat was eingesteckt.« Sie wandte sich an Ilkay: »Meinst du, dass uns jemand deshalb fertigmachen will?«

Er zuckte die Achseln. »Kann doch sein, dass sein Bruder, sein Freund, sein Cousin oder sonst wer Rache will. Ich hab nämlich gestern einen merkwürdigen Anruf gekriegt, wahrscheinlich von dem Mann, der den Penner auch auf der Abschlussfahrt angerufen hat.«

»Ey«, fragte Levent, »die *Abschlussfahrt*? Wisst ihr, wie lange das her ist? Drei Wochen. Außerdem war das in Bremerhaven. Soll euch extra von da einer nachgefahren sein oder was?«

»Kann ich mir auch nicht vorstellen«, überlegte Lilly laut. »War das denn wirklich so schlimm, was ihr gemacht habt? Paul war doch auch dabei. Ja, er war voll Blut, aber ...« Sie runzelte die Stirn.

Levent unterbrach sie: »Egal, was es war: Kann doch keiner wissen, wie ihr heißt und wo ihr wohnt. Wie sollen die Freunde von dem denn an deine Telefonnummer kommen, Ilkay?«

Ilkay murmelte kaum verständlich, dass Sven ihn mit dem Pennerhandy angerufen habe, aber niemand hörte ihm zu.

»Obwohl«, redete Lilly laut weiter, »es ist schon komisch,

dass ihr alle erst ein Staatsgeheimnis aus dieser Sache gemacht habt und jetzt immer wieder davon anfangt.«

»Was ist daran komisch?«, blaffte Tatjana sie an. »Für Sven mag das Zusammenschlagen wildfremder Leute Alltag gewesen sein, für uns andere nicht.«

Ilkay nickte zustimmend, wobei er mit angestrengtem Gesichtsausdruck auf seine Hände sah.

Leon dachte, dass sich seine Mitschüler und auch er selbst an jenem Abend viel zu schnell von Sven hatten mitreißen lassen. Obwohl er sich sagte, dass das bei ihm am Alkohol gelegen hatte, behagte ihm der Gedanke nicht.

»Svens Tod hat nichts mit uns zu tun«, redete Tatjana weiter. »Überlegt doch mal, was das für ein Zufall wäre! Für Sven war das mit dem Penner nur eine Sache unter vielen.«

»Sie hat recht. Ich will nicht wissen, wem Sven alles zu einem Krankenschein verholfen hat. Der S-Bahn-Schubser kann zum Beispiel jemand gewesen sein, den er aus dem Stadion kannte, oder einfach nur so 'n Typ, der auch auf die Bahn wartete und im Weg rumstand. Ihr wisst doch, wie schnell das bei Sven ging. Da musste einer ihn nur mal blöd angucken. Oder aber: Wenn sich einer an Sven fürs Abziehen und so rächen wollte, kann der gut aus der Schule gewesen sein. So ein Typ wie Paul, also einer, den wir kennen, einer von *hier*«, sagte Levent entschieden und legte seinem Freund Ilkay einen Arm um die Schulter. »Was ist los mit dir, Alter? Bleib locker! Und du, Lilly, reg dich nicht auf wegen deiner Lieblingsschwuchtel! Sag mal, stimmt das eigentlich, Lilly, dass man Svens Schuh noch mit dem Fuß drin oben auf dem Dach vom Haltestellenhäuschen gefunden hat?«

»Wer hat das denn erzählt?«

»Das ist ja eklig«, schrie Tatjana so laut, dass der ältere

Cafébesitzer, der schon ein paarmal verärgert rübergeguckt hatte, rief, sie sollten ruhig sein, sonst flögen sie raus.

»Opa, halt du lieber mal die Klappe«, erwiderte Levent. »Das ist hier 'ne Trauerfeier, ja?! Bisschen mehr Respekt, wenn wir trauern.« Mit dramatischer Geste drehte er sich zu seinen Freunden um: »Und sein Zeigefinger soll unterm Scheibenwischer von der Lok geklemmt haben.«

Leon lachte laut los. Er war Levent dankbar, dass er mit seinem albernen Gerede die trüben Gedanken verscheuchte. Allerdings war er der Einzige, der das so sah. Lilly und Tatjana rauschten mit entsetzten Gesichtern ab. Ilkay murmelte düster: »Ich hoffe, ihr habt recht.«

Aber er und Levent machten einfach weiter.

»Und wo hat man seinen Schwanz gefunden?«, fragte Leon und Levent, der Lillys Kaffee austrinken wollte, prustete derart überdreht los, dass er sich verschluckte und Leon ihm auf den Rücken schlagen musste.

Jetzt wurde der Cafébesitzer wirklich wütend und sie gingen hinaus, Freunde, die Arme auf die Schultern des jeweils anderen gelegt.

Das Leben war schön und es gab absolut keinen Grund, sich Sorgen zu machen.

33

Lilly sah auf die Uhr. Rund zehn Minuten vor der Verabredung mit Jan-Olli würde ihr Bus an der *Beach Bar* halten. Das angesagte Café lag eine halbe Stunde Busfahrzeit von der Schule entfernt unterhalb einer Brücke über dem Kanal. Der »Strand« war ein lang gezogener Streifen aufgeschütteten Sands, auf dem Liegestühle standen. Tagsüber war hier wenig los. Nur Radfahrer machten kurze Stopps und tranken Apfelschorlen. Abends war es netter: junge Leute, bunte Lampions, Livemusik. Trotzdem hatte Lilly nicht warten wollen. Als Jan-Olli sie endlich anrief, hatte sie ihn sofort sehen müssen.

»Okay, treffen wir uns in einer Stunde in der *Beach Bar*«, hatte er vorgeschlagen und schon war es nicht mehr so schlimm, dass sie sich in einer Klokabine befand und Paul sie am Telefon abgewürgt hatte. Selbst die Tatsache, dass ihr Ex vor die S-Bahn geschubst worden war, schmerzte sie plötzlich nicht mehr ganz so stark. Dieses Ende, dachte sie, nachdem sie sich von ihren Freunden verabschiedet hatte und zur Bushaltestelle lief, hatte Sven mit seiner Lebensweise immer herausgefordert. Es hätte genauso gut umgekehrt passieren können: Dann hätte Sven dem anderen den tödlichen Stoß gegeben, reiner Zufall, dass es so ausgegangen war. Die Theorie, dieser andere sei ein planender Rächer und Verfolger, der am Telefon Spielchen mit Sven und Ilkay trieb, hielt sie für Unsinn. Solche Spinnereien schossen immer ins Kraut, wenn etwas Ungewöhnliches passiert war.

Außerdem stand Ilkay auf Verschwörungstheorien.

Hatte Ilkay nicht auch behauptet, dass man ihn und Levent letztens nur deshalb verdächtigt hätte, die parkenden Autos vor dem Fußballvereinsheim zerkratzt zu haben, weil sie Türken waren? Völliger Quatsch, sie waren den Anwohnern in den Blick gekommen, weil sie zu der Zeit zufällig auf dem leeren Sportplatz gekickt hatten. Verdächtig waren sie vor allem, weil sie *Jugendliche* waren. Lillys Meinung nach war das das einzig Entscheidende. Mittlerweile stand übrigens fest, dass ein Erwachsener, ein Nachbar, all die Autos, die schon ein paarmal unerlaubt auf seinem Privatparkplatz gestanden hatten, mit dem Schraubenzieher traktiert hatte.

Sie lächelte vor sich hin, als der Bus im schönsten Sonnenschein über die Kanalbrücke rumpelte. Mit dem Zeigefinger auf dem Stopp-Knopf stand sie im Gang, wiegte sich in den Hüften und überblickte von oben das Gelände der *Beach Bar*, neugierig, ob sie Jan-Olli schon sehen konnte. Nein, da saß noch niemand, weder in den Liegestühlen noch an den Tischen im Restaurantbereich. Nur zwei Radfahrer strampelten den Uferweg entlang und auf dem Wasser schwamm eine Familie von Gänsen.

Lilly spürte aufgeregtes Bauchkribbeln, als der Bus die Haltestelle anfuhr, die gut hundertfünfzig Meter hinter dem Treppenabgang zum Café lag. Bekloppt eigentlich, dachte sie, warum machen sie die Haltestelle so weit weg? Außer alten Industrieanlagen, Pappeln und Gestrüpp gibt's hier nichts und deshalb steigt hier eh nur aus, wer in die *Beach Bar* will.

Sie schlüpfte aus dem Bus und registrierte im Augenwinkel, dass es diesmal nicht ganz so war. Außer ihr trat noch der Stadtstreicher auf die Straße, der die ganze Zeit im hinteren Busteil gesessen hatte. Er blieb, als der Bus weiterfuhr, am Straßenrand stehen.

»Hier ist aber keine gute Gegend zum Betteln«, sagte Lilly freundlich, machte einen Schritt auf ihn zu und registrierte, wie er sich eine große Sonnenbrille aufsetzte. Sie wollte schon weitergehen, da überlegte sie es sich spontan anders. Die Landstraße war wenig befahren, der Straßenrand schmal, das Gestrüpp dicht. Selbst bei Tageslicht galt für sie die Regel: nicht so nah an Typen vorbei, wenn man nicht ausweichen kann. Dieser hier war ein harmloser Stadtstreicher, aber mit Sonnenbrille wirkte er sofort anders, männlicher.

Also überquerte sie die Straße, obwohl das Café auf der gleichen Seite lag, lief dann, ohne sich umzudrehen, mit schlenkernden Armen bis zur Brücke, wechselte wieder rüber, hüpfte die Stufen hinab, betrat die *Beach Bar* und sprach den jungen Mann an, der drinnen die Tische abwischte.

»Hallo, habt ihr schon auf?«

»Na klar.«

»Dann setz ich mich draußen hin.«

»Was willst du trinken?«

»Cappuccino.«

Lilly fläzte sich in einen Liegestuhl, blinzelte in die Sonne, sah den Gänsen auf dem Wasser zu, spürte, dass sie in der Hitze auch Lust auf ein Bad hatte, schloss die Augen und versuchte, endlich die brodelnde Aufregung unter Kontrolle zu kriegen. Sollte sie noch mal zur Toilette gehen? Sich aufhübschen?

Ein Schatten fiel auf ihr Gesicht. Da war er: Jan-Olli!

Sie grinste, öffnete die Augen ... »Huh!«

Der Stadtstreicher. Scheiße, hatte sie sich jetzt erschrocken! Was stand der Typ so nah? Was fiel dem ein? Sie hatte ihren Freund erwartet. Stattdessen glotzte der Kerl sie an, würde sie gleich volllabern und anbetteln. Lilly spürte Enttäuschung und schnell anwachsenden Zorn. Ihr Taschengeld war nun wirklich sehr eng bemessen; und irgendwie fand sie's dreist, sich beim Schnorren an arme Schüler zu halten.

»Ey«, sagte sie, »ich hab Ihnen doch gesagt, hier ist kein guter Platz zum Betteln.«

»Du weißt das, ja?!« Die Antwort des Mannes kam schneller, härter und selbstbewusster, als sie erwartet hatte. Keine blödsinnige Geschichte à la: »Bitte, bitte, ich brauche nur zwei Euro zum Telefonieren, meine Tochter ist nämlich im Krankenhaus und mich haben sie ausgeraubt.«

Kalte Feindseligkeit ging von dem Mann aus, der ihr irgendwie bekannt vorkam, obwohl sie seine Augen unter der überdimensionalen Sonnenbrille nicht sehen konnte. Es hatte sie vorhin schon irritiert, dass ein Penner mit Sonnenbrille rumlief. Auch seine Armbanduhr sah viel zu teuer für ihn aus. Apropos: Was machte der eigentlich mit seiner Hand?

Dieses komische Rumnesteln da unten unter seiner Jacke?

Hallo?! Wollte der sich einen runterholen oder was?

»Hauen Sie ab«, sagte Lilly und wich im Liegestuhl so weit zurück wie möglich. »Widerlicher Wichser, verschwinde oder ich schreie!«

»Ich will nur ’ne kleine Gabe für ’nen Obdachlosen.«

Er sagte es gehässig und keineswegs bittend. Er sagte es böse und so anzüglich, dass ihr schlecht wurde vor Schreck. Das blieb ihm nicht verborgen. Er grinste triumphierend.

Sie wollte schreien. Ihr Mund ging schon auf, da machte der Mann plötzlich einen Schritt zurück.

Der junge Kellner brachte den Cappuccino. Im Laufschritt näher kommend sagte er laut: »Sorry, aber die Liegestühle sind ausschließlich für unsere Cafégäste reserviert. Wenn Sie sich setzen wollen, müssen Sie etwas verzehren. Ansonsten belästigen Sie nicht unsere Gäste.«

»Äußerst menschenfreundlich«, entgegnete der Stadtstreicher ironisch.

Der Kellner zuckte kühl die Achseln. »Ich muss Sie bitten, das Gelände zu verlassen. Am Ufer stehen Bänke, auf denen Sie sich ausruhen können.«

»Arschloch!«

»Das hab ich jetzt nicht gehört. Sieh bloß zu, dass du nicht noch mal hier auftauchst«, rief der Kellner dem sich entfernenden Stadtstreicher nach und wandte sich dann an Lilly: »Manche Leute ... Hat er dich belästigt?«

»Bisschen.«

»Wenn was ist, ruf mich.«

»Danke.«

Sie atmete aus und lehnte sich wieder zurück, weil sie sah,

wie oben auf der Straße ein quietschgrünes Auto in den Parkplatz einbog.

Wenig später kam Jan-Olli, berührte mit der Hand leicht ihre Schulter. »Hi!« Lilly sprang auf, umarmte ihn und wollte ihn küssen. Doch er drehte den Kopf weg und sagte zum Kellner, der die ganze Zeit in der Nähe geblieben war: »Ich nehm auch so einen.«

Dann ließ er sich in den Liegestuhl neben ihrem plumpsen.

»Na?«, fragte sie.

»Tjaaa.«

Sie runzelte die Stirn, setzte sich auch wieder hin und betrachtete ihren Schatz von der Seite. Brauchte er erst wieder seine Aufwärmphase, um sie zu küssen?

»Wie geht's?« Ihr Arm schwenkte über den Abstand zwischen den Liegestühlen zu seinem herüber, die Hände berührten sich, die Finger hakten sich kurz ineinander.

»Ganz gut. Und dir?« Jan-Olli legte den Kopf an den blauweiß gestreiften, leicht angegrauten Liegestuhlstoff. Seine Augen hatten das schönere Blau.

»Ich bin so traurig wegen Sven.«

Er nickte. »Tut mir wirklich leid, was passiert ist. Deshalb treffen wir uns jetzt ja auch. Eine schreckliche Sache. Er war ja mal dein Freund und sehr wichtig für dich, oder?«

»Wie meinst du das? *Deshalb treffen wir uns.*«

Jan-Olli suchte nach Worten und war wahrscheinlich froh, dass auch der zweite Cappuccino in Rekordgeschwindigkeit gebracht wurde.

Kaum waren sie wieder allein, ließ er sich so tief in den Liegestuhl sinken, dass sie außer seinen Knien nichts mehr von ihm sah.

»Lilly«, sagte er, mehr zum wolkenlosen Himmel als zu ihr,

»vielleicht kannst du allen am Dienstag beim Training davon erzählen. Das interessiert die anderen sicher auch.«

»Jetzt lass doch mal die doofen andern weg!«

»Das kann ich nicht. Es geht um meine gesellschaftliche Reputation. Ich habe in meinem Vertrag mit dem Verein unterschrieben, dass ich mich nicht privat mit den minderjährigen Spielerinnen treffe.«

»Du heilige Kokosnuss!«

Jan-Olli lachte. »Was ist das denn für 'n Ausdruck?«

»Wusstest du nicht, dass auf den Trauminseln mehr Leute von herabfallenden Kokosnüssen erschlagen als von Haien gefressen werden?«

Er drehte sich ihr endlich zu – Sternschnuppenschmunzeln. Ihre Augen aber waren voller Tränen. Es kam ihr vor, als hätte sie gerade eine ganze Ladung Kokosnüsse auf den Kopf gekriegt.

»Ach, Lilly, ich hab dich so gern und ich ... ich hab mich ja auch in dich verliebt. Aber ... es geht eben nicht. Ich habe mich gestern Abend mitreißen lassen, das war dumm und unfair dir gegenüber, aber ich kann, will und werde nichts mit einem Mädchen aus der Mannschaft anfangen. Das geht nicht.«

»Warum denn nicht? Dann bleibt es eben geheim.«

Er schüttelte den Kopf. »So was bleibt nie geheim.«

»Das ist doch scheiße.« Sie stand auf, trat mit ihrem Fuß gegen seinen, griff nach seiner Hand, die ganz schlaff war und aus ihrer gleich wieder herausrutschte. Ein klares Zeichen dafür, dass es ihm ernst war. Sofort fühlte sich ihr ganzer Bauch eiskalt an, schockgefroren oder so, als hätte man sie innen mit eiskaltem, ätzendem Säurewasser ausgespült. Wie unglaublich gemein von ihm!

»Bitte, das ist doch Unsinn, was du redest. Wir machen doch nichts Schlimmes.«

Jan-Ollis Augen schimmerten ein bisschen feucht. Er drehte den Kopf zur Seite, wollte nicht, dass sie es sah. Also kniete sie sich neben ihn in den Sand, mit dem Erfolg, dass er sich zur anderen Seite drehte.

Was für ein beschissener Tag, dachte Lilly. Und der ätzende Stadtstreicher treibt sich auch noch dahinten rum, hat wahrscheinlich schon wieder die Hand in der Hose, weil er mir, wenn ich so auf allen vieren im Sand knie, in den Ausschnitt glotzen kann.

Sie stand auf. Jan-Oliver ebenfalls.

Den Kaffee völlig unberührt lassend nahm er ihre Hand. Sie machte einen letzten Versuch, wollte ihm ihren Kuss einfach ins Gesicht drücken, aber er wich nach hinten aus, ließ sie in der Luft hängen und sagte entschlossen: »Tut mir leid. Es wird nichts mit uns. – Äh, kann ich dir wenigstens den Cappuccino bezahlen und dich nach Hause bringen?«

»Ich will nicht nach Hause. Was soll ich da?«

»Es tut mir leid, Lilly, ich ...«

»Laber nicht! Du lügst doch.«

Sie hatte jetzt definitiv genug von ihm. Er sollte nicht sehen, wie sehr sie das verletzt hatte, also ließ sie ihn stehen, lief davon, rannte den Uferweg wieder rauf, sah den Bus in Richtung Zentrum kommen, winkte ihm, sprang hinein, als er hielt, und blickte heulend aus dem Fenster zurück.

Jan-Olli war ihr nicht gefolgt. Er saß noch zusammengesunken neben seinen zwei Tassen Cappuccino. Der Stadtstreicher aber stand an der Haltestelle wie einer, dem nicht nur der Bus weggefahren, sondern auch die Beute vor der Nase entwischt ist.

34

Paul mochte keinen Sekt mehr. Das Zeug machte müde und schmeckte abgestanden. Andererseits konnte er verstehen, dass seine Mutter sich nach dem Besuch der Polizei gerade eben »die Kante geben« wollte. Im Klartext hieß das, dass sie schon nach drei Gläschen Sekt so betrunken war wie Leon nach einer ganzen Flatrate-Party.

»Weißt du, was mich am meisten ärgert? Dass sie sich gleich auf dich gestürzt haben, weil du dich zu deiner Homosexualität bekannt hast. Wenn ich gestern Abend nicht zu Hause gewesen wäre und du kein Alibi gehabt hättest ... dann hätten sie uns zwar noch gar nichts gekonnt, aber die Gerüchteküche, die hör ich schon brodeln.« Sie lief im Wohnzimmer auf und ab und fuhr sich durch die Haare. »Da sieht man mal wieder, was hier für eine Diskriminierung herrscht.«

»Mama, reg dich nicht so auf. Die anderen kommen genauso dran.«

Paul hatte die Befragung besser verkraftet als sie. Er hatte sich nicht unfreundlich behandelt oder verdächtigt gefühlt, aber für seine Mutter waren es heute, angefangen mit Svens Tod, einfach zu viele Neuigkeiten gewesen.

»Ach ja? Unterstellt man denen auch, dass sie ein Motiv haben? Wie sieht das aus, wenn wir in den Fokus der Ermittlungen geraten? Da macht keiner einen Unterschied zwischen bloßem Verdacht und wahrer Schuld. So was bleibt immer an einem kleben.«

»So weit ist es ja noch nicht, Mama.«

»Noch nicht. Und der Neue hat sofort gelauscht, hast du das mitgekriegt?« Seine Mutter senkte die Stimme, obwohl sie selbstverständlich allein im Wohnzimmer waren.

»Welcher Neue?«

»Martin Nolte.«

Paul verdrehte die Augen.

»Was denn? Es war aber so.« Sie flüsterte immer noch. »Wir standen doch zuerst mit den Polizisten im Hausflur und da habe ich genau gehört, dass oben die Tür aufgegangen ist. Er war erst kurz vorher nach Hause gekommen. War also nur kurz drin, kam wieder raus und hat sich übers Geländer gebeugt. Die Balken auf dem Treppenabsatz haben geknarrt.«

»Der ist eben neugierig. Das bist du auch.«

»Nein, bin ich nicht. Er hat mir bei der Vertragsunterzeichnung keinen Ausweis vorgelegt, weil seine Papiere angeblich noch in der Wohnung seiner Exfreundin liegen und er dort nicht auftauchen will. Die erste Monatsmiete und die Kaution hatte er aber in bar dabei.«

Paul grinste. »Das hat dich überzeugt.«

»Nun ja. Du willst in eineinhalb Jahren den Führerschein machen und dafür muss gespart werden.«

Er umarmte sie kurz und fühlte sich für Sekunden trotz der chaotischen Tagesereignisse glücklich.

Etwa eine Stunde später – sie wollten gerade ein Eis auf der Terrasse essen – hörten sie wieder ein Geräusch im Hausflur. Anscheinend drängte es Nolte immer wieder nach draußen.

»Jetzt guck ich ihn mir an«, sagte Paul und öffnete, die Eisbecher noch in der Hand, die Wohnungstür.

Der Mann war gerade davor angekommen. Er war Anfang vierzig, groß und sportlich und trug eine Trainingstasche. »Hallo«, sagte er überrascht.

»Hallo.« Paul musterte ihn kurz. Nolte blickte zurück, nicht unfreundlich, aber doch sehr distanziert. Wahrscheinlich hätte Paul selbst so geguckt, wenn seine Vermieter ungeniert die Tür aufgerissen und ihn angeglotzt hätten. Nachbarn konnten schließlich furchtbar nerven. In dem Mehrfamilienhaus, in dem sie vorher gelebt hatten, hatten auch so Saubere und Kontrollsüchtige gewohnt, die darauf bestanden, dass die Mülltonnen von innen gereinigt wurden und niemand etwas in die Recyclingtonne warf, das dort nicht reingehörte. Da Paul sich mit dem schmelzenden Eis in der Hand extrem doof vorkam und nicht mehr so recht wusste, was er sagen sollte, war er froh, als seine Mutter zu ihm trat.

»Guten Tag. Wir wollten Sie fragen, Herr Nolte, wann Sie denn den richtigen Umzug machen? Ich meine, Sie werden doch auch eigene Möbel mitbringen, oder? Was mein Mann und ich an Bett, Schrank und Tisch vorerst zur Verfügung gestellt haben, ist ja etwas spartanisch – auch für jemanden wie Sie, der nur Abstand gewinnen, in Ruhe schreiben und zu sich finden will.«

Martin Nolte nickte. »Natürlich, Frau Brinker. Aber wie Sie merken, bin ich immer noch nicht so ganz angekommen. Ich muss auch ehrlich sagen, dass ich noch keinen einzigen Satz verfasst habe.« Er lachte, etwas künstlich, wie Paul fand. »Vielleicht ist eine fremde Umgebung doch nicht inspirierend. Nun ja, morgen kann ich noch mal den ganzen Tag ungestört in die alte Wohnung, um dort zu packen und auszumisten, und am nächsten Wochenende habe ich den Transporter eines Freundes für den Umzug. Dann bekommt alles seine Ordnung und ich schließe hoffentlich auch mit dem Verlust ab.« Er wandte sich zum Gehen, drehte sich vor Verlassen des Hauses aber noch mal zu ihnen um und grinste diebisch. »Ach, nicht, dass es mich etwas anginge, aber haben Sie Ihre Probleme mit der Polizei klären können?«

»Selbstverständlich«, rief Pauls Mutter hastig.

Sie schämt sich, dachte Paul. Er selbst wollte auch noch etwas sagen, aber Nolte grinste jetzt noch mehr, als freue es ihn, dass die Polizei seine Vermieter in die Mangel genommen hatte. Für einen kurzen Augenblick kam Paul an dem Mann etwas bekannt vor. Er erinnerte ihn an jemanden, aber an wen?

Schließlich lächelte Nolte falsch-freundlich wie für eine Zahnpastawerbung, wünschte ein schönes Wochenende und ging.

Keine zwei Minuten später, als sein Auto weggefahren war, schnappte sich Paul den Ersatzschlüssel für die Wohnung.

»Was machst du?«, fragte seine Mutter.

»Ich guck mir mal kurz an, wie der so lebt. Steh du Schmiere, okay?«

»Das geht nicht«, sagte sie ängstlich, »das dürfen wir nicht.«

»Klar geht das«, widersprach er und stieg die Treppe in den zweiten Stock hinauf.

35

Lilly hatte aus Frust beschlossen, den Rest dieses grässlichen Tages an der Gedenkstelle für Sven zu verbringen. Nachdem Jan-Oliver sie derart fies hatte fallen lassen, packte sie wieder das Gefühl, nach Svens Tod niemanden mehr zu haben. Hier war sie wenigstens nicht allein. Alle Leute trafen sich hier und redeten mit ihr.

Auch am späteren Nachmittag fragten ihr noch wildfremde Leute Löcher in den Bauch, die Psychologin bot ihre Hilfe an und ihre Freunde und Mitschüler scharten sich um sie, weil sie vermuteten, dass sie über ihren Kontakt zu Svens Eltern als Erste an neue Informationen käme.

Um fünf entwarfen Lilly, Tatjana, Ebru und Frau Hoffmann im Kunstraum einen Nachruf für Sven, der als Einlegeblatt noch ins Jahrbuch kommen sollte. Lilly und Tatjana schrieben mit der Hilfe der Lehrerin den Text und sahen danach zu, wie Ebru das Blatt mit Ranken aus weinenden Rosen verzierte.

Es herrschte eine merkwürdige Anspannung. Zeitweise war es so still im sonnenaufgeheizten Raum, dass man nur das schabende Geräusch von Ebrus Filzstift hörte.

Das Eis, das Silke Hoffmann den Mädchen spendierte, schien auch keiner von ihnen richtig zu schmecken. Tatjana ließ ganz gegen ihre Gewohnheit die Hälfte stehen, Lilly schlang es so herunter, dass sie eine Schlinderbahn im Bauch hatte und sich wieder vollends schlecht fühlte, weil sie an Jan-Ollis harsche Abfuhr denken musste. Ebru hatte erst gar kein Eis haben wollen.

Silke Hoffmann tigerte immer wieder zum Fenster, um nach draußen zu blicken.

»Warten Sie auf jemanden?«, fragte Ebru.

»Nein, ich bin nur unruhig«, sagte Silke Hoffmann ein bisschen zu schnell. »Svens Tod geht mir eben auch sehr nahe. Sonst wäre ich nicht hier.«

»Obwohl er Sie dauernd geärgert hat?«, fragte Lilly misstrauisch.

»Ach, der konnte mich gar nicht ärgern. Ich wusste ja, dass seine Provokationen nicht persönlich gemeint waren.«

»Da wäre ich mir nicht so sicher.« Auf einmal verspürte Lilly Lust, Frau Hoffmann zu piesacken. »Er hatte so seine Meinung über Sie. Wollen Sie die mal hören?«

Tatjana, die ganz versonnen Ebru zugesehen hatte, hob den Kopf. Ebru hörte auf zu zeichnen, sah Lilly warnend an.

»Wollen Sie?«, fragte Lilly noch einmal, weil die Lehrerin nicht geantwortet hatte.

»Nein, danke.« Silke Hoffmann schüttete den Kopf.

Irgendwas an ihrer Art erinnerte Lilly an ihre Mutter. Die

war auch oft überbesorgt-schleimig und dann wieder hinterhältig-unehrlich.

Ihr Wunsch, der Lehrerin eins auszuwischen, wurde stärker.

»Ich sag's Ihnen trotzdem: Sven hielt Sie für eine frustrierte alte Jungfer, die sich an uns ranschmeißt, weil sie keinen Mann und keine Familie hat. Er hat gesagt ...«

Weiter kam Lilly nicht. Silke Hoffmann schoss heran und packte sie hart an den Schultern.

»Hey«, sagte Lilly, »nicht so stürmisch!«

»Du hast richtig gut zu ihm gepasst, Mädchen, weißt du das?«

War es Frau Hoffmanns zornerfüllter Blick oder war es die Bemerkung selbst, die sie fertigmachte – Lilly wusste es nicht.

Ohne Vorwarnung schossen ihr auf einmal die Tränen in die Augen.

Nein, dachte sie, ich hab nicht zu ihm gepasst. Ich komme mit solchen Leuten zurecht, weil ich nur solche Leute kenne, weil schmierige Typen wie Richie in meinem Leben rumgetrampelt sind und feine Pinkel wie Jan-Olli mich nicht haben wollen, aber ich hab nicht zu Sven gepasst.

»Ich bin anders, anders«, schrie sie die Lehrerin an, »Sie wissen nicht, wie ich bin, Sie haben keine Ahnung!«

»Ach so, du bist eigentlich ganz anders, Lilly, aber du hast so selten Gelegenheit dazu, was?«, fragte Silke Hoffmann ironisch. »Wenn du nicht willst, dass ich mich in dein Leben mische, dann halt dich auch aus meinem raus.«

»Okay«, sagte Lilly leise. Ein Punkt für die Hoffmann, aber die Partie war noch nicht zu Ende, das schwor sich Lilly ganz fest.

Frau Hoffmann ging wieder zum Fenster, schwieg, stieß

dann laut die Luft aus, als müsse sie Dampf ablassen, und zündete sich eine Zigarette an – im Schulraum.

Tatjana hatte Mund und Augen eh schon aufgerissen, Ebru staunte auch, blieb aber gelassener, zog nur eine Braue hoch und zeichnete weiter.

In diese aufgeladene Stille platzten Ilkay und Levent.

»Neuigkeiten?«, fragte Ilkay automatisch.

Alle vier schüttelten die Köpfe.

»Rauchen ist im Schulgebäude verboten«, sagte Levent.

Silke Hoffmann drehte sich um und hielt ihm wortlos ihre Schachtel hin, sodass er sich auch eine herausziehen konnte.

Begeistert griff er zu. »Seit wann gibt's das denn?«

»Offiziell geht das gar nicht«, sagte Ebru ernst, aber Levent lachte und beugte sich über sie. »Schön gemalt, echt.«

»Danke.«

Auch Ilkay sah sich Ebrus kleines Werk an, sagte aber nichts. Lilly ahnte schon lange, dass Ilkay nicht nur Ebrus Zeichnungen gefielen.

Ilkay würde im Gegensatz zu Lilly Glück in der Liebe haben, denn er gefiel Ebru auch. Sie hatten nur noch keinen Weg gefunden, es sich gegenseitig zu zeigen.

Um auf andere Gedanken zu kommen und bloß nicht wieder in ihren Herzschmerz abzudriften, sagte Lilly zu Frau Hoffmann: »Ich hab auch noch eine Kippe gut.«

Die warf ihr daraufhin die ganze Schachtel zu. Levent gab ihr mit seiner Zigarette Feuer.

Da mittlerweile drei Personen rauchten, stand Tatjana auf, schloss die Tür und öffnete dafür die Fenster, damit der Qualm abziehen konnte. Lilly wusste nicht, ob sie das gut oder schlecht finden sollte. Klar, ihre Freundin dachte mit, aber andererseits bekäme sowieso die Lehrerin den meisten Ärger, wenn sie erwischt würden.

Levent berichtete jetzt, was die Jungs sich so Schlaues über Svens allerletzte Augenblicke dachten:

»Der hat bestimmt kurz vorher gewusst, dass der Zug ihn erwischt. Das muss krass sein, wenn die Lok immer näher kommt und größer wird und du von einem Punkt an nichts anderes mehr sehen kannst« – er untermalte seine Worte mit den Händen – »und dann: *wuuuussssschhhhh.*«

»Verschon uns damit bitte, ja?«, bat Frau Hoffmann.

»Okay, ich erzähl euch was Nettes. Bei unserer ersten Begegnung im Schulflur wollte Sven mir eine reinhauen. Er sagte, meine Fresse würd ihm nicht gefallen. Ich war schon in Verteidigungsstellung gegangen, so« – Levent nahm wieder die Arme zur Hilfe – »da holt der Idiot zum Schlag aus, rutscht auf 'ner Bananenschale aus und setzt sich vor mir auf den Hintern. Sagt er: ›Mann, Scheiße, und die hab ich selber dahingelegt, damit die Hoffmann hinfällt und wir freikriegen.‹ Ich hab gesagt: ›An sich 'ne gute Idee, Alter‹, und dann hab ich ihn hochgezogen und wir sind Freunde geworden. Da waren wir beide zwölf.«

»Ihr wart schon echte Rabauken.« Die Hoffmann seufzte. »Ich werde euch vermissen.«

»Glaub ich nicht«, zischte Lilly böse. Immer diese Anschleimerei!

»Glaub, was du willst.« Die Lehrerin sah auf ihre Uhr. »Was meinst du, wie lange du noch brauchst, Ebru?«

»Paar Minuten.«

»Wir gehen dann mal wieder.« Levent drückte seine Zigarette aus. »Hier ist auch keine besonders gute Stimmung. Normalerweise ist ja wenigstens mein Freund Ilkay für Spaß zu haben, aber der ist heute auch mit dem falschen Fuß aufgestanden. Ilkay glaubt nämlich an einen Serienmörder.«

»Was?«, entfuhr es der Lehrerin.

Lilly, ausnahmsweise sprachlos, klappte den Mund auf.

»Ilkay hat gestern einen Drohanruf gekriegt. Der Typ hat gesagt, er wär der Nächste.« Levent untermalte seine Worte diesmal mit Bewegungen aus dem Kickboxen. »Meiner Meinung nach ist das Schwachsinn, aber ich passe sicherheitshalber auf ihn auf. Ich bin jetzt sein Bodyguard.«

Ebru sah Ilkay erschrocken an. Auch Lilly war irritiert. Ilkay war keiner, der gern im Mittelpunkt stand, schon gar nicht mit so was. Er wurde rot, ärgerte sich sichtbar, warf seinem Freund einen bösen Blick zu – »Ich brauch keinen Bodyguard und dir erzähl ich bestimmt nichts mehr!« – und stürmte wütend aus dem Kunstraum.

»Ist das jetzt wieder einer deiner blöden Witze oder was?«, fragte Lilly, bekam aber keine Antwort.

Stattdessen sah sie, wie Frau Hoffmann Ilkay nachlief. »Warte, Ilkay, das kann wichtig sein für die Ermittlungen.«

Auch Tatjana sprang auf und schnappte sich Levent, der den beiden folgen wollte. »Hat der Typ, der Ilkay am Handy bedroht hat, denn gesagt, dass es mit der Abschlussfahrt zu tun hat?«

»Gesagt nicht, aber Ilkay glaubt das. Frag mich nicht, wieso. Ich weiß nur, dass ich euch an dem Abend nicht hätte allein gehen lassen dürfen.«

»Das Gefühl habe ich so langsam auch«, sagte Lilly, »Levent, wir haben was verpasst.«

»Weiß nicht«, antwortete er vage, lächelte ihr zu und sagte: »Sorry, kann jetzt nicht bleiben, muss mich um Ilkay kümmern.« Damit ging er.

Lillys Blick fixierte Tatjana. »So, jetzt will ich endlich wissen, was da abgegangen ist. Was ihr mir erzählt habt, kann nicht alles gewesen sein. Irgendwas haltet ihr zurück. Ich bin nicht blöd, ich merk das doch.«

»Ich würde es auch gerne wissen, wenn's um Ilkay geht«, sagte Ebru.

»Ja, ja, ich erzähl euch alles, auch das Ende«, antwortete Tatjana matt. »Sobald die Hoffmann weg ist, versprochen.« Dann ließ sie sich wie ein nasser Sack neben Lilly auf den Stuhl fallen und verbarg den Kopf in den Händen.

Lilly und Ebru tauschten einen besorgten Blick. Lilly legte ihrer Freundin schließlich die Hand auf die Schulter.

Die Hoffmann betrat wieder den Raum. »Die Jungs vertrauen mir nicht«, murmelte sie. »Aber ihr gebt mir Bescheid, wenn irgendwas passiert, oder? Habt keine Scheu, auch wenn ihr vielleicht Fehler gemacht habt. Wir machen doch alle mal Fehler, oder? Vertraut mir, ich werde mich für euch einsetzen, ich ...«

Lilly konnte es nicht mehr ertragen. »Ihr Gesülze kommt mir zu den Ohren raus.« Sie stand auf.

Auch Ebru war fertig. »Gehen wir.«

Doch auch als sie das Schulgelände verließen, konnte Tatjana nicht offen reden, denn vor ihnen hielt jetzt ein Polizeiwagen, in dem außer der Kommissarin Steiger auch Lillys Mutter saß.

Sie stieg aus und fasste Lilly am Arm. »Die will dich unbedingt befragen, weil du doch Svens Freundin gewesen bist. Bei Paul waren sie auch. Ich habe gesagt, dass ich's erlaube, aber ich will dabei sein.« Demonstrativ strich ihre Mutter ihr über den Arm. »Mein armes Lillymädchen, ich muss dich doch beschützen.«

36

Pauls Hand schwitzte, als er den Schlüssel in der Wohnungstür des Mieters umdrehte. Eigentlich konnte nichts passieren: Erstens hatte er gesehen, wie Nolte das Haus verließ, zweitens hielt seine Mutter unten Wache.

Wenn Ilkay, Leon und Levent von seiner Angst wüssten – und von der Gemeinschaftsaktion mit Mama, oberpeinlich hoch drei! – , würden sie sich schlapplachen.

Er betrat das Apartment. Einen Flur gab es hier nicht, nur den Wohnraum mit Kochnische, das kleine Bad und die Treppe auf die schmale Galerie im Dachboden, wo er mit seinem Vater das Bett hingestellt hatte. Paul vermisste seinen Vater gerade mal wieder enorm. Der hatte einen so lebensfeindlichen Job, dass man die paar Male, die sie in diesem Jahr schon etwas zusammen gemacht hatten – und sei es nur ein DVD-Abend –, an einer Hand abzählen konnte.

Paul schüttelte den Gedanken ab und sah sich um. Praktisch keine Möbel, zumindest keine, die nicht von ihnen stammten. Direkt von Nolte waren nur die drei Umzugskisten, die noch ungeöffnet an der Wand standen. Außerdem ein Laptop auf dem auch von ihnen stammenden Tisch, einer einfachen Holzplatte auf zwei Böcken. Neugierig trat Paul näher. Der Laptop war eins der besseren Modelle, der Kaffeebecher daneben – auch er aus ihrem eigenen Bestand, wenn er sich recht erinnerte – noch halb voll. Der danebenliegende Stadtplan sah aus, als hätte er die andere Hälfte des Kaffees abgekriegt. Orte, die der Mieter mit rotem Filzstift umkreist hatte, waren von der sich auflösenden Farbe verwischt. Paul warf nur einen kurzen Blick darauf – wahrscheinlich die Adressen anderer Wohnungsangebote – und schlich weiter.

Vor dem Fenster stand eine vierte Umzugskiste, deren Pappdeckel offen war und in der sich etwas Kleidung befand.

Auf der Fensterbank thronte eine leere, erdverkrustete Schnapsflasche, in der eine alte getrocknete Rose steckte. Davor sah er ein Teelicht und ein silbernes Schmuckstück.

Paul nahm das Kettchen in die Hand und betrachtete es genauer. Eine Art Bettelarmband, an dem springende Delfine, keltische Symbole, zwei Herzen und ein Plättchen mit einem eingravierten Namen hingen: *Marie*.

War das Noltes Exfreundin?

Ob sie ihn verlassen hatte? Hatte sie einen anderen? Und die Kette? Hatte Nolte sie ihr schenken wollen oder sie als Erinnerungsstück mitgehen lassen?

Wohl eher Letzteres, denn das Arrangement – Kerze, Rose, Kette – wirkte wie ein Traueraltar. Nolte musste vor Liebeskummer ziemlich von der Rolle sein.

So stark hatte es Paul noch nie erwischt, dass er vor Sehnsucht krank geworden wäre. Übertriebene Leidenschaft war eher Lillys Stil.

Er, Paul, hatte ja bisher auch noch keine Gelegenheit gehabt, jemanden richtig zu lieben – und entsprechend zu leiden, wenn er diesen Menschen verlor.

Aber vielleicht änderte sich das ja bald?

Mit auf einmal viel leichteren Schritten durchquerte er den Raum und blickte die Bodenstiege zur Galerie hinauf. Oben stand das Bett. Dort war der Himmel, war der Platz für die Wolke sieben, die er ursprünglich hatte beziehen wollen. Paul kam ein verwegener Gedanke. Trauerkloß Nolte konnte mit dem perfekten Liebesnest gar nichts anfangen. Und morgen war er außerdem den ganzen Tag nicht da, oder?

Paul stieg die steile Treppe hinauf. Oben hatte sich ein muffiger Geruch festgesetzt; das Bett war ungemacht. Das versetzte seinen verwegenen Fantasien einen Dämpfer. Wenn er hier heimlich mit Nico heraufwollte, müsste er vorher lüften, außerdem die zerknüddelten Decken zur Seite schaffen und die Matratze mit einem großen Laken abdecken. Unmöglich war das nicht. Und wenn Nolte früher zurückkäme, müssten sie sich eben im Einbauschrank verstecken.

Natürlich war dieser Gedanke verrückt, trotzdem kicherte Paul bei der Vorstellung übermütig in sich hinein. Er wusste noch gar nicht, was er mit Nico anfangen sollte außer reden, aber sich auszumalen, wie Nolte unten vorm Fenster stand und die Rose in der Schnapsflasche anbetete, während sich über ihm zwei verliebte Jungs im Kleiderschrank tummelten, war einfach zu schön.

Als sollte er für die verbotenen Wünsche bestraft werden, schrillte in diesem Moment ein durchdringender Klingelton durch die Wohnung. Alarm!

Paul hechtete die steile Stiege hinunter, verfehlte aber die letzte Stufe. Er machte einen Riesensatz und ein viel zu lautes Geräusch auf dem Laminatboden, fing sich gerade noch auf, ohne sich zu verletzen, und flüchtete aus der Wohnung. Schlüssel ins Schloss – einmal oder zweimal rumdrehen?

Das hatte er sich nicht gemerkt. Egal. Nichts wie weg! Er sauste ins Erdgeschoss hinunter.

Seine Mutter wartete im Flur. Schnell schob er sie in ihre Wohnung. »Geschafft.«

»Nein, er kommt nicht zurück«, sagte sie ruhig. »Ich wollte nur nicht, dass du weiter da oben rumschnüffelst. Das gehört sich nicht.«

»Was? Oh, Mama! Was war das denn für 'ne Scheißidee!«

Sie hob die Arme und folgte ihm, als er wütend in sein Zimmer verschwand.

»Entschuldige, dass ich dich erschreckt habe. Aber ich hab's mir eben anders überlegt. Hast du irgendwas gesehen? Wie ist es? Sauber oder ...«

»Alles bestens«, knurrte Paul. »Lass den Mann in Ruhe,

der hat einfach nur Liebeskummer. Aber ich, ich habe mir fast die Knochen gebrochen, als ich die Treppe runtergesprungen bin.«

37

Ilkay hatte sich noch nie so unsicher gefühlt wie in den letzten vierundzwanzig Stunden. War er der Nächste auf der Liste von Svens Mörder? Oder war er einfach nur ein bisschen von der Rolle?

Mit niemandem konnte er richtig offen sprechen. Leon hatte sich mit ein paar Flaschen Bier ans Kanalufer verzogen, um sich dort in der Sonne die Birne zuzuknallen. Levent, mit dem er den Nachmittag verbracht hatte, sah das Ganze als großes Abenteuer.

Normalerweise hätte er das vielleicht auch getan – wer sollte ihm schon etwas anhaben –, aber Sven war schließlich tot und Levent hatte gut reden, er hatte die Stimme des Anrufers ja nicht gehört und war vor allem auf dem Friedhof nicht dabei gewesen.

Wie auch immer: Es wurde Zeit, dass Ilkay das Problem selbst in die Hand nahm und tat, was er schon längst hätte tun sollen.

Also hatte er sich vor der Schule von Levent verabschiedet und war nach Hause gegangen. Er hatte sofort mit seiner Recherche anfangen wollen. Doch als er heimkam, stand schon ein Polizeiwagen vor dem Haus und in der nächsten Stunde recherchierten andere.

Dabei fiel die Befragung unproblematischer aus, als Ilkay gedacht hatte. Es ging nur ganz allgemein um Sven und seine Stellung in der Klasse, wen Sven außer Paul noch gemobbt hatte und wer alles eine Rechnung mit Sven offen hatte. Die

Polizisten sahen in Ilkay nur einen von vielen Zeugen, die vielleicht hilfreich sein könnten – und keinen Mittäter in einer Körperverletzungssache, die womöglich der Grund für einen geplanten Mord war. Ilkay war trotz seiner Angst nicht so weit, dass er sie selbst auf diese Spur bringen wollte. Während der Befragung zitterten ihm zwar die Knie und er hätte am liebsten alles zugegeben, aber der ärgerliche Gesichtsausdruck seines Vaters hielt ihn in Schach. Ilkay sagte sich, dass es ja auch noch Hoffnung gab. Vielleicht bestätigte sich sein Verdacht nicht. Und wenn doch ... Dann müsste er auf jeden Fall zuerst versuchen, das Problem mit der Hilfe seiner Freunde aus der Welt zu schaffen. Jetzt reden und vor den Bullen den Vater mit dem konfrontieren, was er getan hatte – das war unmöglich. Der würde es ihm nie verzeihen, wenn er es nicht als Erster erführe.

»Wir sind hier, weil wir hoffen, dass Ihr Sohn uns einen Hinweis geben kann«, sagte Kommissarin Steiger mehr als einmal zu seinen Eltern. Ilkay hörte das mit Erleichterung, aber seine Eltern waren trotzdem entsetzt darüber, die Polizei in der Wohnung gehabt zu haben. Sie meinten, alle Nachbarn hätten geglotzt und würden im Nu herumtratschen, Ilkay hätte was angestellt. Und an ihrem Sohn und ihrer Familie würde Schmutz hängen bleiben, egal, ob er Zeuge, Verdächtiger oder Täter war.

Endlich ließen die Beamten sie in Ruhe. Noch eine lange Diskussion mit den Eltern, dann konnte Ilkay sich in sein Zimmer zurückziehen, die Tür zumachen und den Computer einschalten: Zeit für die Wahrheit. Nachdem Sven ihm damals vom ersten Anruf erzählt hatte, hatte Ilkay ein einziges Mal geguckt, ob im Internet ein Bericht über ihre Tat zu finden war. Er hatte keinen entdeckt, aber auch nur wenig Zeit investiert.

War das ein Fehler gewesen?

Martin war das erste Wort, das Ilkay bei Google eingab. Er hatte den Vornamen des Penners verstanden, obwohl Sven das Handy zu diesem Zeitpunkt schon an sich genommen hatte. Dazu schrieb Ilkay *Bremerhaven* und das Datum. *Überfall* fügte er auch noch hinzu und klickte dann auf die Funktion: *Alle Ergebnisse im letzten Monat suchen.*

Auf der vierten Seite führte ihn einer der Treffer auf eine Website, die offenbar erst vor Kurzem hochgeladen worden war. Ilkay ließ ein Stöhnen hören. Warum nur hatte er nicht eher danach gesucht?

Die Homepage war in Schwarzblau gehalten, in den Farben des Nachthimmels; Sterne umrahmten die Kopfzeile. Auf den ersten Blick wirkte die Website harmlos – wie ein Forum für Selbstmordinteressierte und andere Todessehnsüchtige.

Schnell aber erkannte er, dass dies kein Forum war. Es gab nichts anzuklicken und zu posten, es gab nur etwas anzusehen, zu lesen.

Und zu schaudern.

Denn dies hier war eine Botschaft. Direkt an ihn und seine vier Begleiter vom letzten Abend der Abschlussfahrt.

Mit plötzlichem Herzrasen drehte Ilkay sich auf seinem Schreibtischstuhl vom Bildschirm weg und rang nach Luft.

Worst case.

Warum war das hier niemandem aufgefallen? Aber klar, außer Paul hatte sich keiner Gedanken über die Folgen des Abends machen wollen. Wusste Paul von der Website? Hatte die Schwuchtel gewusst, dass Sven und sie alle in Gefahr waren, und einfach nichts gesagt? War Paule deshalb so tollkühn und frech? Glaubte er, ihn würde der Mörder verschonen, weil er ja selber nur ein feiges Opfer war?

Ilkay stieß einen Fluch aus und zwang sich, die Seite genauer zu studieren.

Den Hintergrund bildete das Foto eines nächtlichen Friedhofs, genau des Friedhofs, auf dem sie gewesen waren. Ilkay erkannte das Gittertor wieder, an dem er geschaukelt hatte. Der große graue Grabstein allerdings hatte nicht dort gestanden. Der war eine Fotomontage, genau wie die fünf schwarzen Kerzen, die an seinem Fuß unten in die Erde gesteckt waren. Nur eine Kerze, die erste ganz links, brannte. Ihre virtuell flackernde Flamme warf einen Widerschein auf den Stein, in den in altertümlichen Buchstaben *Martin* gemeißelt war. Darunter stand: *Getötet am 22. Mai.*

22. Mai, dachte Ilkay, das war der Sonntag. Er hat noch gelebt, als wir abgehauen sind, und ist dort liegen geblieben, wo wir ihn hingeworfen haben.

Wahrscheinlich konnte er sich nicht befreien. Vielleicht hat sein Todeskampf deshalb so lange gedauert. Klar, er hat den Deckel nicht aufgekriegt.

Ilkays Puls ging so schnell, dass er aufsprang, ins Badezimmer lief und Gesicht und Arme unter kaltes Wasser hielt. Seine Mutter, die ihn durch die offene Tür sah, fragte besorgt, ob alles in Ordnung sei.

Ilkay antwortete nicht, knallte die Badezimmertür zu und hockte sich auf die angenehm kühlen Fliesen.

Tränen schossen ihm in die Augen. Er kniff sie zusammen und dachte an diese eine beschissene Nacht. Vor allem das am Schluss hätten sie echt bleiben lassen sollen. Tatjana hatte recht gehabt: Das war absolut daneben gewesen.

Der Penner hatte genervt und Leons Freundin angemacht, dafür hatte er Zähne gespuckt, okay, aber der Rest ...

Wessen Idee war das eigentlich gewesen? Svens?

Wen interessierte das jetzt noch? Wenn sie jemand ins Visier genommen hatte, wenn jemand sie wirklich killen wollte, würde der sicher nicht unterscheiden, wessen Schuld schwerer wog.

Widerstrebend richtete Ilkay sich auf und zwang sich dazu, an seinen Computer zurückzukehren. Mit starrem Gesichtsausdruck las er den in sehr kleiner Schriftgröße verfassten Text, der über das Friedhofsbild montiert war.

Martin,
du hattest nicht verdient, so erbärmlich zu krepieren. Die Polizei glaubt, deine Drogensucht sei schuld an deinem Tod. Aber du wolltest neu anfangen, du wolltest leben.

Du würdest leben, wenn du nicht auf diesem Friedhof deinen Mördern begegnet wärst.

Ich habe die Spuren der Gewalt an deinem Körper gesehen. Ich habe dein Wimmern gehört. Ich weiß, was man dir angetan hat.

Und ich weiß, wer es war.

Fünf Kerzen will ich nun nach und nach für dich anzünden. Die fünf, die dich auf dem Gewissen haben, sollen ihre gerechte Strafe bekommen.

Das ist alles, was ich noch für dich tun kann, und das werde ich tun.

»Ich bin kein Mörder«, flüsterte Ilkay, »nein, nein, das bin ich nicht, das war ja so nicht geplant.« Sein Herz stolperte wieder, seine Hand krampfte sich um die Maus. Er konnte nicht anders, er schrie: »Scheißdrogensüchtiger, wärst doch eh krepiert!«

Der Cursor der Maus fuhr im Zickzack über den Bildschirm. Keine Möglichkeit zu klicken, oder?

Doch. Bei den Kerzen tat sich etwas: Auf jeder erschien ein einzelner Buchstabe.

Ilkay wischte sich mit beiden Händen über das Gesicht.

Sie saßen verdammt tief in der Scheiße.

38

Tatjana hatte keinen Bock gehabt, abends um halb acht noch mal zur Schule zu fahren. Zum einen hatte sich der Himmel bezogen und es sah nach Regen aus. Zum anderen hatte sie fast den ganzen Tag für Sven geopfert. Jetzt waren alle anderen längst weg, nur sie sollte sich noch einmal mit Lilly an der Gedenkstelle auf dem Schulhof treffen, um die Kerzen anzuzünden. Als diese, an die vierzig Stück, alle brannten, sah es natürlich eindrucksvoll aus. Trotzdem: Hätte Tatjana Lilly nicht beweisen wollen, dass sie eine gute Freundin war, wäre sie nicht gekommen.

»Okay, alles fertig, jetzt lass uns abzischen«, sagte sie. »Nächste Woche ist ja noch die Beerdigung.«

»Danach ist Sven ganz vergessen.« Lilly setzte sich auf die Stufen und stützte den Kopf in die Hände.

»Ach komm, hör auf. Erstens ist es nicht so und zweitens ...«

»Zweitens?«

»Nichts. Ich meine nur ... Was fandest du eigentlich an ihm?«

Lilly antwortete nicht gleich, sondern zupfte an ihrer ausgewaschenen Jeans herum, die sich langsam auflöste. »Er fand mich toll. Er liebte mich. Hat er jedenfalls ein paarmal gesagt und ich hab's ihm geglaubt, glaub's auch heute noch.«

»Ja, okay, aber ... was mochtest du an ihm?«

»Reicht das nicht?«

Tatjana wusste keine Antwort. Sie wollte sich nicht setzen, blieb stehen und beobachtete ein Kaninchen, das quer über den Schulhof hoppelte und am Grünstreifen unter den Büschen verschwand. Dort gab es auch Ratten. Die Tiere fanden dort weggeworfene Butterbrote, leckeren Müll, den sie zum Überleben brauchten. Vielleicht hatte Lilly recht, man musste sich mit wenig zufriedengeben. Wie die Obdachlosen.

Das musste sie Lilly ja auch noch erzählen. Für Ebru hatte sie die Story nur kurz zusammenfassen brauchen, aber wie Tatjana Lilly kannte, würde die alle Einzelheiten wissen wollen. Plötzlich erinnerte sie sich genau, wie der Penner sie an der Schulter gefasst hatte. Es war nur eine flüchtige Berührung gewesen, mehr ein Stupser, aber damit war ein ganzer Schwall übler Gerüche auf sie eingeströmt: nach Schnaps, ungewaschenen Haaren, Mundgeruch. Unerträglich war vor allem der intensive Männerschweiß gewesen, wohl weil ihr der Penner mit dem Arm so nah gekommen war – einem Arm, der ihr im ersten Moment in der Dunkelheit jung und kräftig erschienen war und ihr Angst gemacht hatte. Sie hatte sich einfach zu sehr an die schockierende Geschichte erinnert, die Lilly ihr kurz zuvor anvertraut hatte.

Und dann waren die Dinge ins Rollen gekommen, ohne dass sie sie noch hätte stoppen können.

»Meine Mutter müsste mich lieben. Aber spüren tu ich da nichts von. Letztens hat sie Richie abends in der Stadt getroffen und sich von ihm einladen lassen. So was kotzt mich an.«

Genau, Richie hieß er, der perverse Freund, den Lillys Mutter vor Leons Vater gehabt hatte, erinnerte sich Tatjana. Merkwürdig, dass Lilly jetzt auf das Thema kam, an das sie selbst gerade gedacht hatte. Wahrscheinlich lag es an der Uhrzeit. Je später und düsterer es wurde, desto deutlicher sah man zwar den Schein der Kerzen, aber Tatjana fühlte sich auch immer unbehaglicher auf dem abends völlig verlassenen Hofgelände. Das war der Nachteil eines Schulzentrums mit verschiedenen Zweigen, Grundschule bis

Oberstufe: unzählige Schüler, unzählige Quadratmeter, ein unübersichtliches Sammelsurium von Grün- und Hofflächen, Anbauten, Durchgängen, Baustellen. Das Ganze war wie eine eigene kleine Stadt in der Stadt. Niemand würde sie hören, wenn sie hier um Hilfe riefen.

»Ja, das ist echt unfair«, stimmte sie Lilly gedankenabwesend zu, »damit fällt sie dir in den Rücken.«

»Und wenn ich das Paul erzähle, meinem besten Freund, der mich auch irgendwie lieb haben müsste, sagt er: ›Du fällst mir ja auch in den Rücken, indem du dich mit Sven abgibst.‹ Ich hab ihm gesagt, dass das was ganz anderes ist. Aber ... ich weiß nicht. Paul hat jetzt seinen Nico und macht Abi ... Über kurz oder lang bin ich für den abgeschrieben.« Lilly hob die Stimme, fuchtelte mit den Händen. »Also, wen hab ich, bitte schön, der mich liebt? Jan-Olli knutscht mit mir rum, weil er gerade Lust drauf hat, und schießt mich dann mit schwachsinnigen Begründungen ab und mein Vater ... pah!«

Tatjana glaubte drüben beim Gebüschstreifen Geräusche zu hören.

Einbildung? Windrascheln? Es ging kein Lüftchen.

»Lilly, lass uns gehen.«

»Die Kerzen sind noch nicht abgebrannt.«

»Bitte.«

»Hää, was hast du denn jetzt?« Lilly kramte nach ihren Zigaretten, nahm eine heraus und legte die Schachtel neben sich auf die Stufe. »Erst rauch ich noch eine.«

Tatjana seufzte. Ihre Freundin war stur. Es konnte passieren, dass sie die ganze Nacht hier verbringen wollte.

»Ich geh jetzt aber. Es wird bald dunkel.«

»Na und?«

»Du bist doch sonst auch so ’n Angsthäschen«, beschwerte sich Tatjana. »Im Winter abends immer von der

Bushaltestelle nach Hause rennen, bloß nicht den dunklen Weg nehmen, dauernd die Tür abschließen und so weiter.«

Lilly ließ ihr Feuerzeug aufflammen. »Heute Abend ist mir alles egal. Ich bin traurig, ich bin am Ende. Verstehst du das mit Jan-Olli?«

Tatjana verstand eher den Trainer als ihre Freundin, hütete sich aber, das zu sagen.

»Komm, wir gehen zu mir und chillen. Meine Eltern sind nicht da, die sind die Woche auf Ibiza. Wir fragen meine Schwester, ob sie einen guten Film auf DVD für uns hat.«

»Lass mich erst aufrauchen.«

Tatjana trat unruhig von einem Fuß auf den anderen. Mit jedem Blick kontrollierte sie die Umgebung. Wenn sie so was wie Instinkt besaß, sagte der ihr jetzt, dass sie nicht allein waren.

»Was hat eigentlich die Polizei vorhin noch zu dir gesagt?«

»Nicht viel.« Lilly zuckte die Achseln. »Die wollten eigentlich alles nur noch mal wissen, wie Sven so war, wer ihn nicht mochte und so. Ich musste ihnen erzählen, wie er Paul fertiggemacht hat. Und das hat mich total aufgeregt, glaubst du?« Sie äffte die Stimme der Kommissarin nach: *»Das war dann aber eine schwierige Situation für deinen Freund Paul, dass du wieder so ein enges Verhältnis mit seinem Peiniger hattest.«*

»Glaubt die, dass es Paul war?«, fragte Tatjana.

»Nein, jetzt nicht mehr. Während wir sprachen, hat die Steiger eine Nachricht gekriegt. Der Lokführer hat endlich seine Aussage gemacht.«

»Und?«

»Es war nicht Paul und auch sonst keiner von uns. Es war ein Penner.«

»Wie bitte?« Tatjana sackten die Beine weg.

Lilly sah sie erstaunt an. »Was ist denn mit dir los?«

Tatjana hockte sich auf die Stufen, ganz dicht neben ihre Freundin. Ihr Atem ging stoßweise. Ihre Hände klammerten sich an Lillys.

»War es wirklich ein ...«

»Ja. Hier wimmelt es ja nur so von diesen Typen. Mich hat heute auch einer extrem genervt. Aber ... hey, das ist doch gut.« Lilly drückte ihre Zigarette aus und umarmte Tatjana. »Wenigstens war's keiner von uns.«

»Nein. Das ... das ist überhaupt nicht gut. Der Mann, den die Jungs auf der Abschlussfahrt zusammengetreten haben, der ...«

Leise und gepresst begann Tatjana die Geschichte zu erzählen, die Lilly sich schon zum Teil zusammengereimt hatte. Sie war noch nicht fertig, als Lilly sie unterbrach: »Ihr habt Paul auf den draufgeworfen? Das ist heftig. Deshalb war er voll Blut. Der Arme ...«

»Denkst du wieder nur an ihn?« Tatjana drehte sich brüsk weg und putzte sich die Nase. »Glaubst du, er ist ein besserer Mensch? Am Ende hat er, dein Paul ...«

In dem Moment sah sie eine Bewegung. Lief da nicht eine Gestalt über die Wiese? Sah die nicht aus wie ein ... ein Penner? Tatjana wusste nicht, ob sie vielleicht am Durchdrehen war. Sie quiekte vor Schreck. »Lilly, ich hab Angst.«

»Häääää?«

»Raffst du's nicht?«, rief Tatjana. »Ich hab Angst!«

Widerspenstig ließ Lilly sich auf die Füße ziehen. Tatjana rannte los. Sportlich war sie nicht gut drauf, ihr Gesicht brannte, sie bekam Seitenstechen, keuchte und konnte bald nicht mehr. Trotzdem rannte sie weiter. Lilly, deren Hand sie eisern festhielt, stolperte hinterher und schimpfte, als sie gegen eine leere Blechdose trat.

Erst als die beiden die beleuchtete Zufahrtsstraße erreichten, verlangsamte Tatjana ihre Schritte, blieb stehen, rang nach Atem – und fing an zu schreien.

39

Leon hatte sich im Andenken an Sven schon zwei Bier genehmigt. Seine Idee fand er witzig. Was war schon dabei, über das Mäuerchen an der Zufahrtsstraße auf die ahnungslosen Mädchen zuzuspringen und sie ein bisschen aufzuschrecken?

Aber seine Liebste hatte natürlich kein Stück Humor. Tatjana kreischte los, als sei er ein Zombie und bereit, mit der Kettensäge auf sie loszugehen. Manchmal wünschte sich Leon, er hätte wirklich eine Kettensäge dabei. Mann, war Madame neuerdings nervig! Kein Zweifel, es kriselte in ihrer Beziehung. Man merkte es schon daran, dass sie nicht mit ihm zum Kanalufer gekommen war, sondern mit Lilly auf dem Schulhof rumhockte.

Sven war ein Kumpel gewesen, ja, aber Leon hätte sich seinetwegen niemals freiwillig mit der Lehrerin zum Bastelnachmittag verabredet. Dass Tatjana ihm auch noch übel nahm, etwas Ablenkung und Spaß zu haben, während sie mit Lilly abhing, verstand er nicht. Er verstand auch nicht, warum Tatjana jetzt wieder sauer war.

»Hey, lach mal!« Leon wollte seine Freundin anfassen und küssen, aber sie schob ihn weg.

»Bah, du stinkst nach Bier.«

»Zick nicht rum, trink lieber auch was, dann riechst du's nicht.«

»Ich *zicke* nicht, Leon. Ich habe mich erschrocken. Und ich hatte meine Gründe. Sehr gute Gründe übrigens.«

Lilly klärte ihn auf. »Der Lokführer meint, er hätte einen Penner weglaufen sehen. Ich hab heute auch einen gesehen.«

Zuerst wusste Leon nicht, was Lilly meinte. Aber dann stöhnte er genervt. »Ihr könnt euch mit Ilkay zusammentun und den Klub der Weicheier und Heulsusen gründen.«

Auf diese Bemerkung hin wurde Tatjana richtig böse. »Wie kannst du das nicht ernst nehmen?«

»Weil es Schwachsinn ist! Svens Tod hat mit der Abschlussfahrt nichts zu tun. Da spricht alles gegen.«

Leon hatte es satt, sich von ihr die Laune verderben und rumkommandieren zu lassen. Er wusste nicht, ob er überhaupt noch eine Freundin wollte. Flirten, Ausgehen, Schmusen – alles schön und gut, aber Tatjana war wie eine Klette, ein lästiges Gewicht, das ihn niederdrückte.

»Außerdem, glaub ich, haben wir's nur wegen dir gemacht«, sagte er böse. »Wir Jungs haben uns für dich eingesetzt, wir haben dich vor dem Penner beschützt, weil du Angst hattest, nur deswegen.«

Das gab Tatjana den Rest. Sie schluchzte auf und stürmte Richtung Bushaltestelle davon. Nach ein paar Metern aber drehte sie sich um und rief: »Wer war denn so stockbesoffen, dass er kaum noch laufen konnte? Und jetzt ist es schon wieder so weit. Guck dich mal an: Glaubst du, ich will mit 'ner Schnapsdrossel zusammen sein?«

»Na super.« Lilly schlug ihm auf die Schulter. »Mach dich auf was gefasst. Auf in deine erste Ehekrise.«

Aber Leon konnte endlich mal wieder grinsen. »Schnapsdrossel hat sie mich genannt. Das Wort hab ich ja noch nie gehört. Süß, oder?«

Lilly schnaubte. »Gut, dass ich nicht verliebt bin.«

»Bist du nicht? Ich dachte ...«

»Nee. Kein Stück.« Lilly spuckte aus. »Hör mal, ich kümmere mich um Tatjana. Kannst du mir dafür bitte meine

Kippen holen? Die Schachtel ist noch fast voll. Ich hab sie bei den Kerzen liegen lassen.«

Leon nickte und rülpste. Lilly lief Tatjana nach.

Er sah auf seine Uhr: noch zwölf Minuten, bis der Bus kam. Genug Zeit, um Lilly den Gefallen zu tun, die Zigaretten zu holen und sich abzuregen.

Er schlurfte los. Immer dieses Hin und Her mit Tatjana. Überhaupt: Weiber und ihre Phasen. Da waren Reptilien doch einfacher. Seine vier Bartagamen hatten nie ihre Tage.

Tatjana mochte sein Hobby nicht besonders, konnte die einzelnen Tiere auch nicht auseinanderhalten, obwohl das nun wirklich nicht schwierig war. Von seiner Idee, sich demnächst noch Schlangen anzuschaffen, hielt sie auch überhaupt nichts.

Leon würde sich daher in Ruhe überlegen müssen, ob er sich seine Freundin weiter antun wollte. Manchmal war es gut, sie zu haben, aber ohne lebte es sich freier und bedeutend einfacher.

Vielleicht würde auch alles wieder besser werden, wenn Tatjana Svens Tod verdaut hatte. Selbst Ilkay, der sich sonst so selbstbewusst gab, war deswegen völlig neben der Spur. Leon überlegte, ob er Ilkay anrufen und ihm erzählen sollte, dass ein Obdachloser am Tatort gesehen worden war. Das würde dessen Angst natürlich noch mehr anheizen. Andererseits war er's ihm auch schuldig.

Er zückte sein Handy und tippte die Nummer.

Ilkays Stimme klang alles andere als locker: »Ja?«

»Alter, was los? Ich bin's, Leon.«

»Weiß ich. Gut, dass du anrufst.«

»Erst bin ich dran.« Leon war an der Gedenkstelle angekommen. Er fand die Zigaretten, suchte sich einen Sitzplatz, an dem er sich an die Schulwand lehnen konnte, streckte die Beine aus, zündete sich eine an. Mit Blick auf das beeindruckende Meer aus Kerzenflammen sagte er langsam: »Alter, ich hab mir was vorgenommen seit der Abschlussfahrt. Nie mehr so viel saufen, dass ich nicht mehr weiß, was ich tu. Das wird mein Lebensprinzip. Nie mehr übers Limit, und wenn doch, dann nur zu Hause, wo nichts Unvorhergesehenes passieren kann. Obwohl: Ein Nachbar von uns hat mal im besoffenen Kopf eine Flasche Schnaps in sein Aquarium geschüttet. Wenn mir das bei meinen Tieren passieren würde, Schnaps im Wassernapf, das würd ich mir nie verzeihen.«

»Warum erzählst du mir das alles?«, fragte Ilkay ungeduldig.

»Weil's Neuigkeiten gibt«, antwortete Leon, blies den Rauch aus und berichtete endlich, was er wusste.

Ilkays Reaktion war kurz. »Scheiße.«

»Du glaubst doch nicht im Ernst ...?«

»Ich *weiß* es!« Die Stimme dröhnte ihm so ins Ohr, dass Leon zusammenzuckte. Dann erfuhr er von der Website.

Während Ilkay ihm das Bild beschrieb, vermischten sich Erzählung, Erinnerung und Wirklichkeit. Vielleicht lag es auch am Alkohol, dass Leon das, was Ilkay erzählte, direkt vor sich sah: Er sah den Nachthimmel, nicht sternenklar, sondern wolkig und düster. Er sah die Kerzen, nicht fünf, sondern etwa vierzig, sah das Grabmal, nicht aus Stein, sondern aus schwarzen Schleifen, Fotos, Briefchen und Kuscheltieren.

Während Ilkay ihm den Text von der Homepage vorlas, sah Leon zum ersten Mal auch den Obdachlosen wieder vor sich: den vom Alter her schlecht einzuschätzenden, groß gewachsenen Mann in seiner zerschlissenen, schmutzstarrenden Jacke. Leon roch seinen intensiven käsigen Geruch, in den sich allerdings auch eine Note Kokosshampoo mischte, und bemerkte den verschlagenen, hyänenhaften Schleichgang.

Der Gang war neu. Die Art, wie der Typ näher kam, hatte sich verändert. Sie war jetzt so wie bei Raubtieren, die sich an ihre Beute heranschleichen. Der durchdringende Blick der Augen war nicht länger unterwürfig, sondern sehr bedrohlich.

Leon hatte an jenem Abend einen Filmriss gehabt, aber er konnte sich trotzdem gut erinnern, dass der junge Mann, der offenbar Martin hieß, ganz und gar Opfer gewesen war. Martin war einer, der schon früh zum Opfer gemacht worden war. Er hatte diese typische Haltung, sein ganzer Körper sagte: Mach mich fertig, du kannst es, denn ich bin schon fertig, ich finde mich selbst scheiße und wehre mich nicht.

Der Penner da vorne war nicht Martin. Er roch nicht nur nicht nach Penner, er hatte auch die falschen Schuhe an: statt ausgetretener Stofflatschen neue Springerstiefel.

Aber wer immer er auch war, er war real. Dieser Mann war keine Fantasie, er war da.

Ilkay redete noch. Leon ließ seine Zigarette fallen, drückte sich hoch, stand – und stieß mit dem Rücken an die Schulwand.

»Ilkay, ich muss Schluss machen.« Seine Worte kamen plötzlich gepresst, sein ganzer Körper war verkrampft, die Augen aufgerissen.

»Leon?«

Er hätte das Handy besser angelassen, aber automatisch hatte er Ilkay schon weggedrückt und nun blieb keine Zeit mehr, ihn zurückzurufen.

Mit dem Rücken zur Wand bewegte er sich seitwärts wie eine Krabbe am Strand, mit kleinen, unsicheren Schritten, den Mann, der sich ihm näherte, fest im Blick.

»Was wollen Sie?« Immerhin etwas. Leon redete. Ging verbal zum Gegenangriff über. Wenn's denn überhaupt einen Angriff geben würde.

Doch, das würde es. Der Mann kam näher und näher.

»Ich will nur 'ne kleine Spende für 'nen Obdachlosen.«

Auch die Stimme war nicht die gleiche. Sie war älter, sicherer und sagte nicht, was sie meinte.

»Hau ab! Ich hab selbst nix.«

»Du lügst.«

Leon wusste: Er musste wegrennen, sofort. Aber das ging schlecht, die Schulwand, die hinter ihm einen Knick machte, behinderte ihn. Er hatte sich in die Ecke drängen lassen, die auf der einen Seite auch noch durch die Fahrradständer begrenzt wurde.

Sein Handy klingelte, aber er konnte nicht rangehen, konnte den Mann nicht aus den Augen lassen.

»Was wollen Sie, hauen Sie ab!« Ihm fiel nichts Neues ein und die Worte blieben ohne Wirkung. Ungeschickt bewegte er sich vorwärts. In den verflixten Fahrradständern war er wie gefangen.

Der kalte Blick seines Gegenübers irritierte ihn, die lauter werdende Handymelodie auch. Er warf das Handy weg.

Der Mann lächelte. »Angst? Ganz neues Gefühl, was?«

Leon wollte etwas sagen, aber seine Stimmbänder gehorchten ihm nicht. Seine Augen quollen aus den Höhlen hervor. Der Typ hatte ein Messer. Und was für eins. Mit der Klinge konnte er Sushi aus ihm machen.

»Ich will, dass die Welt schöner wird. Und sie wird schöner sein, wenn du nicht mehr da bist – Leon.«

Den Namen spuckte er ihm vor die Füße. Die Klinge schoss vor. Leon wich aus. Sie streifte ihn trotzdem am Oberarm, ging glatt durch den Stoff und riss ihn auf. Leon schrie und griff im Reflex mit dem anderen Arm an die Wunde. Dadurch drehte er sich dem Angreifer aber entgegen – und der nutzte seine Chance. Diesmal drang die Klinge des Messers richtig tief in seinen Bauch ein. Leon schnappte nach Luft. Sofort war überall Blut. Für einen Moment war er erstaunt. »Hilfe!«, brachte er ein letztes Mal hervor, dann erfüllte ihn nur noch heißer, unerträglicher Schmerz. Leon konnte kaum noch atmen. Er krümmte sich, fiel blutend über die Radständer und sah mit Entsetzen, wie der Mann lachte. Er lachte ihn aus.

Da wusste Leon, dass er verloren hatte, dass es aus war. Aus. Wer würde sich jetzt um seine Bartagamen kümmern?

»Bitte! Ich hab nichts getan.« Gott, war das seine Stimme, dieses erbärmliche Röcheln?

»Das sehe ich anders. Du bist genau der gleiche Abschaum wie dein Freund Sven.«

Das »Nein!« war kaum noch zu verstehen.

»Okay, du standest ja auch nur an zweiter Stelle auf meiner Liste.«

40

Ilkay drückte wütend auf Wahlwiederholung. Leon ging nicht ran. Dieser Idiot! War er wieder am Saufen? Was fiel dem ein, ihn einfach so abzuwürgen? Hatte der ihm nicht zugehört? Merkte der nicht, dass sie in eine lebensgefährliche Sache verstrickt waren und sich keine Extratouren leisten konnten?

Mit wem sollte Ilkay sich besprechen, wenn nicht mit Leon? Sven war tot, Paul eine Schwuchtel und Tatjana ein Mädchen. Er versuchte es ein weiteres Mal, wieder nichts, nein, doch: Sein Anruf wurde einfach weggedrückt.

»Arschloch«, rief Ilkay und trat mit dem Fuß gegen das Bein seines Schreibtischs.

Dabei wurde ihm eines klar: Er musste endlich handeln, um aus dieser bedrohlichen Situation herauszukommen. Wer gelähmt dasaß wie das Kaninchen vor der Schlange, hatte keine Chance. Also druckte er die Ansicht der Website aus und schickte Links an Leons und Tatjanas E-Mail-Adressen. Die von Paul kannte er nicht. Er kommunizierte nicht mit Schwuchteln. Sollten die anderen den warnen oder es lassen. Und jetzt?

Levent! Der hatte mit der Sache eigentlich nichts zu tun, hielt Ilkay für übergeschnappt, hatte ihn vor Ebru blamiert.

Aber auch Levent sollte besser gewarnt werden.

Fünf Kerzen für fünf Täter waren auf der Internetseite zu sehen gewesen. Auf jeder hatte ein Buchstabe gestanden: auf der ersten ein *S* für Sven, auf der zweiten ein *I* für Ilkay, auf der dritten ein *L* für Leon.

So weit alles klar. Aber auf der vierten fand sich statt eines *T*s oder eines *P*s wieder ein *L*. *L* für Levent, oder?

Auf der fünften Kerze ...

Ilkays Handy summte: eine SMS von Leon.

Ruf nicht mehr an, kann nicht reden, Treffen Skaterrampe, halbe Stunde, dringend!!!!

»Warum das?!«, fauchte Ilkay. Er überlegte. Was sollte der geheimnistuerische Mist? Glaubte Leon etwa, sie würden abgehört?

Ilkay fuhr sich durch die Haare – schweißnasse Hände. Für einen kurzen Moment wollte die Panik wiederkommen, aber er drängte sie zurück.

Die Skater-Halfpipe war ein merkwürdiger Treffpunkt. Dort hingen Leute ab, mit denen sie nichts zu tun hatten. Die teuer gekleideten Cliquen vom Gymnasium, die sich für was Besseres hielten. Deutsche Elite. Wenn Ilkay die schon sah, kam's ihm hoch. Und jetzt wollte sich Leon ausgerechnet dort treffen?

Dafür gab's eigentlich nur eine Erklärung: Leon wollte ungestört sein, ihre Leute sollten nichts mitkriegen. Warum? Weil er einen von ihnen in Verdacht hatte?

Dafür käme ja nur Paul infrage. Aber wie hätte dieser Schwächling Sven überwältigen sollen? Und dazu noch in Verkleidung?

Ilkay kam zu keinem Ergebnis. Seine innere Stimme sagte ihm, dass er auf dieses ungewöhnlich arrangierte Treffen unbedingt verzichten sollte. Andererseits war er neugierig und Angriff war immer noch die beste Verteidigung. Er hatte schon viel zu viel Zeit vertrödelt, auch jetzt eine Weile untätig vor dem Bildschirm gesessen.

Also würde er gehen. Allerdings nicht allein. Er würde Levent als Begleitschutz anfordern. Zu zweit konnte ihnen nichts passieren.

Ilkay schaltete den Computer aus, steckte den Ausdruck der Webseite ein, griff nach Jeansjacke und Handy und rief seinen Eltern zu, dass er noch mal wegmüsse.

»Wo willst du hin?«, fragte sein Vater.

»Zu Leon.«

»Das gefällt mir nicht.«

»Es ist wichtig, es geht um Sven. Du weißt schon, der, der ermordet worden ist.«

»Ich weiß es, weil die Polizei hier war. Mir gefällt es nicht, dass du mit solchen Menschen zu tun hast.«

»Hab ich ja nicht.« Ilkay wehrte ab. »In einer halben Stunde bin ich zurück.«

41

Lilly prustete vor Überraschung, als sie sah, wer gerade ihr Handy zum Klingeln brachte. »Hallo!«

»Entschuldige, dass ich dir hinterhertelefoniere, aber ich hab ein furchtbar schlechtes Gewissen.«

»Das ist auch angebracht.« Sie winkte ihrer Freundin und grimassierte wie wild: Jan-Olli!

Tatjana verdrehte die Augen. Sie trippelte weiter an der Bushaltestelle auf und ab und blickte unruhig in die Richtung, aus der Leon kommen musste.

Für Lilly aber zählte nur, dass Jan-Olli sie nun doch nicht eiskalt fallen ließ. Das wäre auch eine Frechheit gewesen.

»Kommst du denn zurecht?«, fragte er. »Ich hab mich ordentlich geschämt, als du weggerannt bist.«

»Was hast du denn erwartet?«, entgegnete Lilly lockerer, als sie war. Noch wusste sie ja nicht, was Jan-Olli genau von ihr wollte.

Nur checken, ob sie okay war, oder wieder anbändeln?

Sie hatte keine Chance, das herauszufinden. Tatjana ergriff plötzlich ihren Arm, zischte: »Sei mal leise!«

»Wieso denn? – Entschuldige, Jan-Olli, meine Freundin ...«

»Leise! Ich glaub, da hat jemand geschrien.« Tatjanas Augen waren schreckgeweitet, ihre Stimme weinerlich vor Angst. »Leon hat um Hilfe gerufen.«

»Unsinn.«

»Lilly?«, flüsterte Jan-Olli in den Hörer. »Äh, ich will euch auch nicht so lange aufhalten. Konntest du denn nachvollziehen, warum ich das vorhin gesagt hab?«

Ah, dachte Lilly sauer, er will nicht mehr. Er nutzt die Gelegenheit, um mich jetzt schnell loszuwerden.

»Klar, Jan-Oliver, ich bin zwar noch minderjährig, wie du

so schön gesagt hast, aber nicht von gestern. Ich war mit Sven zusammen, dem größten Kotzbrocken der Schule. Der stand überhaupt nicht auf Fair Play, aber er hat auch nie so getan, als täte er es. Insofern war er ehrlich.«

»Okay, verstehe«, antwortete Jan-Olli, verstand aber wahrscheinlich gar nichts. Lilly verzog das Gesicht, ihre Stimme wurde böse:

»Der war fairer als du. Du bist ein Heuchler.«

»Nein. Ich wollte dir nicht wehtun. Lass uns noch mal reden. Am Dienstag.«

Lilly fauchte. Auf Tatjanas hektisches Handzeichen, still zu sein, achtete sie nicht. In Rage rief sie: »Ich komme am Dienstag nicht. Ich schmeiße den Volleyball, dann hast du keine Probleme mehr. Ich passe eh nicht in deine Welt. Ich werde nie zur Uni gehen oder wie du Trompete spielen. Ich bin schon beim Volleyball ein Fremdkörper. Ich bin keine schlaue, blonde, makellose Barbie vom Gymnasium; ich hab nicht die Taschen voll Geld. Mich fragen meine Mitspielerinnen, wie ich später das Weglasern meines Tattoos bezahlen will, ob das Geld dafür von Hartz IV bezahlt wird. Du hörst so was und beschützt mich nicht. Denkst: Armes, dummes Würstchen, war schon mal ›in Kur‹ gewesen, muss man ja Mitleid mit haben, kommt aus schwierigen Verhältnissen ... muss man ja *fair* sein. Ich scheiße auf deine Fairness. Warum hab ich überhaupt die Hoffnung gehabt, dass du was von mir willst? Warum habe ich mich so gefreut, dass du angerufen hast? Warum ...?«

Weiter kam sie nicht, denn Tatjana riss ihren Arm herunter. »Wir müssen Leon suchen, Lilly!«

Jetzt erst sah sie, wie verstört ihre Freundin war.

»Bitte! Ich traue mich nicht, allein zurückzugehen.«

»Hää? Warum sollte Leon Hilfe brauchen?«

»Weil jemand hinter uns her ist«, flüsterte Tatjana so

panisch, als stünde sie einem zähnefletschenden Tiger gegenüber, »der Penner.«

Plötzlich fiel Lilly der Stadtstreicher aus der *Beach Bar* ein. Nur deshalb stieß sie einen lauten Seufzer aus, drückte Jan-Olli weg und lief mit Tatjana den ganzen Weg zurück zur Gedenkstelle.

42

Leon fror wie noch nie in seinem Leben. Wo blieb denn nur Tatjana? Hatte sie seine Schreie nicht gehört? Er wünschte, er könnte noch einmal schreien, damit sie ihn hörte und zu ihm käme. Sie würde ihren warmen Körper an seinen schmiegen. Ihr warmer, weicher Körper würde ihn wärmen.

Leon öffnete den Mund. Er wusste nicht, ob Laute herausdrangen, aber er hoffte es. Er hoffte auf Tatjana und Lilly. Die beiden Mädels waren das Beste, was ihm in den letzten Jahren passiert war.

Tatjana kümmerte sich um alles. Wenn er über die Stränge schlug, war sie da, und wenn er fror, deckte sie ihn zu.

Lilly war anders. Lilly war ruppig und nicht mal fähig, eine Backmischung zusammenzurühren. Tatjana dagegen backte und glasierte ihre Kuchen sogar, glasierte sie mit warmer, dickflüssiger, vor Kakao fast schwarzer Schokolade. Leon fragte sich, ob er jetzt gerade warme Schokoglasur an den Fingern hatte. Das durfte nicht sein, dass er so beschmiert war. Ach, egal, und wenn, wenn doch, würde Tatjana kommen und ihm die Finger abwischen. Tatjana war sauber, ehrlich und zuverlässig. Sie war nicht egoistisch. Sie liebte ihn, das wusste er. Deshalb hatte er auch ein Foto von ihr neben sein Bett gestellt. Sie stand auf so was. Freute sich über Gesten. Er dagegen ... war müde. Ihm war so kalt. Wo blieb sie bloß?

Er hatte nicht mehr viel Zeit. Warum eigentlich? Warum hatte er keine Zeit mehr? Er wusste es nicht, wusste nur, dass es so war, aber nicht mehr, warum.

Es war etwas passiert. Danach war er bewusstlos gewesen und jetzt war die Erinnerung weg. Er hatte das ja manchmal, dass ihm Erinnerungen fehlten. Also hatte er wahrscheinlich wieder Mist gebaut. Gott, er hatte verdammt viel Mist gebaut in seinem Leben.

So kurz das auch gewesen sein mochte, Leon hatte es immer irgendwie geschafft, aufzufallen und in Fettnäpfchen zu treten.

Was war es diesmal gewesen, das er angestellt hatte?

Gute Frage. Er wusste ja nicht mal, welche Jahreszeit sie hatten. Wegen der Winterkälte und der Kerzen, deren flackernder Schein durch seine geschlossenen Augenlider drang, tippte er auf Weihnachten. Überraschend, aber eigentlich schön, dass Weihnachten war. Nur verdammt kalt dieses Jahr. Trotzdem: Weihnachten war gut. Weihnachten, das hieß Weinseligkeit, voller Bauch, Schlafen in Sicherheit, in eine Decke gewickelt neben dem Tannenbaum. Tatjana bei ihm. Das wäre jetzt schön.

Leon öffnete noch einmal die Augen und wusste in diesem einen Moment, dass es nicht so war, dass alles ganz anders war, furchtbar anders. Doch dann hörte er die klappernden Absätze seiner Freundin und seiner Stiefschwester und dachte, dass, wenn seine Mädels kamen, alles gut wäre, also dachte er an die Mädels, an Weihnachten und – das Schönste – Wärme.

43

Tatjana spürte schon, dass etwas Schreckliches passiert war, bevor sie Leon sah. Er war über die Radständer gefallen, lag mit dem Gesicht zu den Kerzen auf dem Boden.

Sie riss sich von Lilly los und stürzte auf ihn zu. Sie fiel auf die Knie und riss unvorsichtig seinen Körper herum. Er war warm und klebrig von Blut. Leon rührte sich nicht, schien nicht mal mehr zu atmen.

»Was ist denn?« Lilly sah ihren Stiefbruder erst, als sie halb über Tatjana stolperte. »O Gott!«

»Die Nummer vom Notarzt!«

»Ja«, rief Lilly kopflos, »wie geht die denn?«

»112. Mach schon!«

Tatjana sah, dass Lilly ihre sonst so flinken Finger nicht gehorchten.

Sie brauchte eine Ewigkeit, um den Notruf abzugeben, zappelte rum, stotterte und stammelte ins Telefon.

Von Leon immer noch kein Mucks, seine Augen waren geschlossen. Tatjana rieb und umklammerte seine Hand, die feuchte, kühle Haut.

»Halt durch, stirb nicht, hörst du.«

»Wir müssen Erste Hilfe leisten.« Lilly keuchte vor Aufregung wie eine Herzkranke.

»Ich weiß nicht, wie das geht«, weinte Tatjana. »Er hat so viel Blut verloren. Ich will ihn nicht umdrehen, ich will nichts falsch machen, ihm nicht wehtun. Leon, es tut mir so leid, dass wir uns gestritten haben, dass ich dich allein gelassen habe und nicht sofort gekommen bin, als ich deinen Hilfeschrei gehört hab, dass ich dir nicht beigestanden hab, Leon, ich liebe dich, Leon ...«

»Tatjana, sag mir: Wer hat das getan?«

Lilly wartete ihre Antwort nicht ab. Sie schoss hoch, sprang ein paar Schritte vor und drehte sich auf dem Schuhabsatz mehrmals um die eigene Mitte. Mit vorgereckten Armen und rasselndem Atem scannte sie die Umgebung. Dann brüllte sie aus Leibeskräften: »Dreckschwein, Scheißdreckschwein!«

»Lilly, bitte«, schluchzte Tatjana. Sie dachte, dass das vielleicht die letzten Worte wären, die Leon hörte, und dass das zwar okay wäre, weil er diese Ausdrücke ständig benutzte, aber dass sie überhaupt keinen Trost brächten, keine Linderung.

Wie konnte so etwas nur geschehen?

Noch gestern Nachmittag war ihre gemeinsame kleine Welt in schönster Ordnung gewesen.

Gestern Nachmittag hatte Leon entspannt in ihren Armen gelegen und von seinem Terrarium erzählt. Sie hatte ihr Gesicht in seine weiche, warme Haut gedrückt und gewollt, dass sein Bauch auf ihrem liegt. Er hatte es auch gewollt. Sie hatten das Telefonklingeln ignoriert, gehört, dass Lilly endlich ranging, und freudig gedacht, dass sie jetzt ihre Ruhe hätten.

Aber zu diesem Zeitpunkt war Sven schon tot und sein Mörder dabei, die nächste Tat zu planen.

Wo war er jetzt gerade?

Tatjanas Angst wurde noch größer. Noch immer waren sie, die zwei Mädchen, allein auf dem dunklen Schulhof. Leon stellte keine Hilfe dar. Leon hatte sich selbst nicht helfen können.

Tatjana dachte an den Schatten, den sie vorhin gesehen hatte. Es musste wirklich ein Mann gewesen sein. Hatte er sie beobachtet? Beobachtete er sie jetzt noch? War er noch hier?

Tatjana wusste nicht, was sie mehr erschreckte: das, was Leon passiert *war*, oder das, was ihr selbst noch passieren *könnte.* Wenn das Motiv für die Taten die Abschlussfahrt war, dann war auch sie in höchster Gefahr.

Sie riss ihren Blick von Leons blutigem Körper los und starrte in die undurchdringliche Finsternis. Der Kerzenschein reichte nicht weit und machte es eher noch schwerer, die Umgebung zu erkennen. Überall hörte sie Geräusche: Knacken und Knistern, Trippeln und Trappeln, Atemzüge. Letztere kamen von Lilly, auch das leise Wimmern drang aus dem Mund ihrer Freundin, die sich neben sie gekauert hatte.

»Sei leise, Lilly«, bat Tatjana, »ich will hören, ob ...«

Ja, was? Was wollte sie hören? Ob jemand kam, um sie auch abzustechen?

Aber ich, dachte Tatjana schlotternd, ich habe doch nur danebengestanden, ich habe doch nichts getan.

In der Ferne endlich, endlich die Notarztsirene. Unglaubliche Erleichterung erfüllte Tatjana. »Leon«, flüsterte sie, »halt durch. Sie sind gleich da.«

Die Sirene wurde lauter, kurz darauf wurden sie von Autoscheinwerfern geblendet. Ärzte sprangen aus dem Wagen, hockten sich geschwind neben ihren Patienten, ließen Koffer mit medizinischen Geräten aufschnappen, riefen sich Informationen und Anweisungen zu und baten Lilly und Tatjana, zur Seite zu gehen.

Stillstand.

Jetzt hieß es hoffen, warten, weinen.

44

Ilkay ging langsam. Er wollte versuchen, möglichst gleichzeitig mit Levent bei der Halfpipe anzukommen. Nachdem er losgegangen war, hatte er seinen Freund sofort angerufen und der hatte versprochen, im Dauerlauf zum Skatertreff zu kommen. Dort wollte ihm Ilkay von der Website erzählen.

Ilkay war mehr als nur nervös. Er hatte sogar überlegt, die Aktion abzusagen und umzukehren, denn auch wenn Levent unterwegs zu ihm war, ging er mit diesem Abendspaziergang ein großes Risiko ein. Dies hier war kein Spiel, so viel stand fest. Da das Wetter schlechter geworden war, war es auch schon richtig dunkel.

Er blieb stehen, band sich die Schuhe neu, erst rechts, dann links, dann beide noch mal straffer. Er hatte das Gefühl, beobachtet zu werden, und ging weiter. Er blieb wieder stehen, tat so, als wolle er telefonieren, und fiel dann doch ins Schritttempo. Seine innere Unruhe trieb ihn voran.

Schon war sein Ziel nahe.

Die Halfpipe befand sich am Stadtrand, nicht weit entfernt vom Schulgelände, in einem Gewerbegebiet, in dem außerhalb der Geschäftszeiten kaum Leute waren. Großmarktparkplätze lagen grau im Licht sparsamer Laternen.

Teils konnte er die Plätze einfach überqueren, teils musste er an Stahldrahtzäunen entlang, hinter denen Fertiggartenhäuschen und Holzpaletten lagerten. Da viele Lastwagen an der Straße parkten – der Puff war nicht weit und an der Bude am Baumarkt gab es schon ab sechs Uhr morgens Würstchen –, wurde hier der Bürgersteig zu einer engen Gasse.

Es stank nach Urin. Die Kühlung eines Lkw summte. Ilkay trat in etwas, das sowohl ein weiches Brötchen als auch eine platt gefahrene Katze hätte sein können.

Wenn der Mörder seines Freundes hier lauerte, wäre der in jedem Fall im Vorteil. Wenn er mit einem Komplizen arbeitete, gäbe es für Ilkay nicht mal einen Fluchtweg.

Deshalb sprang Ilkay spontan über die Kupplung zwischen zwei Anhängern, lief dann weiter und blieb erst auf einem der riesigen Parkplätze stehen. Hier konnte sich niemand anschleichen.

Ilkay blickte auf seine Uhr. Levent müsste gleich da sein.

Langsam ging er das letzte Stück zur Halfpipe. Es galt nur noch, einen einzigen großen Parkplatz zu überqueren. Er konnte die Sportanlage und das Halbrund des Gestells schon sehen. Vom benachbarten *McDonald's* zog ihm ein eindringlicher Geruch in die Nase. Gewummer von Bässen war zu hören. In den Drive-in fuhr um diese Zeit ein Auto nach dem anderen. Ilkay wich Tüten zermatschter Fritten aus. Je mehr er sich vom Fast-Food-Restaurant entfernte, desto mehr nahm der Müll ab, desto dunkler und stiller wurde es. Die Halfpipe ragte wie eine verlassene Raketenabschussrampe aus einem billigen Science-Fiction-Film vor ihm auf.

Leon war nicht zu sehen.

Ein Telefonanruf.

Levent? Verspätet? Bloß nicht.

Zu Ilkays Überraschung stand Leons Nummer auf dem Display.

»Alter, wo steckst du? Kannst du jetzt wieder reden? Ich bin gleich da und hab keinen Bock, verarscht zu werden.«

»Ilkay.«

Er erstarrte mitten in der Bewegung, stand wie festgefroren auf dem Platz. Das war die Stimme. Wie war dieser Mann an Leons Handy gekommen?

»Ilkay, was meinst du, wirst du der Nächste sein? Oder warte ich mit dir, bis ich das Mädchen erwischt habe?«

Ilkay überlegte nicht. Augenblicklich rannte er los. Nur der leere Parkplatz zwischen ihm und den Menschen im Schnellrestaurant. Maximal zweihundertfünfzig Meter, nur Platz für sechzig Autos, nur eine ebene Strecke, nur ein Sprint, einmal hin und zurück übers Fußballfeld.

Zu viel.

Der Wagen hatte im Sichtschutz einiger Altkleidercontainer geparkt. Er kam von hinten und schoss mit hoher Geschwindigkeit auf ihn zu. Ilkay drehte sich im Laufen um, sah ihn kommen, versuchte, wie ein Hase Haken zu schlagen. Vergebens.

Der Aufprall schleuderte Ilkay zur Seite. Er krachte mit Kopf und Schulter voran auf die Erde.

45

Silke hatte sich Pommes und Burger zum Mitnehmen bestellt. Sie wollte nach Hause, sich vor den Fernseher knallen und eine ganze Flasche Rotwein trinken. Das hatte sie sich verdient, nachdem Martin sie versetzt hatte und einer ihrer Schüler vor einen Intercity gestoßen worden war. Den Rest des Abends auf der Couch zu versacken und morgen nur im Schlafanzug herumzulaufen war genau das, was sie brauchte, denn sie wurde das ungute Gefühl nicht los, dass ihr noch eine weitere böse Überraschung ins Haus stand.

Silke hatte gerade ihr dumpf dampfendes Abendessen in den Fußraum auf der Beifahrerseite gestellt, als Polizei- und Krankenwagen vorbeirauschten.

Schon wieder welche. Die ersten waren ihr auf dem Weg hierher entgegengekommen – was war los in der Stadt?

Vor allem: Was war los in der Nähe der Schule?

Sie kurvte aus dem McDonald's-Bereich heraus und lenkte ihr Auto nicht zur Hauptstraße, sondern auf den großen Parkplatz.

Dort waren schon ein paar Schaulustige zusammengelaufen. Als Silke ausstieg und mit zögernden Schritten auf die Menschenansammlung und das flackernde Blaulicht zuging – »Zurückbleiben, bitte gehen Sie zur Seite, Sie behindern unsere Arbeit!« –, sah sie, dass diese Aufforderung besonders einem jungen Mann galt.

»Ich will zu ihm, ich bin sein Freund«, brüllte der Junge laut, ruderte außer sich mit den Armen, preschte immer wieder vor und musste schließlich von einem Polizisten festgehalten werden.

»Beruhig dich. Die tun doch, was sie können.«

Silke blieb stehen. Kannte sie den Jugendlichen nicht?

»Ich muss ihn beschützen«, rief der. »Ich hab's ihm geschworen. Ich wär ja auch schon längst hier gewesen, wenn nicht so 'n paar Typen aus der Südschule aufgetaucht wären und mir Stress gemacht hätten. Das muss er mir glauben! Bis ich die abgehängt hatte, musste ich einen Riesenumweg laufen. Nur deshalb bin ich zu spät, nur deshalb, nur wegen diesen Arschlöchern, sonst wär ich nie zu spät und ich muss doch meinen Freund beschützen.«

»Ja, das tust du doch auch«, sagte der Polizist hilflos.

»Wenn die mich nicht aufgehalten hätten, wenn die mich nicht hätten abziehen wollen ...«

»Ruhig! – Haltet mal die Leute zurück!«

Silke trat hastig zur Seite, weil der Krankenwagen startete und an ihr vorbei in hohem Tempo Richtung Hauptstraße, zur Unfallklinik fuhr.

Fast unmittelbar zerstreute sich die Menge. Nur der Freund des Verletzten blieb. Jetzt, da die Nebengeräusche verklangen, konnte sie seine Stimme endlich zuordnen. Das ist Levent, dachte sie.

Im gleichen Augenblick erinnerte sie sich an ihre eigenen Worte:

»Ach, das ist Levent, der ist nur ein Spaßvogel.«

Martin hatte geantwortet: *»Aber auch einer von den Bösen.«*

Die Bösen. Hatte Martin das von ihr gewollt? Die Namen böser Schüler?

Mit puddingweichen Beinen ging sie auf Levent und den Polizisten zu. Levent schien sich überhaupt nicht zu wundern, dass sie da war. Im gleichen Tonfall, wie er in der Schule seinen Standardsatz »Ich hab doch jetzt gar nichts gemacht« von sich gab, sagte er: »Das war kein Unfall, Frau Hoffmann, das war kein Unfall.«

Der Polizist nickte ihr zu und hoffte wohl, dass sie sich jetzt um den geschockten Teenager kümmern würde. »Wir werden das untersuchen, Junge.«

»Er ist bedroht worden und er war nicht der Erste. Einer ist schon tot. Und der Mörder wird weitermachen. Er hat das angekündigt.«

Silke erstarrte, aber der Polizist schien wenig auf Levents Worte zu geben, denn er griff unmittelbar nach seinem Handy, das laut schrillte.

Während er telefonierte, zeigte sie auf das Fast-Food-Restaurant. »Ich war zufällig dort drüben. Sag mir, was passiert ist, Levent.«

»Ilkay ist niedergemäht worden, einfach umgefahren. Von so 'nem Irren. Von dem gleichen, der Sven umgebracht hat.«

»Wie? Woher weißt du denn das?«

»Ilkay hat mich angerufen. Ich sollte herkommen, ihm helfen, ihn beschützen. Er hat schon gedacht, dass das 'ne Falle ist. Leon hat ihn hierherbestellt, angeblich ...«

»Leon Kaulmann?«, fragte der Polizist dazwischen.

»Leon, ja. Der ist bei uns in der Klasse. Genau wie Sven Lange ...«

Der Polizist bekam auf einmal einen sehr konzentrierten

Gesichtsausdruck und sprach aufgeregt in sein Handy. Obwohl er sich ein paar Schritte entfernte, konnte Silke hören, was er sagte.

Sie spürte, wie sich ihre Nackenhärchen aufstellten. Leon, Ilkay und Sven – alle aus ihrer Klasse.

Welche Namen hatte sie vorgestern Martin gegenüber genannt?

Sie versuchte sich zu erinnern, aber was gerade noch so einfach und selbstverständlich abgelaufen war, ließ sich auf einmal schwierig an. Ihr wurde flau und sie fühlte sich plötzlich so schwach, dass sie nach Luft schnappen, sich an Levents Schulter festhalten und in ihrer hellen Hose auf den schmutzigen Asphalt setzen musste.

Mit der Erinnerung an ihre eigenen Worte kam die Erkenntnis, dass sie einen furchtbaren Fehler gemacht hatte.

»Schwierige Schüler, Martin, du stellst Fragen. Einer heißt Sven.«

»Ja, okay, Sven, geschenkt.«

Als ob er den Namen schon kannte.

»Und die anderen?«

»Das ist doch schon ein Name.«

Sie hatte mit diesem merkwürdigen Frage-Antwort-Spiel aufhören wollen. Es gab schließlich Datenschutz.

»Die anderen. Seine Freunde. Na, sag schon!«

Wie ungeduldig er geklungen hatte.

»Leon ...«

Zögerlich ihre Antwort. Fordernd seine Frage, geradezu roh: *»Nur Deutsche? Kannst du mir nicht erzählen. Du hast doch bestimmt jede Menge schwieriger Türken und Araber.«*

»Schon. Auch. Cem und Zineddine strapazieren manchmal ganz schön meine Nerven.«

Sie hatte nervös gelacht und versucht, das anwachsende ungute Gefühl im Bauch zu verdrängen. *»Ich weiß gar nicht,* *wann ich Zineddine das letzte Mal gesehen hab, so oft wie der blaumacht. Ilkay ist eigentlich noch ein großes Kind, der meint's nicht so, genau wie Levent.«*

»Und die Mädchen?«

»Ach, jetzt hör auf! Die Mädchen sind alle nett.«

»So wie du.«

»Ja. Danke für das Kompliment.«

Damit war das unerfreuliche Thema beendet gewesen und Martin hatte wieder seine nette Seite gezeigt. Ihr Herzschlag hatte sich normalisiert, ihr Argwohn war fürs Erste abgeklungen.

Er wolle nur gut vorbereitet sein, hatte er ihr noch erklärt, und als sie daraufhin gesagt hatte, dass ihre 10 a im nächsten Jahr sowieso nicht mehr da sein werde, hatte er gar nicht mehr hingehört.

Und sogar den Namen des »bösesten« Mädchens hatte er von ihr erfahren, indirekt. Als Martin sie nämlich ins Schulgebäude begleitet hatte, war ihnen Lilly auf der Zufahrtsstraße entgegenkommen, eindeutig im Begriff, mal wieder zu schwänzen. Silke lag etwas an Lilly, daher war sie stehen geblieben und hatte sie angesprochen.

Sie habe ein Vorstellungsgespräch, hatte Lilly behauptet.

»Wo und bei wem denn bitte?«, hatte Silke gefragt. »Soweit ich weiß, hast du es noch nicht geschafft, eine einzige Bewerbung zu schreiben. Du ruinierst dir deine Zukunft und ich bin auch nicht mehr lange für euch da, ich kann dir bald nicht mehr helfen ...«

»Ich brauche Ihre Hilfe nicht, Frau Hoffmann.« Lilly war laut geworden.

Zwar hatte Silke gleich gemerkt, dass es ihrer eigenwilligen Schülerin schon überhaupt nicht passte, vor einem Fremden kritisiert zu werden, aber sie hatte, weil sie auch vor Martin ihre Lehrerinnenautorität beweisen wollte, noch eins draufgesetzt: »Doch, du brauchst meine Hilfe, Lilly. Und du lügst, du hast kein Vorstellungsgespräch. Du wirst auch kein einziges bekommen, wenn du so weitermachst. Jetzt ab, zurück in den Unterricht.«

Lilly, natürlich. Martin musste diesen Namen gesucht haben, begriff sie jetzt. Er hatte keinen Kommentar zu der Szene abgegeben, nur gegrinst. Stumm hatten seine Lippen dann den Namen wiederholt: Lilly.

Bei dem Gedanken daran sackte Silke jetzt auf dem nächtlichen Parkplatz komplett in sich zusammen. Sie hatte das Mädchen in Gefahr gebracht.

»Frau Hoffmann«, bat Levent und tätschelte unbeholfen ihren Rücken, »Frau Hoffmann, kommen Sie, Sie dürfen hier nicht bleiben, Sie müssen aufstehen und mit mir ins Krankenhaus zu Ilkay fahren. Bitte, Frau Hoffmann, warum sind Sie denn sonst hierhergekommen?«

Eine interessante Frage, dachte Silke.

Vielleicht weil der Gedanke an Martin immer beängstigender geworden war. Sie hatte sich ausnutzen lassen, oder um es mit den Worten ihrer Schüler zu sagen: Sie war voll verarscht worden. Eines war ihr jetzt klar: Sie musste so schnell wie möglich mit Kommissarin Steiger sprechen. Gleich nachdem sie Levent im Krankenhaus abgeliefert hatte.

46

Ilkay kämpfte gegen die Ohnmacht an. Er lag jetzt fast genauso da, wie vor ein paar Wochen der junge Obdachlose am Boden gelegen hatte. War etwa doch was dran an Frau Hoffmanns Lieblingsbehauptung, dass man alles Gute wie Schlechte, was man anderen im Leben antut, irgendwann mit gleicher Münze zurückbekommt?

Ilkay hatte großen Mist, vielleicht unverzeihlichen Mist gebaut und dafür hatte sich jetzt jemand gerächt – okay, das sah er irgendwo ein, eine gewisse Strafe konnte er akzeptieren. Aber er wollte nicht, niemals, wie dieser Penner sein. Nicht so ehrlos und schicksalsergeben. Das war das Schlimmste gewesen: dass der Penner nicht ein einziges Mal versucht hatte, Widerstand zu leisten. Warum hatte er das nicht getan? Er hatte doch eh nichts zu verlieren gehabt.

Für einen kurzen Moment sah Ilkay noch mal die Szene von vor drei Wochen.

Der Penner liegt auf dem Kies. Gesicht angeschwollen von den Tritten. Kann kaum noch was sehen, vielleicht gerade noch verschwommen den Arm des einen Jungen. Der Junge steckt das Handy, das die einzige Hoffnung auf Rettung und Hilfe gewesen wäre, mit den Worten ein: »Das nehm ich jetzt schon mal als Anzahlung. Und weißt du auch für was? Als Anzahlung für dein Grab, du Penner. Scheiß Missgeburt, kannst dir nicht mal ein anständiges Grab leisten.«

Ilkay wollte noch nicht ins Grab. Nein! Er war jung, er wollte leben, er wollte laufen, Fußball spielen, Ebru sehen, was lernen, möglichst viel Geld verdienen; aber das war nicht so wichtig. Wichtig war: leben, laufen, an einem Sommerabend mit den Freunden durch die Stadt ziehen.

Wieder hatte er, ohne es zu wollen, das Bild des jungen Obdachlosen vor sich, wieder erinnerte er sich genau.

Gelächter.

»Wenn er sich kein Grab leisten kann«, sagt der erste Junge, »müssen wir ihn entsorgen. In den Müllcontainer mit ihm. Wer macht das? Ah, da haben wir ja schon einen Freiwilligen: Paule, das ist dein Part!«

Ein angstgeschwängertes Stimmchen: »Hört ihr dann auf mit dem Scheiß? Lasst ihr uns dann in Ruhe?«

»Uns? Hört euch das an, die Opfer haben sich schon verbrüdert.«

Das hatten sie also gemeinsam, er und dieser Martin, dachte Ilkay – ohnmächtig ausgeliefert zu sein. Der Krankenwagen hielt schon neben ihm, Hilfe nahte und doch war er wie in einem Albtraum gefangen. Der Penner war er.

Über seinen Kopf hinweg wird über sein Schicksal diskutiert. Die Worte rauschen vorbei. Unmöglich zuzuhören.

Dann wird er an den Füßen gepackt. Unsichere, widerwillige Hände schleifen ihn über den Boden.

So zieht man Tote weg. Aber noch ist er nicht tot. Bewegungsunfähig, aber nicht tot.

Schmerzen, dachte Ilkay, seine Schmerzen, meine Schmerzen, alles das Gleiche.

Man hebt ihn hoch. Ungeschickt. Er knallt gleich wieder runter.

»Ja, los, Schwuchtel, schaff ihn weg! Was ist, kriegst du ihn nicht allein hoch? Du kriegst sowieso keinen hoch, was? Ha, ha, ha, na los, streng dich an, rein mit dem Müll in die Mülltonne und dann Deckel drauf, damit's nicht so stinkt.«

Es dauert ewig, bis schließlich zwei Jungen ihn hochheben, ihm zu zweit den letzten Schubs in die Welt des Abfalls geben.

»Genau da gehört ein Penner hin! Scheiß Opfer.«

Ein einziger Abend reichte, um alles kaputt zu machen. Die Sanitäter beugten sich über ihn, aber Ilkays Augen schlossen sich. Er konnte nur an eins denken: Er lag da wie Martin, der Penner, Martin, der junge Mann, Martin, ein Mensch, kaum älter als er, kaum anders, kaum ärmer, reicher, kaum schlauer, dümmer.

Um Ilkay kümmerte man sich, Martin war allein gewesen. Ilkay lag flach und ausgestreckt, Martin hatte wegen der Enge gekrümmt liegen müssen. Aber beiden war gemeinsam, dass ihnen der Schmerz langsam die Sinne raubte. Mit letzter Anstrengung gingen die Augen noch mal auf: Nacht, Wolken, Sterne.

Dann verschwand der Himmel.

47

Tatjana saß mit geschwollenen Augen, trockenen Lippen und einem wattigem Gefühl im Kopf auf der Rückbank des Polizeiwagens.

Auf dem Schulhof war sie relativ gefasst gewesen, hatte funktioniert und den Polizisten nicht nur ihre Namen angegeben und den Verlauf des Abends beschrieben, sondern auch von ihren Befürchtungen über den Hintergrund der Tat berichtet.

Im Unklaren darüber, ob Leon überleben würde, das Geräusch der Sirene noch im Ohr, die blutigen Hände vor sich, die völlig verstört weinende Lilly halb im Arm, hatte sie alles erzählt, was sie wusste. Die ganze hässliche Geschichte von der Abschlussfahrt hatte sie den Kripobeamten berichtet, die bald dazugekommen waren – von Anfang bis Ende ohne Beschönigungen und Lücken, und auch alles, was nachher passiert war. Nicht einmal, dass Fotos aus der Schule verschwunden waren, hatte sie ausgelassen.

Als Lilly vom Verfrachten des Obdachlosen in die Mülltonne gehört hatte, war sie noch mal richtig ausgetickt. Daher hatte Frau Steiger vorgeschlagen, dass ein Streifenwagen die erschöpften Mädchen zum Krankenhaus brachte. Lilly war so aufgebracht, dass sie unbedingt jetzt sofort, noch während der Fahrt im Polizeiwagen, Paul am Telefon eine Szene machen musste.

»Warum hast du mir das nicht gesagt? Warum hast du

nichts getan? Warum bist du nicht in der Nacht noch mal hingelaufen, hast keinen Krankenwagen gerufen? Wir hätten das doch zusammen machen können, als wir in unserem Extrazimmer waren. Wie konntest du seelenruhig neben mir schlafen, während der Verletzte in einem Müllcontainer eingesperrt war? Was bist du bloß für ein Mensch, Paul? Ich dachte, ich kenne dich! Jetzt ist dieser Mann tot und Sven auch, und wir wissen nicht, ob Leon durchkommt und ...«

Obwohl Tatjana den Kopf abwesend an die Fensterscheibe gelehnt hatte, bekam sie mit, wie Paul auf Lilly einredete und erfolglos versuchte, sein Verhalten zu erklären.

»Ja, komm her, komm auch ins Krankenhaus«, zischte sie schließlich. »Vielleicht kapier ich dann, was du dazu zu sagen hast.«

»Paul Brinker sollte besser nicht allein das Haus verlassen«, riet der Beamte. Er drehte sich vom Vordersitz zu ihnen um und wiederholte: »Sag ihm das bitte.«

»Du sollst doch zu Hause bleiben, sagt die Polizei«, knurrte Lilly, »oder« – und jetzt klang ihre Stimme wirklich fies – »komm mit deiner Mama.«

Normalerweise hätte Tatjana über solch eine Bemerkung gelächelt. Dazu hatte sie jetzt keine Kraft.

Lilly versank genau wie sie selbst in Schweigen, bis das Auto in die Auffahrt zum Krankenhaus einbog. Dort sahen sie, wie Leons Vater und Lillys Mutter auf den hell erleuchteten Eingang zuliefen und durch die Glastüren ins Innere stürzten.

»Und wenn Leon es nicht schafft«, hauchte Tatjana und spürte, wie ihr wieder Tränen in die Augen schossen.

Kleinlaut nahm Lilly ihre Hand.

Der Wagen hielt, doch sie stiegen nicht aus. Mitleidig drehte der Polizist sich zu ihnen um und versuchte sie aufzumuntern: »Ihr habt getan, was ihr konntet.«

»Gar nichts haben wir getan«, flüsterte Lilly. »Ich hab seine Schreie nicht gehört, und wie man Erste Hilfe leistet, wusste ich auch nicht.«

Darauf fiel dem Beamten nichts ein. Stumm stiegen sie aus und gingen auf den Eingang zu.

Im Foyer trafen sie überraschenderweise Levent und Frau Hoffmann.

Bei der Nachricht, was gerade eben mit Ilkay passiert war, fragte Tatjana ein paarmal hintereinander: »Ilkay auch? Sven, Leon, Ilkay ... das, das heißt doch ...«

Plötzlich hatte sie eine so dermaßen große Angst, dass sie glaubte, keinen Schritt mehr gehen zu können. Ihre Beine gaben unter ihr nach und das wenige, was sie gegessen hatte, wollte schleunigst aus ihrem Körper heraus. Ihre Hände griffen nach Lilly und der Lehrerin. Mit Mühe flüsterte sie: »Der bringt uns alle um, uns alle.« Sie wandte sich an den Polizisten: »Ich brauche Polizeischutz. Sagen Sie das den beiden von der Kripo! Paul und ich werden die Nächsten sein.«

»Noch haben wir Hoffnung, dass Leon Kaulmann und Ilkay Yilmaz durchkommen«, antwortete der Uniformierte. »Meine Kollegin wird auch gleich da sein. Sie ist in einem anderen Wagen unterwegs. Gehen wir jetzt erst mal zu euren Angehörigen und bringen uns wegen der Jungs auf den neusten Stand.«

»Komm, Tatjana«, sagte Lilly behutsam. Tatjana ließ sich von ihr mitziehen und auf einen der Stühle im Warteraum vor dem OP-Bereich verfrachten.

»Wir wissen noch nichts«, sagte Georg, Leons Vater, zur Begrüßung. »Die operieren ihn noch, machen Bluttransfusionen.«

»Und Ilkay?«, fragte Levent.

»Wieso Ilkay?«

Den folgenden Gesprächen hörte Tatjana nur mit einem Ohr zu. Ihr Blick fixierte die Milchglasscheibe der Flurtüren, hinter der sich die Silhouette eines Arztes abzeichnete und dann wieder verschwand, ohne dass man ihnen irgendwas mitgeteilt hätte. Ihre Gedanken waren nicht ausschließlich bei Leon. Sie waren noch mehr beim Täter. Wer war dieser Mann? Wo war er? Hatte er sie schon im Blick? Konnte sie es überhaupt wagen, hier zur Toilette zu gehen? Hatte er sich diesmal vielleicht nicht als Penner verkleidet, sondern einen Pflegerkittel angezogen? Lauerte er ihr auch hier in der Klinik auf?

»Da kommt Familie Yilmaz«, sagte Lilly.

Es wurde voll im Wartezimmer. Ilkays Eltern waren mit einer Tante und den beiden jüngeren Geschwistern angerückt. Sie sprachen mit Levent und suchten einen Arzt, der auch endlich kam und alle vertröstete. »Wir können Ihnen leider in beiden Fällen noch keine Entwarnung geben. Der Zustand beider Jungen ist sehr ernst. Wir tun, was wir können, aber Sie müssen mit dem Schlimmsten rechnen.«

Bitte, lieber Gott, lass Leon durchkommen, dachte Tatjana. Sie sah, wie die Menschen um sie herum in sich zusammensackten. Manche starrten mit Tränen in den Augen auf den Boden, andere fixierten gebannt die Tür zum OP-Bereich. Alle Gespräche waren versickert.

Leons Angehörige saßen auf der einen Seite des stickigen Warteraums, Ilkays auf der anderen. Obwohl beide Familien mitbekommen haben mussten, dass ihre Söhne höchstwahrscheinlich von der gleichen Person angegriffen worden waren, wurde nicht über den Hintergrund der Tat gesprochen.

Frau Hoffmann, die eine Weile lang verschwunden war, tauchte schließlich mit hochrotem Kopf wieder auf und versuchte vergeblich, das Schweigen zu brechen. »Ich habe gerade mit Kommissarin Steiger gesprochen. Sie kommt auch gleich. Dann wird sich einiges aufklären. Aber wir können ja vielleicht schon vorher versuchen, Licht ins Dunkel zu bringen. Lasst uns ehrlich miteinander sein. Die beiden Freunde haben etwas angestellt, wofür sich anscheinend jemand rächen wollte«, sagte sie, sich mal dem einen, mal dem anderen zuwendend.

»Mein Sohn ist ein guter Junge«, raunzte Herr Yilmaz sie an, »er hat nichts angestellt.«

»Ich vermute, dass Ilkay mit Sven und Leon ...«

»Hören Sie auf, meinen Sohn zu beschuldigen«, unterbrach Herr Yilmaz sie.

Ilkays Mutter weinte: »Können Sie nicht Rücksicht auf uns nehmen? Mein Kleiner ist auch dabei.« Sie zeigte auf das übermüdete, quengelige Kind auf ihrem Schoß. »Muss er das alles mitbekommen?«

Frau Hoffmann wandte sich an Leons Eltern. »Herr Kaulmann, Sie wissen doch, dass Leon ...«

»Ich weiß gar nichts.« Georg verschränkte die Arme vor der Brust. »Mein Sohn hat in der Schule, in *Ihrer* Schule, die falschen Freunde kennengelernt. Die haben ihn zu dem gemacht, was er geworden ist, die haben ihn angestiftet.«

»Unser Sohn hat niemanden angestiftet«, rief Frau Yilmaz. »Wir erziehen unsere Kinder anständig, unser Sohn säuft nicht wie Ihrer und er ...«

»Sie können sich doch jetzt nicht gegenseitig fertigmachen«, rief Frau Hoffmann aufgeregt. »Levent, du bist doch ein Freund von den beiden, sag du mal was!«

»Ich war an dem Abend, an dem es passiert ist, nicht dabei«, antwortete Levent knapp und ohne seine Lehrerin anzusehen. »Tatjana war dabei.«

Lasst mich in Ruhe, dachte Tatjana.

»Wobei?«, fragte Frau Hoffmann. »Also stimmt es, ihr habt was angestellt.«

»Ich nicht«, wiederholte Levent mit Nachdruck.

»Ja, aber Tatjana, du?« Erstaunt wandte Frau Hoffmann sich an sie.

»Was?«, fragte Tatjana.

»Du warst dabei? Ja, äh ... Willst du uns nicht erzählen, was da genau passiert ist? Nur damit wir verstehen, warum ...«

»Ich habe eine Aussage bei der Polizei gemacht«, antwortete Tatjana erschöpft. Sie wusste nicht, ob es Sinn machte, hier alles zu wiederholen, und hatte auch keine Lust dazu. Nur mit Paul, Lilly und Levent wollte sie reden. Die Erwachsenen hier waren viel zu weit weg von ihrer Welt, zu verknöchert für ein vernünftiges Gespräch. Außerdem hatten sie auch noch Vorurteile gegeneinander. Diese Leute würden sich eher gegenseitig angreifen, als für die Polizei Hinweise auf den Täter zu sammeln.

»Dann willst du uns nichts sagen?«

»Nein, Frau Hoffmann. Ich bin ja hier auch nicht in der Schule.«

Frau Hoffmann wirkte am Boden zerstört. Kurz fragte sich Tatjana, warum sich die Lehrerin so sehr engagierte.

Da sagte ausgerechnet Lilly: »Unsere Eltern müssen's ja wissen, Tatjana. Hilft nix zu schweigen, das kommt eh raus.«

»Nein, Lilly, ich möchte nicht ...«

Lilly fuhr ihr über den Mund. »Du hältst dich auch nicht daran, wenn du was nicht weitersagen sollst. Die Wahrheit ist, ihr habt einen Penner zusammengetreten, ganz einfach.«

Eine Sekunde war es still, dann wiederholte Leons Vater lakonisch: »Ganz einfach.«

Levent sagte: »Ich nicht. Ich war nicht dabei. Tatjana war dabei und Paul.«

»Paul?«, fragte Frau Hoffmann völlig entgeistert.

»Ja«, rief Tatjana und spürte, wie ihre Stimme so schrill wurde, dass sie sich überschlug. »Wir sind eben alle Assis, die ganze Klasse, und deshalb werden wir jetzt auch alle umgebracht!«

48

Paul hatte seinen Aufbruch hinausgezögert. Nicht so sehr aus Furcht davor, dass ihm auf dem Weg etwas passieren könnte, sondern wegen seiner Mutter. Sie hatte zur Hälfte mitbekommen, worum es in seinem Gespräch mit Lilly gegangen war, und als sie erfuhr, dass die Polizei angeordnet hatte, er solle zu Hause bleiben – während er noch mit Lilly gesprochen hatte, hatte Kommissarin Steiger extra angerufen und die Warnung wiederholt –, verbot seine Mutter ihm, allein zum Krankenhaus zu fahren.

»Die Eltern und Tatjana sind da«, sagte sie, »das reicht. Du musst jetzt nicht auch noch hin, so spät am Abend.«

Doch, das musste er. Durch seine Anwesenheit in der Klinik würde er seine Verbundenheit mit Lilly und Leon zeigen. Für Lilly war er ein Mittäter, und so schmerzlich das auch war: Sie hatte in gewisser Weise recht. Aber mit Versagen und Feigheit war in Pauls Leben ab heute Schluss, das hatte er sich fest vorgenommen. Jetzt wollte er zu dem, was er war und was er tat oder getan hatte, stehen und das hieß auch, dass er zu seinen Freunden wollte und bereit war, dafür etwas zu riskieren, egal, wie viel Angst er hatte.

Er wartete, bis seine Mutter im Schlafzimmer verschwunden war und er ziemlich sicher sein konnte, dass sie eingeschlafen war. Dann schlich er sich aus der Wohnung und im Dunkeln die Treppe im Hausflur hinunter. Sein Rad stand im Keller. Er benutzte es selten, seit ihm ein paarmal die Luft aus den Reifen gelassen worden war. Gerade kam er an der Hintertür zum Hof vorbei, als er ein Auto hineinfahren hörte. Er stutzte, denn dort parkten nur seine Eltern. Der Mieter hatte bisher immer vorn an der Straße gestanden. Aber er durfte seinen Wagen natürlich auch dort hinten parken.

Paul wollte dem Neuen nicht unbedingt begegnen. Also stieg er rasch die letzten Stufen runter, öffnete die schwere Eisentür zum Keller und ließ sich länger Zeit als sonst, um sein Rad zu nehmen und zum Ausgang zu schieben. Als er glaubte, dass nun wirklich auch der Langsamste vom Hof durch den Flur gegangen sein musste, öffnete er die Tür wieder. In diesem Augenblick ging das Flurlicht an und Nolte stand direkt vor ihm. Paul zuckte zusammen.

»Hoppla«, sagte Nolte. »Jetzt haben wir uns aber beide erschrocken.«

»Ja«, gab Paul zu, und weil er nicht wieder den Eindruck erwecken wollte, er spioniere dem Mann nach, fügte er hinzu: »Äh, eine Bitte: Könnten Sie leise durch den Flur gehen? Meine Mutter schläft schon. Sie soll nicht wieder wach werden und mitbekommen, dass ich noch wegfahre.«

Noltes Gesicht hellte sich auf. »Na klar. Für so was hab ich natürlich Verständnis. Das kenne ich nur zu gut von meinem Sohn. Wo soll's denn hingehen? Disco? Party? Ein paar Bierchen kippen, die Sau rauslassen?«

»Schön wär's«, antwortete Paul. »Ich muss zum Krankenhaus.«

»Wie? Und das darf deine Mutter nicht wissen?« Nolte staunte. »Bist du krank?«

»Nein, nicht ich. Ein Mitschüler liegt im Krankenhaus. Er ist heute Abend überfallen und niedergestochen worden.«

Nolte stieß einen Überraschungslaut aus. Seine Augen

wurden erst groß, dann schmal. Misstrauisch fixierten sie Paul. »Dein Freund?«

Hatte der Neue schon mitgekriegt, dass Paul schwul war? Das ging ihn nun wirklich nichts an.

»Nein, nicht mein Freund«, antwortete Paul automatisch. »Meine Freundin ist auch dort. Sie hat ihn gefunden, steht unter Schock. Leon ist ein Mitschüler, ein Kumpel, also vielleicht irgendwie auch ein Freund, wenn Sie's so nennen wollen.«

Nolte grinste. »Man weiß nie, wer Freund ist und wer Feind.«

»Ach, doch«, murmelte Paul, unsicher, wie er das verstehen sollte. Auf jeden Fall schien es Nolte nicht zu interessieren, ob der Sohn seiner Vermieterin homosexuell war oder nicht. Was er jetzt vorschlug, war auch einfach nur praktisch und nett: »Komm, ich fahre dich zum Krankenhaus. Dein Fahrrad packen wir in den Kofferraum. Du wirst sicher schnell deine Freundin trösten wollen.«

Das Angebot war zu verlockend. Das Krankenhaus lag am anderen Ende der Stadt, mit dem Rad bedeutete das gut fünfundzwanzig Minuten – und ein langes Stück bergauf. »Das wäre natürlich super, wenn Sie mich hinbringen würden. Macht Ihnen das nichts aus?«

»Überhaupt nicht«, antwortete Nolte entschlossen, schnappte sich das Rad und trug es die Stufen hoch. »Zufällig habe ich gerade mein Auto durch die Waschstraße gefahren – als ob ich geahnt hätte, dass ich heute noch jemanden befördern muss.«

Paul folgte ihm in den Hof.

Im Nu war die Rückbank runtergeklappt und das Rad verschwand im Kofferraum. Aus dem drang der gleiche muffige Gestank, den er in Noltes Wohnung gerochen hatte. Schmutzige Wäsche, schimmeliger Käse, tote Ratten?

Ziemlich widersprüchlich, dachte Paul – außen hui, innen pfui, oder wie?

Nolte knallte die Klappe zu, schob ihn zur Beifahrertür und öffnete sie schnell. »Guck nicht so genau hin! Ich hatte heute einen Blechschaden. Hab auf dem Parkplatz einen anderen Wagen touchiert. Momentan hab ich eine Pechsträhne.«

Der feste Druck, mit dem der Mann ihn ins Auto bugsierte, gefiel ihm nicht. Eine Sekunde lang widerstrebte es Paul einzusteigen.

Nolte ging um das Auto herum. Er musste sich eine ordentliche Beule eingefangen haben, denn auch die Motorhaube sah beschädigt aus. Er stieg ebenfalls ein und startete den Motor.

»Das Krankenhaus...«, sagte er und sah Paul an, »da muss ich links Richtung Innenstadt und dann den Berg hoch?«

»Genau.« Paul entspannte sich wieder. In ein paar Minuten wäre er bei Lilly.

49

Lilly war froh, dass Tatjana sich beruhigt hatte und nun vor Erschöpfung fast einschlief. Sie hatte trotz der kleinen Auseinandersetzung ihren Kopf auf Lillys Schoß gelegt. Während Lilly ihr mechanisch über den Rücken strich, registrierte sie mit Erleichterung, dass es im Warteraum insgesamt entspannter geworden war. Vielleicht war auch nur sie ruhiger geworden, nachdem Jan-Oliver sich noch einmal per Handy gemeldet und, als er vom Stand der Dinge erfahren hatte, sogar angeboten hatte vorbeizukommen. Das jedoch wollte Lilly nicht. Sie freute sich, aber sie hatte auch ihren Stolz.

Die Yilmaz hatten die Köpfe zusammengesteckt und unterhielten sich auf Türkisch. Levent, der neben Lilly saß, übersetzte ihr kurz, dass Ilkay ins künstliche Koma versetzt worden war. Wenn er daraus nicht bald erwachte und sein Gehirn noch weiter anschwoll – so in etwa hatte die Familie die medizinische Situation verstanden –, sah es übel aus. Ilkay konnte bleibende Schäden zurückbehalten, würde vielleicht für immer ein Leben als Behinderter führen müssen.

»Sein Vater hat ihm sogar noch gesagt, dass er nicht weggehen soll«, teilte Levent Lilly mit. »Klar«, fügte er so leise hinzu, dass nur sie es hören konnte, »meine Eltern sind zwar nicht so konservativ wie Ilkays, aber sie sehen es auch nicht gern, dass ich mich mit Deutschen aus dem Viertel treffe.«

»Als ob wir jetzt schuld wären, nur weil Sven war, wie er war«, zischte Lilly beleidigt.

»Ihr seid halt nicht gut für uns.« Levents Ton sollte nach Spaß klingen, aber Lilly mochte solche Späße nicht.

»Die Türken, die hier gewalttätig sind, sind es aus freien Stücken und sie sind mindestens genauso aggressiv wie die Deutschen. Da sehe ich keine Unterschiede, Levent. Arschloch ist Arschloch, egal, woher es kommt. Und was eure Einstellung zu Frauen angeht ...«

»Hey, jetzt reg dich nicht auf.« Er legte ihr die Hand aufs Knie, was dazu führte, dass Tatjana sich umdrehte und leise jammerte.

»Ich reg mich nicht auf, ich sag nur, was gesagt werden muss.«

»Das ist nicht der Zeitpunkt für Diskussionen, Lilly. Ich zum Beispiel mache mir Vorwürfe, dass ich nicht auf Ilkay aufgepasst habe. Den ganzen Nachmittag habe ich versucht, ihn abzulenken und aufzuheitern. Verdammt, wie soll ich denn ernsthaft mit einem Killer rechnen?«

Lilly seufzte und schwieg. Was passiert war, klang immer noch abstrus und irreal. Als ob es nur ein schlechter Traum wäre. Aber die Wirklichkeit war manchmal hässlicher als Albträume, das wusste Lilly nur zu gut.

Eingehüllt in eine Wolke Parfüm, betrat Leons leibliche Mutter, Georgs Exfrau, den Raum. Lilly sah sie zum ersten Mal und musterte sie kurz: eine weitere müde, besorgte Person. Georg erstattete ihr knapp einen Lagebericht. Das Gespräch der Yilmaz verebbte. Auch die anderen schwiegen, hörten Georg zu. »Jetzt heißt's hoffen und Daumen drücken, dass die Jungs das packen«, beendete er seine Zusammenfassung. Danach sagte keiner mehr was. Traurig und erschöpft glotzten alle Anwesenden vor sich hin.

Eigentlich war das gut, fand Lilly. Für kurze Zeit vereinten Sorge, Hoffnung und Müdigkeit alle im Warteraum. Man warf sich verständnisvolle Blicke zu, reichte sich Taschentücher, lehnte den Kopf an die Schulter des Nachbarn, respektierte den Wunsch des anderen, nur schweigend dazusitzen.

Doch Frau Hoffmann musste natürlich aus der Reihe tanzen.

Zuerst raufte sich die Lehrerin nur demonstrativ die Haare. Ihr Gesicht war dabei so rot-weiß gefleckt, wie es im Unterricht auch oft war, wenn ihr niemand zuhörte. Es fehlten nur die Kreidespuren auf Haut und Kleidung. Vor lauter Stress malte sie sich beim Reden und Gestikulieren immer an, ohne es zu merken.

»Ich verstehe das nicht«, murmelte sie gut hörbar vor sich hin. »Warum überfallen meine Schüler einen armen, wehrlosen Mann? Wie können sie so etwas tun?«

Jetzt geht die Sülzerei wieder los, dachte Lilly. Es brodelte schon in ihr, aber bevor sie etwas sagen konnte, fauchte Leons Vater die Hoffmann an: »Sie verwechseln hier Opfer und Täter. Jemand hat Sven ermordet, Ilkay überfahren und Leon abgestochen. Unsere Söhne ringen mit dem Tod. Jeden Moment kann für uns hier die Welt zusammenbrechen. Geht das nicht in Ihren Schädel, Frau Pädagogin? Es ist doch ganz klar, *wer* hier der irre Gewalttäter ist. Außerdem stellt sich mir die Frage, was *Sie* an dem Abend auf dieser Klassenfahrt gemacht haben. Keiner Ihrer Schüler ist volljährig. Sie hatten die Aufsichtspflicht, Frau Hoffmann. Sie tragen die Verantwortung. Ich frage mich, was haben Sie gemacht?«

Jetzt, dachte Lilly, das ist die Gelegenheit zur Revanche. »Es gibt da ein schönes Foto von Levent und seinen Lieblingsfrauen. Ich hab's mir auf mein Handy überspielen lassen. Soll ich mal schauen, ob ich's gleich finde ...?« Sie grinste.

»Nein, hör auf. Du bist so ein Biest.« Frau Hoffmann kapitulierte mit Tränen in den Augen. Sie stand auf, sah Lilly vorwurfsvoll an und ging. Keiner hielt sie auf. Nur Leons leibliche Mutter sagte beiläufig: »Sie ist doch eigentlich sehr engagiert, Georg.«

»Halt die Schnauze, Mandy«, fuhr er sie an. »Das Kind lebt nicht bei dir und deinem Spacko. Leon wollte zu mir. Ich kümmer mich um ihn. Also halt du dich raus.«

Leons Mutter schwieg betreten. Lillys eigene Mutter konnte sich ein hämisches Grinsen nicht verkneifen. Laut seufzte sie und versuchte dann, Lilly in den Arm zu nehmen, wurde aber sofort weggeschubst, worüber sich wiederum Leons Mutter freute.

Die Yilmaz tauschten einen wissenden Blick. So etwas gab es bei ihnen nicht. Dafür habt ihr andere Probleme, dachte Lilly brummig, und euer Sohn kämpft auch um sein Leben.

Zehn Minuten später kam Frau Hoffmann schon wieder zurück, in Begleitung von Kommissarin Steiger. Die Ermittlerin wirkte im Gegensatz zu heute Vormittag ernst und angespannt und Frau Hoffmann sah man an, dass sie gerade geweint hatte. Mit hängenden Schultern setzte sich die Lehrerin auf einen der letzten freien Plätze, weit weg von den Familien.

Obwohl Lilly zu gern wissen wollte, was mit der Hoffmann los war, gab es in der nächsten halben Stunde Wichtigeres, denn die Kopie eines Blattes, das man bei Ilkay gefunden hatte, machte die Runde.

Die Kopie war verschwommen und für Lilly war die Szenerie nicht gleich zu identifizieren, aber der Text und das Foto des kerzengeschmückten Grabsteins jagten ihr eine Gänsehaut über den Rücken. Das erinnerte ja einen Horrorfilm.

Sprachlos reichte sie das Blatt an Tatjana weiter, die ein schrilles Quieken von sich gab. »Das ist da, wo's passiert ist«, rief sie wild gestikulierend, »das ist genau da.«

»Sie sehen, wir haben mehr als ein Problem«, brachte die Kripobeamtin die Lage auf den Punkt. »Wir müssen nicht nur hoffen, dass die beiden verletzten Jungen überleben und wir den Täter finden. Wir müssen ihn auch schnell finden. Wir gehen davon aus, dass er weitere Tatvorhaben hat. Dieser Mann will weitere Personen töten und daran müssen wir ihn hindern, das hat jetzt absolute Priorität.« Sie hob eine Vergrößerung des Ausschnitts mit den Kerzen in die Höhe. Lilly sah jetzt, dass auf jeder der fünf Kerzen ein Buchstabe eingezeichnet war.

»Wofür *S*, *I* und *L* auf den ersten drei Kerzen stehen, ist eindeutig. Das zweite *L* auf Kerze vier steht entweder für *Lilly* oder *Levent*. Soweit ich weiß, fängt nicht noch jemand aus der Klasse mit *L* an?«

»Nein«, sagte Levent tonlos.

»Das bedeutet, dass ihr beiden in Lebensgefahr seid.« Sie warf erst Levent, dann Lilly einen sehr ernsten Blick zu.

»Aber wir sind unschuldig«, protestierte Lilly.

Frau Steiger schwieg.

Levent rief: »Was ist mit Paul und Tatjana?«

»Ich hab doch nur danebengestanden«, jaulte Tatjana so laut, dass die Kommissarin ihr die Hand auf den Arm legte.

»Ganz ruhig, hier bist du in Sicherheit.« Sie wandte sich wieder an Lilly, Levent und die Gruppe der Angehörigen. »Auf der fünften Kerze sehen wir ein Fragezeichen. Offenbar weiß der Täter von Paul Brinker und Tatjana Schmitt nichts. Nur so lässt es sich erklären.«

»Aber das stimmt doch nicht.« Levent sprang auf. »Es war nicht noch einer mit *L* dabei. Okay, da stehen kein *T* und kein *P*, wusste er nicht, akzeptiert. Dass er ein Fragezeichen macht, okay. Aber warum nur eins, verdammte Scheiße? Warum schreibt er ein zweites *L*? Wie kommt er darauf? Warum sollen Lilly und ich für was büßen, was wir nicht gemacht haben, ey?!«

»Beinahe hätte ich schon gebüßt«, flüsterte Lilly nur für sich und spürte, wie ihre Knie zitterten. »Beinahe hätte er mich heute Nachmittag schon erwischt.«

Obwohl ihre Mutter ihre Worte kaum verstanden haben konnte, legte sie tröstend einen Arm um sie, was Lilly diesmal zuließ. Levent regte sich auch auf, noch mehr als vorher, er schnauzte die Beamtin an: »Gucken Sie sich das an! Warum werden wir solcher Gefahr ausgesetzt?«

Die Beamtin hob beschwichtigend ihre freie Hand. »Ich verstehe deine Wut, Levent, doch wir können es nicht ändern. Wir müssen einfach davon ausgehen, dass dem Täter die letzten beiden Namen fehlen. Stattdessen hat er eine Falschinformation.«

»Woher hat er überhaupt die Information?«, fragte Lilly,

aber die Kommissarin ignorierte die Frage und redete weiter: »Trotzdem müssen Paul und Tatjana natürlich genauso vorsichtig sein. Ich selbst habe die Brinkers informiert. Paul ist zu Hause und wird dort auch bleiben. Die neusten Entwicklungen – das heißt: was Ilkay passiert ist – kennt Paul allerdings noch nicht. Wenn ihr wollt, könnt ihr's ihm mitteilen, aber lasst ihn nicht herkommen.« Sie zeigte auf Levent und Tatjana. »Euch beide bitte ich, sofort eure Eltern anzurufen. Sie sollen euch abholen.«

Levent schnaubte. »Ich hab keinen Bock, die aufzuscheuchen wegen einer Sache, die ich nicht gemacht habe.«

»Meine sind auf Ibiza«, winselte Tatjana.

Lilly griff nach ihrer Hand. »Du kommst mit zu uns.«

»Eine gute Idee«, sagte die Kommissarin. »Sind Sie einverstanden, Frau Rembecker? Kann Tatjana so lange bei Ihnen bleiben?«

Lillys Mutter nickte.

»Ihr vier werdet besonders wachsam sein müssen«, fuhr Kommissarin Steiger fort. »Das heißt: nicht alleine raus, keine Verabredungen wahrnehmen und immer ein oder zwei Personen in der Nähe haben. Wir werden euch natürlich auch überwachen, so gut es geht. Aber am besten wär's, ihr würdet alle ein paar Tage zu Hause bleiben.«

»Da kann ich ja gleich in den Knast gehen«, knurrte Levent, »das ist Freiheitsberaubung.«

»Meinst du? Denk an Sven, Leon und Ilkay.«

»Kriegen wir denn keinen Polizeischutz für unsere Kinder? Setzt sich denn kein Polizist mit einer Waffe in unsere Wohnung?«, fragte Lillys Mutter.

»So geht das leider nicht.« Kommissarin Steiger presste die Lippen zusammen. »Wir sind aber dabei, Überwachung für euch drei und Paul Brinker zu organisieren. Wir können Ihnen auch anbieten, ins Hotel umzuziehen.«

»Um Gottes willen«, sagte Lillys Mutter, »nicht in der Situation, da wollen wir doch zu Hause sein.«

»Bisher ist der Täter nicht in die Häuser eingedrungen«, sagte Kommissarin Steiger. »Machen Sie sich da also keine Sorgen. Wenn Sie sich daran halten, die Kinder nicht allein auf die Straße zu lassen, wird nichts passieren. Die Kollegen werden vor Ihren Häusern Streife fahren und aufpassen. Außerdem ermitteln wir auf Hochtouren, das versichere ich Ihnen.«

»Aber das ist so ungerecht«, beschwerte sich Levent wieder.

»Verbrechen sind immer ungerecht.« Kommissarin Steiger stand auf.

»Wie ist der Täter überhaupt an die Namen unserer Kinder gekommen?«, fragte Herr Yilmaz. »Das verstehe ich nicht. Woher kennt er manche Anfangsbuchstaben und andere nicht?«

Die Kommissarin öffnete den Mund. Da sie jedoch wieder nichts sagte, stieg die Spannung noch mehr.

»Das habe ich Sie vorhin auch schon gefragt«, sagte Lilly. »Wir haben ein Recht auf eine Antwort.«

»Das stimmt. Sagen Sie's schon! Woher?« Das wollten jetzt auch andere wissen.

»Ich hab ... ich hab das nicht gewollt ... ich hab aus Versehen«, stammelte Frau Hoffmann, stand auf und rang die Hände.

Lilly traute Augen und Ohren nicht, als sie die Beichte hörte und kapierte, was ihre Lehrerin, ohne es zu wollen, getan hatte. Wie dumm war diese Frau eigentlich? Nicht nur Lillys Blut brachte sie mit ihrem Geständnis zum Kochen. Kommissarin Steiger und ihre Leute mussten die Familien beschwichtigen, damit sie nicht auf die Lehrerin losgingen.

»Bleiben Sie ruhig. Frau Hoffmann hat nicht ahnen

können, was sie damit anrichtet. Wir sind sehr zuversichtlich, dass wir den Täter schnell gefunden haben werden – wegen der ausgezeichneten Spurenlage und der Aussage von Tatjana Schmitt. Dank der Mitarbeit der Kollegen aus Bremerhaven haben wir den jungen Obdachlosen, der im Mai als Drogentoter aufgefunden wurde, schon identifiziert, ein Martin Siebert aus Berlin. Seine Leiche wurde damals aufgrund seiner Verletzungen obduziert, es wurde lokal ermittelt, allerdings vor allem in seinem Milieu, in dem Schlägereien nicht selten sind. Er starb an Atemstillstand, ist an seinem eigenen Erbrochenen erstickt – eindeutig die Folge einer übermäßig hohen Drogendosis. In Kürze werden wir hoffentlich auch mehr Informationen über sein soziales Umfeld haben. Sein Vater ist momentan nicht aufzufinden, aber auch daran arbeiten wir. Und an der Internetseite sind unsere IT-Spezialisten dran. Wir kriegen ihn, es dauert nicht mehr lang.« Demonstrativ sah sie zur Uhr hinüber. Alle Blicke folgten ihrem: schon elf.

»Gleich morgen früh, wenn unser Spezialist da ist, wird nach Angaben von Frau Hoffmann ein Phantombild des Mannes angefertigt, der sie nach Schülernamen gefragt hat.«

»Das könnte ich auch tun«, schlug Lilly vor und erzählte schaudernd von ihrer Begegnung mit dem seltsamen Obdachlosen an der *Beach Bar*.

»Du hast großes Glück gehabt«, sagte die Kommissarin. »Aber du hast den Mann nur verkleidet gesehen, also ist es auf jeden Fall wichtig, dass deine Lehrerin eine genaue Beschreibung abgibt. Sie kennt ihn besser.«

Levent schnaubte. »Tolle Lehrerin! Sie haben uns verpfiffen, Frau Hoffmann.« Er spuckte vor ihr aus.

»Hey, hey, hey«, protestierte die Kommissarin, »den Dreck machst du wieder weg, klar?«

»Und wie soll die wiedergutmachen, was sie gemacht hat?«, schoss Levent zurück, bückte sich dann, wischte mit einem Papiertaschentuch über den Fleck und warf es in den Mülleimer. Frau Hoffmann, die stumm weinte, würdigte er keines Blickes mehr.

Lilly stand auf und nahm ihn am Arm. »Komm, Levent, wir gehen eine rauchen. Ich kann die verlogene Fresse auch nicht mehr sehen.«

»Ihr beiden dürft nicht allein ...« Kommissarin Steiger unterbrach sich selbst, schüttelte den Kopf und sagte müde: »Bleibt im Eingangsbereich.« Sie wandte sich an einen der Uniformierten, die weiter hinten auf dem Gang warteten. »Könnt ihr bitte ein Auge auf sie haben?«

»Rauchen unter Polizeischutz.« Kurz klang Levent, als würde er gleich über die Situation lachen. Dann merkte Lilly, dass es kein Lachen war, das da aus Levents Kehle drang.

Als sie sich vorm Eingang ihre Zigaretten gerade eben angezündet hatten, hörten sie schon klappernde Absätze, die schnell näher kamen: Lillys Mutter. Das bedeutete nichts Gutes.

50

Paul hätte Nolte einsilbiger eingeschätzt. Doch der neue Mieter war jetzt offenbar zum Plaudern aufgelegt.

»Die Steigung mit dem Rad raufzustrampeln ist sicher sehr schweißtreibend. Machst du viel Sport?«

»Geht so.«

»Fußball?«

Paul lachte ein bisschen. »Nein. Alles, aber keinen Fußball. Jedenfalls nicht hier bei uns im Verein. Sie müssten mal sehen, was da für Assis hingehen. Lauter Leute wie Sven Lange.«

»Ist das nicht der Junge, der vor die Bahn geschubst worden ist?«

»Sie wissen davon?«

»Das kam im Radio.«

»Ach so, klar. An der Schule war heute Morgen auch die Presse. Bei uns im Ort passiert so was nicht alle Tage.«

»Aber du kanntest Sven?«

»Der ging auch in meine Klasse.«

»War aber nicht dein Freund.«

Paul schüttelte heftig den Kopf. »Nee. Sven war 'n Monster. Man soll das ja nicht sagen über Tote, aber es war so.«

Nolte gab einen Bestätigungsschnaufer von sich. »Damit hab ich kein Problem. Ich bin der Meinung, dass man die Dinge ruhig beim Namen nennen soll. Wenn einer ein Arschloch ist, muss man ihn so nennen dürfen. Und wenn einer Mist baut, muss er eben dafür büßen, egal, wie schwierig seine Kindheit war, und egal, wie trostlos seine Zukunft sein wird.«

Paul sagte nichts. Nolte fuhr einen heißen Reifen. Fast schien es ihm, als würde er mehr Gas geben, desto mehr er sich in Rage redete.

»Ich halte nichts von Kuschelpädagogik. Man sieht doch, wohin das führt. Man traut sich ja nachts nicht mehr allein auf die Straße oder in die U-Bahn.«

»Hier hätten Sie links gemusst.«

»Ach ja, verdammt. Fahren wir eben die Umgehungsstraße, da kenne ich mich besser aus.«

»Warum sind Sie eigentlich ausgerechnet hierher gekommen?«, fragte Paul. »Es gibt doch wirklich schönere Gegenden als unsere. Wenn ich könnte ... ich würde sofort hier abhauen.«

»Da hast du recht.«

»Also, wieso sind Sie ...«

»Und wieso willst du weg?«, unterbrach ihn Nolte, drosselte das Tempo und beugte sich weit über das Lenkrad, als horche er auf einen Motorschaden. »Sag, warum willst du weg? Sven ist doch tot. Wer soll dich jetzt noch ärgern?«

Paul zuckte die Achseln. »Wie wär's mit seinen Freunden?«

»Und die wären?«

Paul stutzte. Nolte stellte merkwürdige Fragen und hatte einen noch auffälligeren Fahrstil. Jetzt schlichen sie mit weniger als 30 km/h durch die Landschaft, obwohl hier 70 erlaubt waren.

»Und die wären?«, wiederholte Nolte.

»Alle möglichen. Wieso interessiert Sie das?«

»Es interessiert mich nicht«, entgegnete Nolte, »ich wollte nur das Gespräch in Gang halten.«

Genau das war ihm aber nicht gelungen. Paul schwieg und sah aus dem Fenster. Nolte fuhr untertourig und höchstens Schrittgeschwindigkeit. Paul wäre mit dem Rad schneller gewesen, zumal sie diesen dämlichen Umweg über die Umgehungsstraße nahmen. Sie fuhren ganz außenrum, durch den kleinen Stadtwald und am vor Jahren geschlossenen Freibad vorbei.

Plötzlich spürte Paul, wie ihn der Mieter von der Seite ansah. Er drehte den Kopf. Tatsächlich: Ihre Blicke begegneten sich.

»Was glotzen Sie mich so an?« Paul reagierte barscher, als es sonst seine Art war. Vielleicht lag es an dem unguten Gefühl, das sich bei ihm einschlich. »Ich dachte, Sie haben ein Problem mit dem Auto. Mit wem hatten Sie eigentlich den Unfall? Hat der andere Wagen auch was abgekriegt?«

»Es war kein Wagen im Spiel. Es ging nur um Müll.«

»Eine Mülltonne?«

Nolte antwortete nicht direkt, wiederholte nur ernst und

mit zusammengebissenen Zähnen: »Ich habe es doch gesagt: Müll. Nichts als Dreck und Müll.«

Pauls Unbehagen wuchs. Er war sich sicher, hier etwas ganz Wichtiges nicht zu verstehen. Wovon redete Nolte?

Aufs Geratewohl sagte Paul: »Sven Lange hat auch immer gern Mülltonnen umgetreten. In so was war er groß. Vandalismus, Schwache ärgern, Leute fertigmachen, die anders sind ...«

Während Paul redete, fühlte er noch immer Noltes forschenden Blick auf sich. Dennoch spürte er, wie die Spannung zwischen ihnen nachließ. Nolte sah ihn wieder freundlicher an.

»Du musstest sicher einiges durchmachen.«

»Na ja.«

»Spiel es nicht herunter. Ich weiß, wie weh das tut. Ich kann mir gut vorstellen, wie es dir ergangen ist, einem wehrlosen Jungen.« Er machte eine Pause. »Ich hatte einen Sohn.«

»Hatte? Was ist mit Ihrem Sohn?« Kaum hatte Paul die spontane Frage gestellt, biss er sich auf die Zunge. An Noltes leidendem Gesichtsausdruck sah er, dass die Antwort nicht erfreulich sein würde. Woran erinnerte ihn dieses Gesicht eigentlich? Plötzlich sagte Paul sein Instinkt, dass er extrem vorsichtig sein musste. Er war in Gefahr, das wusste er jetzt so sicher, dass er sich wunderte, warum es so lange gedauert hatte, bis er misstrauisch geworden war. Nolte verhielt sich in jeder Beziehung verdächtig. Mit ihm war etwas faul. Das konnte man *riechen*.

Mit geschärften Sinnen roch Paul ihn jetzt wieder, und diesmal stärker als zuvor: den käsigen, ranzigen, sauren Pennergestank. Das letzte Mal, dass diese Mischung seine Nase strapaziert hatte, war gerade mal drei Wochen her. Und das Gesicht des jungen Mannes ...

»Ihr Sohn ...«, begann er und unterbrach sich dann selbst, sprachlos vor Entsetzen.

»Mein Sohn ist tot.«

Als hätte Nolte voraussehen können, dass Pauls rechte Hand nach dem Türgriff suchen und seine linke unauffällig zum Verschluss des Anschnallgurts wandern würde, gab er wieder Gas.

»Mein Sohn«, sagte er und Paul merkte, dass Nolte nicht beschleunigte, um ihn am Herausspringen zu hindern, sondern weil er so aufgewühlt war. Er redete mehr zu sich selbst, schien für einen Moment fast vergessen zu haben, dass Paul neben ihm saß. »Mein Sohn war ein guter Junge. Nett und gut erzogen. Bis er diese Marie kennengelernt hat. Ein Dreck, dieses Mädchen. Aufsässig, frech und scheußlich anzusehen – punkig, runtergekommen, tätowiert, sogar die Zunge voller Metall. Mit der fing es an: Partys, Drogen, Alkohol und schließlich das Leben auf der Straße. Bis dahin war mein Martin auch so einer, der sich abends allenfalls aus dem Haus geschlichen hätte, um weinende Mitschülerinnen im Krankenhaus zu trösten. Was anderes hätte er nicht gewagt. Moment mal! Wie heißt sie eigentlich, deine ...?«

»Meine w-was?« Paul musste sich jetzt an die Halteschlaufe klammern, weil Nolte scharf um eine Kurve preschte. Nur gut, dass ihnen um diese Zeit kein Wagen mehr entgegenkam. Allerdings war hier auch nirgends Hilfe zu erwarten. Das nächste Haus war ewig weit entfernt.

»Deine Freundin, die du treffen willst? Wie heißt sie?«

Paul zögerte keine Sekunde mit der Notlüge. »Ebru.«

Nolte grunzte. »Emu? Wie das Tier? Türkin oder was? Und die hat ihn gefunden, diesen Leon?«

»Ja. Ebru wollte sich mit Lilly und Tatjana an der Gedenkstelle für Sven treffen und da hat sie ihn gefunden.«

»Türkin«, schnaubte Nolte. »Dass die nachts überhaupt rausdarf.« Abrupt lenkte er den Wagen in eine Haltebucht und bremste, sodass Paul nach vorn fiel. »Aber ich will dir mal glauben, dass du nicht zu den Bösen gehörst.« Er packte Pauls Handgelenk, als der den Gurt lösen wollte. Paul versuchte sich zu befreien, steckte in Noltes Klammergriff aber fest wie in einem Schraubstock.

»Keine Angst«, befahl Nolte, »du stehst nicht auf meiner Liste. Ich tu dir nichts. Aber du bist in der Klasse, du kennst sie alle. Vielleicht weißt du den einen Namen, der mir noch fehlt. Außerdem kann ich nicht riskieren, dass du quatschst, bevor ich mit meiner Sache fertig bin.« Er grinste mit gebleckten Zähnen. »Dafür hast du doch Verständnis, oder?«

»Hören Sie«, stammelte Paul, »ich weiß gar nicht, wovon Sie reden.«

»Doch, doch, das weißt du.« Nolte quetschte seinen Arm so fest, dass Paul hätte schreien können. Der würde keine Skrupel haben, ihm die Knochen zu brechen, wenn er versuchte, sich loszumachen. »Ich vermute, dass du in meiner Wohnung warst. Du bist neugierig, genau wie deine Mutter. Und deshalb wirst du eine Weile von der Bildfläche verschwinden.«

»Nein!« Paul sah die schwere Taschenlampe kommen und duckte sich, aber auch mit dem linken Arm schlug Nolte kräftig und geschickt zu.

51

Lilly war wie betäubt. Damit hatte sie nicht gerechnet. So etwas konnte und durfte nicht passieren. Sie lag in den Armen ihrer weinenden Mutter und blickte über deren zuckende Schulter hinweg auf den Eingangsbereich des Krankenhauses. Levent röchelte, als hätte er eine Fischgräte im Hals, fuhr sich mehrmals verschämt übers Gesicht, um danach umso heftiger an seiner Zigarette zu ziehen. Auch die anderen Menschen hier, lauter scheintote, bleiche Bademantelträger, rauchten. Dabei gafften sie Lilly und ihre Mutter wissend an – und den Mann, der jetzt mit hochrotem Kopf aus dem Eingangsbereich gestürmt kam.

»Das halte ich nicht aus«, rief Georg, »das packe ich nicht. Das kann doch nicht sein!«

Ihm folgte seine Exfrau, auch sie verweint und völlig aufgelöst.

»Warte, Georg! Wir wollen doch noch mal zu ihm. Bitte, das bist du mir schuldig. Ich schaffe das nicht allein.«

Lilly spürte, wie der Druck der Arme ihrer Mutter fester wurde.

»Das bricht uns das Genick«, flüsterte sie. »Warum geht alles nur schief in unserem Leben?«

Erst jetzt begriff Lilly richtig, was passiert war. Leon, ihr geliebter Bruder, war tot.

Zwei unglaublich gute Jahre hatte Lilly Leon als Stiefbruder gehabt. Es war ein Glücksfall gewesen, dass damals sowohl ihre Mutter als auch Leons Vater zum Elternabend der achten Klasse gegangen waren. Alle anderen Eltern waren weggeblieben und so war die kleine Versammlung nach nur zwanzig Minuten zu Ende gewesen. Georg Kaulmann hatte Carola Rembecker gefragt, was sie noch mit dem angefangenen Abend vorhabe. Ihre Mutter war in der Nacht nicht Hause gekommen, sondern erst am frühen Morgen. Lilly erinnerte sich noch, wie sie sie geweckt und ihr mit Sternchen in den Augen ein Frühstück mit Orangensaft, Toast, Kaffee und Ei hingestellt hatte, was sie sonst nie tat.

»Was ist los?«, hatte Lilly misstrauisch gefragt.

»Ich liebe dich, mein Lillymädchen«, war die keineswegs beruhigende Antwort gewesen.

Übellaunig und fest entschlossen auszuziehen, wenn wieder ein Ekeltyp dahintersteckte, war Lilly zur Schule gestapft. Sie erinnerte sich genau, dass sie überlegt hatte, Pauls Mutter zu fragen, ob sie bei ihnen wohnen dürfe, als Leon ihr auf dem Schulhof breit grinsend entgegenkam. »Rate mal, mit wem deine Mutter heute Nacht in der Kiste war?«

Da hatte sie ihn noch blöd gefunden, albern, zurückgeblieben. Drei Monate später waren er und Georg samt Haustieren bei ihnen eingezogen. Seitdem hatte es häufiger Toast und Eier gegeben und dazu Sonntage, an denen die Erwachsenen nach dem Frühstück wieder im Bett verschwanden – sie beide blieben dann in der sonnenbeschienenen Küche sitzen und ließen sich Reptilien über die Hand krabbeln.

Mit Leon und Georg war etwas Ruhe in Lillys Leben eingekehrt, ein Hauch von Normalität und Familie.

Instinktiv wusste Lilly, dass das jetzt alles vorbei sein würde. Leon würde beerdigt und Georg würde nicht bleiben. Trauer hielt die Beziehung der beiden nicht aus. Ihre Mutter würde sich schnell wieder Männern wie Richie an den Hals werfen. Georg passte eh nicht so in ihr Beuteschema. Der Himmel hatte Leon und Georg nicht für ihre Mutter, sondern für Lilly geschickt. Aber das Glück war jetzt vorbei und der Abgrund tiefer als je zuvor.

Sonntag, 12. Juni

52

Tatjana hätte lieber noch geschlafen. Nicht nur ein Stündchen länger, sondern den ganzen Tag lang, besser noch den ganzen Sommer über, der jetzt so leer und sinnlos vor ihr lag. Was sollte sie ohne Leon unternehmen? Wie sollte sie Spaß beim Baden im Kanal haben, wenn Leon nicht zu ihr geschwommen kam, sie nicht döppte, unter Wasser küsste oder seine Hände unter ihr Bikinioberteil schob? Wie sollte sie je wieder glücklich werden? Eis essen? Gemütlich einen Film gucken? Eine Zoohandlung betreten? Mit der Clique abhängen? Zur Schule gehen?

Sie kniff die Augen zu, aber die Erinnerung an Leon, wie er blutüberströmt vorm Schultor gelegen hatte, mit dem gruselig flackernden Kerzenmeer dahinter, war zu übermächtig. Heiße Tränen rannen über ihr geschwollenes Gesicht, außerdem hatte sie furchtbare Kopfschmerzen. Noch einmal versuchte sie mit Macht, wieder einzuschlafen, aber es hatte keinen Sinn. Georg und Carola waren auch schon wach. Sie lärmten in der Küche.

Tatjana seufzte und schwang die Beine über die Bettkante. Trotz der Sommersonne fröstelte sie. Sie hatte fast die ganze Nacht über gefroren, denn die Decke hatte Lilly irgendwann auf ihre Seite gezogen. Lilly schnarchte außerdem, worüber sich Tatjana unter normalen Umständen lustig gemacht hätte. Jetzt fand sie alles nur noch furchtbar.

Sie stand auf, ging in den Flur und sah zu Leons Zimmer hinüber. Lillys Mutter hatte vorgeschlagen, dass Tatjana dort schlafen sollte, aber sie hatte nicht gewollt. Sie wollte nicht allein sein und fand es zu traurig, im Zimmer ihres toten Freundes zu liegen. Durch die offene Tür sah sie das unbenutzte Bett, dahinter sein Terrarium und vorn auf dem Nachttischchen das schöne Foto von ihnen beiden, das bei einem Open-Air-Konzert aufgenommen worden war.

Carolas Stimme drang aus der Küche: »Wie kannst du jetzt joggen gehen, Georg? Das ist doch total daneben! Dein Sohn ist tot.«

Bei diesen Worten brach Tatjana wieder in Tränen aus. »Wenn ich laufe, komme ich aber am besten klar damit«, rechtfertigte sich Georg, schon im Flur. Tatjana stürzte in Leons Zimmer, warf sich der Länge nach auf sein Bett, riss sein Schlaf-T-Shirt unter der Decke hervor, drückte ihre Nase hinein, inhalierte die letzten Spuren seines Körperduftes und weinte laut und hemmungslos.

Kurz darauf kam Lillys Mutter, setzte sich zu ihr an die Bettkante und legte ihr die Hand auf die Schulter. Die Wohnungstür schlug zu. »Arschloch«, fauchte Carola, »rennt weg, wenn's Probleme gibt.«

Lilly kam ins Zimmer geschlurft, brachte ein müdes »Morgen« hervor und setzte sich auch aufs Bett. Zu zweit in einem Einzelbett zu schlafen war unbequem gewesen, zu dritt in einem zu trauern fand Tatjana tröstlich.

Sie hätte gern noch länger mit den beiden gekuschelt. Doch nachdem sie sich eine Weile aneinandergeschmiegt und Sätze gesagt hatten, die alle mit »Weißt du noch, wie Leon ...« begannen, klingelte es an der Tür.

»Georg«, sagte Carola hoffnungsvoll und sprang auf.

Lilly wandte ihr zerknittert aussehendes Gesicht Tatjana zu.

»Ich hoffe nur, dass die beiden sich jetzt nicht trennen.«

»Ach, glaub ich nicht«, sagte Tatjana, denn sie dachte auch, dass Georg zurückgekommen war. An Carolas überraschter und verhaltener Begrüßung hörte sie jedoch, dass es nicht so war.

»Ach, hallo. So früh schon wach? Ich dachte, du gehörst zu denen, die nicht allein auf die Straße sollen.«

»Ich weiß, ich bin auch schon von den Bullen angesprochen worden, aber ich hab keinen Nerv, mich an blöde Anweisungen zu halten, noch dazu am helllichten Tag. Ich war schon bei Ilkay im Krankenhaus und jetzt würde ich gern kurz mit Lilly reden.«

»Komm rein, du kannst mit uns Kaffee trinken. Das heißt: Trink mit den Mädchen Kaffee, wenn du magst – ich leg mich wieder hin.«

Lilly war aufgestanden und im Nachthemd zur Tür gegangen. »Levent«, sagte sie, »bist du aus 'm Bett gefallen?«

»Ich hab so gut wie gar nicht geschlafen.«

»Wie geht's Ilkay?«

»Der ist wohl fürs Erste außer Lebensgefahr, aber immer noch in diesem Koma.«

»Warte, wir ziehen uns eben was an.«

»Ich setz mich in die Küche.«

»Was will denn der so früh hier?«, maulte Tatjana, während sie in ihre Jeans stieg.

»Lagebesprechung«, vermutete Lilly, ging voran in die Küche, spritzte sich unter der Spüle Wasser ins Gesicht und stellte drei Becher auf den Tisch. »Kaffee?«

»Nee, danke«, antwortete Levent, nahm aber einen der Becher und drehte ihn hin und her.

Tatjana schniefte. »Leons Lieblingstasse. Seinen Namen hat er selber draufgeschrieben, in so 'nem Ferienprojekt.«

»Schöne Scheiße«, sagte Levent, stellte den Becher auf den Tisch und legte die Stirn in Falten, wodurch er locker zehn Jahre älter aussah, als er war.

»Gibt's schon eine Prognose, wie sich das mit Ilkay entwickeln wird?«, fragte Lilly.

Levent zuckte die Achseln. »Nee, weiß nicht. Wie früher wird's bestimmt nicht mehr.«

Alle drei schwiegen eine Weile. Lilly löffelte nachdenklich einen Schokopudding. Tatjana nippte vom Kaffee. Appetit hatte sie keinen.

»Ich bin hier, weil ich die ganze Nacht nachgedacht hab, Lilly«, sagte Levent schließlich.

»Hm?«, machte sie mit dem Löffel im Mund.

»Der Kerl weiß nicht, wer der Fünfte auf seiner Liste ist. Er sucht fünf Täter, hat aber nur vier Namen. Also wird er versuchen, den letzten rauszukriegen.«

»Vielleicht will er noch mal die Hoffmann anzapfen.«

»Nee. Die ist für ihn verbrannt. Die sitzt jetzt beim Zeichner fürs Phantombild. Das weiß der Killer zwar nicht, aber er ist nicht doof und wird damit rechnen, dass sie inzwischen gequatscht hat. Nein, er wird's anders versuchen. Der weiß doch, dass er nicht mehr viel Zeit hat für seine Rache, weil er zu viele Spuren hinterlassen hat. Außerdem muss er ja irgendwas mit dem Penner zu tun haben, das hat die Steiger ja schon angedeutet, er ist sein Vater oder Bruder oder so. Ihm ist klar, dass die ihn über kurz oder lang schnappen. Er kommt auch nicht an Ilkay ran. Ilkay hat nämlich richtig Polizeischutz. Vor seinem Zimmer haben sie jemanden postiert. Also ...«

»Du guckst zu viele Krimiserien, Levent«, sagte Tatjana.

Levent ignorierte sie einfach.

»Weißt du, was der tun wird? Der wird sein viertes Opfer fragen. Und das, Lilly, heißt: dich oder mich.«

»Also dürfen wir nicht zulassen, dass er uns zu fassen kriegt und wir Opfer werden.«

»Das darf man sowieso nie. Lernst du schon im Kindergarten. Opfer darfst du nie sein.«

»Was sollen wir machen, Levent?«, fragte Lilly, drehte sich um, stellte den Puddingbecher samt Löffel in die Spüle und sah ihn aufmerksam an.

»Gar nichts könnt ihr machen«, sagte Tatjana. »Wir sind keine Ermittler und die Sache ist viel zu gefährlich. Da können wir selbst gar nichts machen. Wir müssen zu Hause bleiben, wie die Polizei gesagt hat. Du bist total leichtsinnig, wenn du einfach so allein durch die Stadt rennst, Levent.«

»Ach ja?« Levent sah Tatjana derart böse an, dass sie auf ihrem Stuhl zurückwich. »*Warum* muss ich denn so vorsichtig sein, he? Wer hat mir die Scheiße denn eingebrockt? Du und Paul.«

»Und Ilkay und Sven und Leon«, protestierte Tatjana.

»Ja, aber die sind tot oder Matsche!« Levent war laut geworden und vom Tisch aufgestanden. »Ihr beide seid noch da, ihr beide lasst's euch gut gehen, schließt euch in euren Kinderzimmern ein und krault euch die Eier.«

»Ich hab doch –«

»Halt's Maul, Tatjana. Deinetwegen ist Lilly in Gefahr. Und wegen der Schwuchtel muss ich jetzt ständig über die Schulter gucken, ob mir nicht einer folgt. Weißt du, wie ich mich gefühlt hab, als ich hierhergekommen bin? Wie ein Verbrecher, wie ein Gejagter.«

Levent tigerte unruhig im Raum auf und ab. »Der Killer wird auf jeden Fall rausfinden wollen, wer noch dabei war. Deshalb wird er uns im Gegensatz zu den andern nicht gleich kaltmachen. Er wird uns vielleicht irgendwo festsetzen, befragen und …«

Lilly war bleich geworden, sah mit aufgerissenen Augen Levent an, der nicht weitersprechen konnte.

Wieder kamen Tatjana die Tränen. Voller Schuldgefühle sagte sie:

»Tut mir so verdammt leid, dass ihr da mit reingezogen wurdet. Aber ich kann doch nichts dafür, ich hab ihm doch eure Namen nicht gesagt. Und ich hab auch nur dabeigestanden, die Jungs haben …«

»Deine Flennerei nützt uns gar nichts«, fuhr Levent sie an. »Sag das dem Täter, nicht uns. Ja, sag es dem Täter! Nur so tust du ein Mal was Gutes, stehst du ein Mal nicht nur dabei. Vielleicht kannst du sogar Leben retten.«

»Damit er mich dann …?«, heulte Tatjana.

»Du kannst dich ja dann auch in deinem Kinderzimmer einschließen – wie wir jetzt.«

»Du bist gemein.« Tatjana warf Lilly einen Hilfe suchenden Blick zu, aber die reagierte nicht. Levents Worte hatten offenbar gewirkt. Lilly hatte Angst, das konnte man deutlich sehen. Verzweifelt schlug Tatjana die Hände vors Gesicht. »Ihr könnt mich doch nicht zwingen, mich auszuliefern«, jammerte sie.

Endlich legte Lilly ihr die Hand auf die Schulter. »Keiner will, dass du dich auslieferst. Aber Levent hat recht. Leons Mörder wird uns auch angreifen. Wenn er kann, wird er mich umbringen, und letztendlich nur, weil …«

»Nein«, schrie Tatjana, sprang auf und stürzte aus der Küche in den Flur. Dort stieß sie mit Carola zusammen, die den Telefonhörer in der Hand hielt.

»Bei uns ist er nicht«, sagte sie gerade. Dann wandte sie sich an die Jugendlichen. »Hört ihr nichts? Telefon. Für dich, Lilly. Die Mutter von Paul. Sie sagt, der ist verschwunden.«

53

Lilly schnappte nach Luft. Nicht auch das noch, nicht auch noch Paul.

Sie hatte Mühe, Sonja Brinker zu verstehen. Die Frau war extrem aufgeregt und verhaspelte sich beim Sprechen. Außerdem traten Levent und Tatjana Lilly fast auf die Füße, um mitzuhören, welche Neuigkeiten Pauls Mutter für sie hatte. Auf die Idee, den Lautsprecher einzuschalten, kam Lilly erst, als Levent es ihr am Telefon vormachte.

Frau Brinker hatte offenbar zunächst angenommen, ihr Sohn schlafe friedlich in seinem Bett. Sie hatte sich geduscht, mit ihrem Mann telefoniert, das Frühstück vorbereitet und erst nach Paul gesehen, als vor einer Viertelstunde Kommissarin Steiger angerufen hatte, um ihr noch einmal ausdrücklich zu sagen, dass ihr Sohn auf gar keinen Fall aus dem Haus gehen solle. Erst da war sie mit dem Telefon in der Hand in Pauls Zimmer gegangen und hatte das Bett leer vorgefunden.

»Sein Fahrrad steht nicht mehr im Keller«, sagte sie. »Er muss entweder noch spät gestern Abend oder heute früh losgefahren sein. Ich kann mir nur vorstellen, dass er zu dir wollte, Lilly. Weil dein Bruder doch im Krankenhaus ist.«

Lilly würgte die aufsteigenden Tränen hinunter. *Dein Bruder im Krankenhaus.* Schön wär's.

Es wäre so schön, wenn Leon dort noch atmend in einem weichen Bett läge und gerade sein Frühstückstablett aufs Nachttischchen gestellt bekäme.

»Wenn Paul nicht bei dir ist, wo ist er denn dann? Ob ich mal in der Klinik anrufe?«

Anscheinend hatte die Polizei ihr noch nicht gesagt, dass Leon gestorben war. Vielleicht hatte es sich nicht ergeben oder Sonja Brinker hatte es in ihrer Aufregung überhört. Vielleicht wollte die Kommissarin sie auch nicht noch mehr beunruhigen. Lilly stellte sich die Panik vor, die die Frau bekommen würde, wenn sie erfuhr, dass zwei Jungen ermordet worden waren und einer schwer verletzt und dass Paul ...

»Wo kann er denn sonst nur sein? Er erwartet doch heute auch Besuch. Der kommt zwar erst um elf mit dem Zug, aber ...«

»Frau Brinker«, unterbrach Lilly die Mutter ihres besten Freundes. »Machen Sie sich keine Sorgen. Ich komme jetzt vorbei. Ich komme zu Ihnen, okay?«

»Ja, ich ... ich weiß nicht. Ein Polizeibeamter ist in Pauls Zimmer an seinem Computer ... und ein Foto brauchen sie und ...«

»Keine Panik, Frau Brinker«, sagte Lilly und richtete diese Aufforderung gleichzeitig an sich selbst. Sie hätte am liebsten geschrien und mit den Armen um sich geschlagen, wusste aber, dass das nichts brachte.

»Ich komme zu Ihnen, ich bin gleich da. Wir werden Paul finden, ganz sicher.«

Sie legte auf und wurde sofort von Tatjana angegiftet: »Spinnst du? Du willst doch wohl nicht dahin? Du darfst das Haus nicht verlassen.«

»Bei Pauls Mutter bin ich genauso sicher wie hier. Ich will dort sein, damit ich sofort weiß, wenn's was Neues gibt. Vielleicht kann ich irgendwie helfen ...«

»Nein!« Tatjana schrie. »Wir müssen zusammenbleiben. Frau Rembecker, sagen Sie was, bitte!«

Lillys Mutter stöhnte auf und fuhr sich mit den Händen durchs Gesicht. »Du bleibst hier«, sagte sie müde, »denk an Leon. Paul kann selbst auf sich aufpassen.«

»Kann er eben nicht«, zischte Lilly. »Und wenn ich an

Leon denke, dann muss ich zwangsläufig an das denken, was Paul passieren kann.«

»Du bist nicht für die Schwuchtel verantwortlich«, sagte Levent scharf. »Bleib hier!«

»Nein. Es ist heller Tag und ich weiß, wie der Penner aussieht. Den widerlichen, gruseligen Typen erkenne ich auf hundert Meter Entfernung. Ich …«

»Lilly.« Mit blassem Gesicht trat ihre Mutter zu ihr und ergriff ihre Arme. »Du wirst hierbleiben. Ich lasse nicht zu, dass du gehst. Nachher wirfst du mir wieder vor, ich hätte dich nicht beschützt oder nicht aufgepasst. Diesmal lasse ich mir das nicht sagen.«

»Wenn Lilly dann überhaupt noch was sagen kann«, ereiferte sich Tatjana.

»Eben. Der macht Hackfleisch aus dir. Und wer weiß, was er noch mit dir anstellt, als Mädchen. Du musst hierbleiben. Die Polizei hat's auch befohlen, du …« Levent kam nicht dazu, seinen Satz zu beenden.

Lilly hatte nicht vor, irgendjemanden über sich bestimmen zu lassen. Sie wollte zu Paul, und zwar jetzt. Daher schrie sie so laut und durchdringend, dass alle drei zurückwichen. Eine Sirene war nichts dagegen. Levent hielt sich die Ohren zu, ihre Mutter rief, sie bekäme Kopfschmerzen.

»Dann lasst mich in Ruuuuuuhhe! Ich mache, was ich will!«

Nachdem Lilly sich so Platz verschafft hatte, schnappte sie mit einem Griff ihr Handy und vom Schränkchen neben der Wohnungstür den Schlüssel von Georgs Moped. Dann langte sie nach ihren Turnschuhen, riss die Tür auf und flitzte, die Schuhe in der Hand, auf Socken die Treppen hinunter.

»Lilly«, kreischte ihre Mutter fast ebenso schrill durchs Treppenhaus. Tatjana fing an zu heulen, Levent fluchte –

Lilly scherte sich nicht drum. Das hier war ihr Leben. Sie erreichte die Hintertür, schlüpfte schnell in die Schuhe und hastete mit offenen Schnürsenkeln durch den Hof zur Garage, in der das Moped stand.

Zum Glück war das Tor offen. Georg teilte die Garage mit einem anderen Hobbybastler aus dem dritten Stock und der war sonntags früh natürlich schon zugange. Im Nu konnte Lilly einen Helm greifen und die etwas angestaubte Maschine nach draußen schieben.

Nur Levent war ihr gefolgt. Er packte den Lenker mit beiden Händen. »Lass das! Du bist komplett bescheuert.«

»Bist du so was schon mal gefahren? Kannst du ein Moped starten?«

»Klar.«

»Dann hilf mir.«

»Lilly, wir ...«

»Traust du dich nicht?«

»Natürlich trau ich mich.«

»Also, mach hinne! In der Garage ist ein zweiter Helm. Wenn wir Paul finden, finden wir den Mörder. Wenn nicht, werden wir nie vor ihm sicher sein. Willst du das riskieren? Willst du weiter Angst haben und dich einschließen? Willst du dein Leben unter Polizeischutz verbringen müssen?«

Sie hatte ihn überzeugt. Jetzt bestand Levent zwar darauf, dass er fuhr und Lilly hinten saß, aber immerhin: Er hatte keine Skrupel, Gas zu geben, und Lillys Mutter, die drohte, die Polizei zu rufen, einfach stehen zu lassen. Außerdem gab es Lilly ein gutes Gefühl, die Arme um ihn zu schlingen, während sie über Schleichwege zu Pauls Haus knatterten.

Das Moped war zwar nicht das schnellste Verkehrsmittel, aber es erfüllte seinen Zweck. Nach nur fünf Minuten bogen sie in die gut befahrene Parallelstraße zur Schulstraße ein.

Vor Pauls Haus stand ein Streifenwagen. Levent lenkte das Moped vor ihm auf den Bürgersteig, sodass Lilly vom Sozius direkt ins Küchenfenster sehen konnte. Sonja Brinker stand mit den Händen vorm Mund hinter der Scheibe und blickte starr auf die Angekommenen. Die Beamten waren offenbar noch in Pauls Zimmer.

Grüßend hob Lilly die Hand, aber die Frau schien sie wegen des Helms nicht zu erkennen oder wurde von ihrer Angst gelähmt. Lilly wollte gerade den Helm abstreifen, da fuhr ein älteres, verbeultes Auto an ihr vorbei, steuerte erst die Hofeinfahrt an, drehte dann aber um.

Neben der unentschlossenen Fahrweise fiel Lilly zuerst die Sonnenbrille auf, die auf dem Armaturenbrett lag.

Der Fahrer war um die vierzig. Er schien sie nicht gesehen zu haben. Jetzt blinkte er wieder links in die Richtung, aus der er gekommen war, und wandte ihr den Kopf zu, um eine Lücke im Verkehr zu erhaschen.

Doch aus der Innenstadt kamen gleich drei Autos hintereinander, genug Gelegenheit für Lilly, sich sein Gesicht anzusehen. Ihr Herz begann zu rasen. Als sie merkte, dass Levent absteigen wollte, schnellten ihre Arme vor und hielten ihn fest.

»Was?«, rief Levent.

»Der«, presste sie hervor, »der ist es.«

Der Fahrer konnte sich in den Verkehr einfädeln. Er lenkte den Wagen auf die andere Straßenseite, beschleunigte aber noch nicht, sondern blickte misstrauisch zurück auf das Pärchen mit dem Moped.

Diese letzte Bestätigung hätte Lilly gar nicht gebraucht. Sie war sich sicher. Das war der Typ, der die Hoffmann auf dem Schulhof begleitet hatte, und es war der gleiche Mann, der sich als Penner getarnt und Lilly in der *Beach Bar* belästigt hatte. War er etwa Brinkers neuer Mieter? Wenn ja, war die Wohnung perfekt gewählt: Näher an der Schule ging's kaum.

Statt die Polizei einzuschalten, rief sie: »Fahr ihm nach, Levent!«

Der zögerte nicht, dachte auch nicht daran, zuerst zu telefonieren. Levent holte alles aus der Kiste raus, nahm die Kurven eng und bremste abrupt vor einer roten Ampel.

Mit Schmackes rutschte Lilly gegen ihn. Es fehlte nicht viel und sie wären beide über den Lenker gegangen.

»Scheiß Rot«, fluchte Lilly, »der entwischt uns.«

Levent drehte den Kopf über die Schulter. »Ich kann ihm nicht nach. Zu viel Verkehr. Aber, warte, da ... die Lücke ...«

Levent brauste los, über die Kreuzung und die Ringstraße runter Richtung Außenbezirke.

»Ich seh ihn nicht mehr.« Seine Stimme war unter dem Helm kaum zu verstehen.

»Fahr weiter!« Lilly verrenkte sich den Hals, warf Blicke in die Nebenstraßen, zog einmal mit einem Aufschrei den Kopf zurück, als ein Lastwagen nah an ihr vorbeidonnerte und hupte.

Wo war das verdammte Auto? Wo?

Levent fuhr langsamer. Er verließ die Hauptstraße an der abknickenden Vorfahrt und fuhr gerade weiter in die Sackgasse, die am Stadtwald endete. Dort stoppte er, direkt vor dem Bordstein, hinter dem die ersten Buchen standen.

Der Motor ging aus und für einen Moment hörte Lilly nur ihre eigenen Atemzüge und, als sie sich den Helm abstreifte, das Zwitschern der Vögel.

»Wir haben ihn verloren«, sagte Levent enttäuscht.

»Wenn du dich hier verstecken wolltest«, überlegte Lilly laut, »wohin würdest du gehen?«

»Ich hab mich noch nie versteckt.«

»Aber wenn«, drängte sie, und als er sie ratlos ansah,

zeigte sie auf den Wald vor ihnen. »Was hältst du vom alten Freibad?«

Levent dachte einen Moment nach. Dann startete er die Maschine.

»Warte.« Sie ergriff seinen Arm, plötzlich entsetzt von dem, was sie vorhatten. »Du weißt, das ist verdammt gefährlich.«

»Wir gucken erst mal nur.«

»Okay. Machen wir's so.«

Trotz ihrer Angst wollte sie, dass Levent die Tachonadel wieder hochjagte. Sie wollte, dass er zwei Minuten später an dem verrotteten Schild *Städt. Freibad, 1 km* abbremste und in den schmalen Zufahrtsweg bog. Sie war enttäuscht von Paul, aber das beeinflusste ihre Entscheidung nicht. Er war immer noch ihr Freund. Auf jeden Fall wollte sie ihn retten.

Dann wäre sie auch mal zu etwas gut.

Aber eigentlich hatten Levent und sie gar keine Chance. Plötzlich fröstelte Lilly in ihrem dünnen Shirt.

Der Wald links und rechts der Straße war ungewöhnlich dicht. Die Zweige der Bäume wuchsen weit auf den Fahrweg. Das Licht fiel nur in Inseln hindurch. Der Asphalt war löchrig und an den Rändern abgebrochen. Zweige und Tannenzapfen lagen überall, teilweise auch Steine. Levent begann, Slalom zu fahren. Von Meter zu Meter lenkte er langsamer, zögerlicher, vorsichtiger – aber leiser wurde das Moped nicht. Garantiert war es im ganzen Wald zu hören.

Wenn sie aber zu Fuß weitergingen, wären sie nicht nur langsamer, sondern auch noch angreifbarer und verletzlicher.

Sie kamen an einer Abzweigung vorbei. Links ging es zu den ehemaligen Pump- und Betriebsanlagen, geradeaus zum Eingang des alten Freibads. In alter Gewohnheit fuhr

Levent geradeaus. Lilly hätte es auch so gemacht. Sie warf genau wie er einen Blick in das halb zugewucherte Sträßchen, das gleich nach der Abzweigung eine Biegung machte. Wie Levent wandte sie sich dann wieder nach vorn – ein Fehler.

Der Wagen kam aus dem Hinterhalt, preschte mit einem Affenzahn heran. Zweifellos wollte der Typ sie rammen.

In Bruchteilen von Sekunden verringerte sich der Abstand zwischen ihnen. Levents Kopf fuhr herum, Entsetzen im Blick. Lilly schrie, die Kollision vor Augen.

Levent riss im allerletzten Moment am Lenker. Das Moped kam von der Straße ab, ruckelte über einen Stein und machte einen Satz in den Graben.

Lilly fiel seitwärts mit ausgebreiteten Armen in einen Brombeerstrauch. Ihre Arme wurden von Zweigen und Dornen aufgerissen. Ihr Brustkorb krachte auf einen Stein und fühlte sich gleich darauf entsetzlich eng an und schmerzte stechend bei jedem Atemzug. Ein Unterschenkel samt Fuß musste unter dem Moped begraben sein, unter einem heißen, schweren Teil davon, das sich scharf in ihr Fleisch grub und die Tränen nur so strömen ließ.

Keuchend versuchte sie sich zu befreien. Zuerst einmal den Helm runter, damit sie etwas sah ...

Der Mann stand vor ihr. Er trug schwere Springerstiefel, denen die Dornen nichts anhaben konnten. Er beugte sich zu ihr runter. Er packte grob ihre hilflos rudernden Arme, führte die Handgelenke ruckartig zusammen und fesselte sie geschickt mit Kabelbinder.

Lilly blieb die Luft weg, als er sie kraftvoll unter dem Moped hervorzog. Obwohl sie heftig japste, legte er ihr seine trockenen, prankenhaften Hände um den Kopf und drehte ihr Gesicht zu Levent.

»Ist das Nummer fünf?«

Lilly gab keine Antwort. Selbst wenn sie gewollt hätte, wäre es ihr nicht möglich gewesen zu sprechen. Ihr ganzer Körper brannte vor Schmerz und Luftmangel. Und Levent ...

Levent war unglücklicher gefallen als sie. Er hatte sich mindestens ein Bein gebrochen und das Bewusstsein verloren. Der Täter hatte ihm schon den Helm abgenommen. Lilly hoffte, dass Levent *nur* das Bewusstsein verloren hatte und nicht mehr.

»Sag schon, du Dreckstück! Ist das Nummer fünf? Ist das der Junge, der noch dabei war, als ihr über meinen Sohn hergefallen seid? Ist er das? Los, sag's mir!«

Lilly brachte ein Brabbeln hervor.

Zu wenig, fand ihr Peiniger. Er schlug sie mit der flachen Hand gegen den Hinterkopf. »Brauchst du eine Extraaufforderung? Ich krieg es sowieso raus. Also: Ist er's oder nicht?«

»Nein!«

»Na also, geht doch. Auch wenn du bestimmt lügst, sobald du nur den Mund aufmachst.« Der Mann zog Lilly auf die Füße, scherte sich nicht darum, dass sie gleich wieder einknickte, schleifte sie zu seinem Auto und stieß sie bäuchlings auf die Rückbank. Die Tür knallte hinter ihr zu.

Lilly versuchte sich hochzurappeln. Doch mit gefesselten Händen, lädierten Rippen und dem verletzten Bein ging das nicht so schnell. Sie wollte gerade die Tür öffnen und sich aus dem Auto befreien, als der Mann zurückkam. Levent hatte er sich quasi unter den Arm geklemmt. Der Junge war kreidebleich, doch seine Augen waren jetzt offen. Als er – ebenfalls mit gefesselten Händen – zu Lilly auf die Rückbank fiel, stieß er sich noch den Kopf, stöhnte und schien wieder das Bewusstsein zu verlieren.

54

Paul war immer noch übel. Sobald er den Kopf hob, kam Schwindel dazu. Der ganze Schädel tat ihm weh, nicht nur die Stelle, wo die Platzwunde pochend blutete.

Trotzdem machte er immer wieder Versuche, aufzustehen und seine Hände von den angerosteten Rohren der alten Duschen zu befreien. Doch der Kabelbinder war zäh und das Rohr von der Wand einfach abzureißen gelang auch nicht. So altersschwach es aussah, es hielt Pauls verzweifelten Versuchen stand.

Wieder stemmte er seine Beine gegen die Wand. Wieder versuchte er zu ignorieren, dass die Fessel in seine Handgelenke schnitt, sein Schädel hämmerte und sein Ellbogen in seinem eigenen Erbrochenen ausrutschte. Er musste sich befreien, durfte nicht zimperlich sein. Auch wenn Nolte Paul für unschuldig hielt und ihm heute Nacht noch einmal ausdrücklich versprochen hatte, ihn am Leben zu lassen, konnte er ihm auf keinen Fall trauen.

Waren da Schritte auf der Treppe zu hören?

Bitte nicht. Er wusste, dass Nolte sich jetzt nicht mehr bei ihnen, sondern im alten Freibad versteckte. Der Killer wurde bereits gejagt. Das hieß: Er würde ihm sicher kein Frühstück bringen.

Paul drehte den Kopf zu schnell. Der dunkle, feuchte Raum begann vor seinen Augen zu verschwimmen.

Nolte war wieder da. Er hatte die Tür zu den Becken aufgestoßen, ihr Metallflügel schlug gegen die Kacheln. Gleißendes Sonnenlicht strömte herein. Jetzt trat er durch die Öffnung. Er war nicht allein, hatte noch zwei Menschen mitgebracht.

Lilly war gefesselt wie er, konnte aber laufen. Sie riss sich von Nolte los und stürzte auf ihn zu.

»Paul«, rief sie und drückte sich an ihn. »Wie geht's dir?«

Ihre Stimme klang dünn und kieksig. Ihre Backen waren blutig zerkratzt und nass von Tränen, mit ihren Knien hockte sie in seinem Erbrochenen. Aber sie ignorierte es, tastete mit den Händen über sein Gesicht und drückte sich an ihn, noch schlimmer schlotternd als damals, als sie im Winter bis zur Hüfte in den noch nicht ganz zugefrorenen Ententeich eingebrochen war.

Levent dagegen sah richtig fertig aus. Als Nolte ihn losließ, sackte er in sich zusammen und fiel auf den Boden, die Hände um sein verletztes Bein geschlungen.

Obwohl Levent nie sein Freund gewesen war, brachte sein Anblick Paul dazu, Nolte anzubrüllen: »Wollen Sie uns alle umbringen? Sind Sie völlig irre?«

Nolte machte ein kurzes, trockenes Geräusch, wie wenn man einen Käfer zertritt. »Nicht die ganze Klasse, Paul. So viel Zeit habe ich nicht mehr. Dazu habe ich ja auch kein Recht. Aber die fünf, die Unrecht getan haben, müssen bestraft werden. Und du hilfst mir jetzt herauszufinden, wer diese fünf sind.«

Lilly gab einen Schluchzer von sich. »Ich hab's Ihnen doch schon gesagt, wir drei haben nichts damit ...«

»Dich habe ich nicht gefragt«, schrie Nolte sie an. »Ich weiß, dass du dazugehörst. Du bist das einzige Mädchen, das infrage kommt. Du bist die Freundin von Sven Lange und die Schwester von Leon. Du siehst aus wie Marie, du bist genau wie sie. Du gehörst zu den Bösen.«

Lillys Finger krallten sich so in Pauls Unterarm, dass es schmerzte.

»Paul, ich frage dich jetzt nur ein Mal. Denk dran, du bist hier Zeuge in einem Mordprozess. Wenn du lügst, wird das Folgen haben. Du stehst hier vor Gericht. Also sag die Wahrheit: Ist der da dabei gewesen? Ist der Türke hier die Nummer fünf?«

Paul war plötzlich derart schwindelig, dass er Nolte vor- und zurückwippen sah. Er sah ihn größer und wieder kleiner werden, sah ihn auf sich zukommen und alles Licht verschwinden.

»Mach den Mund auf!«, brüllte er.

Lilly jaulte und drängte sich so dicht an ihn, als wollte sie in seinen Körper hineinkriechen.

»Ist er's, Paul? Gehört der hier dazu? Ist er der, den ich suche? Habe ich die fünf dann zusammen?«

»Nein«, flüsterte Paul.

»Was?«

»Nein!«

»Wer dann? Zum Teufel, wer dann?«

»Das weiß ich nicht. Ich weiß es nicht.« Paul konnte nicht gut lügen und log doch um sein Leben. »Ich – weiß – es – nicht«, sagte er abgehackt. »Ich ... ich hab Levent den ganzen Abend in der Jugendherberge gesehen. Er hatte ein verletztes Bein, er war nicht mit den anderen weg. Er ist definitiv nicht dabei gewesen, aber ich weiß auch nicht, wer sonst dabei war. Es war ja eine große Gruppe, die losgezogen ist, zehn Leute oder so.«

»Du Feigling«, schimpfte Nolte voller Verachtung. »Du wirst immer ein Opfer sein, Paul Brinker.« Er trat vor, spuckte auf Paul herab und packte Lillys Arm. »Noch sind die Bullen nicht hier. Noch hab ich Zeit. Eins nach dem anderen.«

Lilly schrie wie am Spieß, als Nolte sie aus dem Duschraum schleifte. An der Tür griff sie mit den gefesselten Händen nach der Klinke, um sich festzuhalten, aber Nolte war stärker als sie, er konnte das Mädchen leicht wegschleppen. Für eine Sekunde füllte sein massiger Körper den Türrahmen aus und tauchte den Raum ins Dunkel. Dann strömte das Licht wieder herein; die Schritte entfernten sich.

Paul bibberte, seine Zähne schlugen aufeinander, seine Blase platzte fast und Noltes Speichel vermischte sich mit seinen Tränen.

»O Gott, Levent, wir müssen Lilly helfen.«

»Ich kann nicht laufen, du Idiot«, entgegnete Levent schwach. Doch er robbte zu ihm rüber, zog seinen Schlüsselbund aus der Tasche und machte sich damit an Pauls Fesseln zu schaffen. Mit Erleichterung sah Paul, dass Levent ein großes Schweizer Messer am Schlüsselring hatte.

»Halt still, verdammt! Wir können nur hoffen, dass die Polizei uns schnell findet. Wenn deine Mutter mitgedacht hat, wissen sie jetzt, dass wir ihn verfolgen. Bloß haben sie keine Ahnung, wohin wir gefahren sind.« Levents kalkweißes, schweißiges Gesicht war schmerzverzerrt. Trotzdem sägte und schnitt er weiter am Kabelbinder. Das dauerte und dauerte ... Und dabei erfuhr Paul nun auch noch, dass Leon im Krankenhaus gestorben und Ilkay schwer verletzt war.

»Ich hoffe«, keuchte Levent, »dass die Polizei uns über den Sender in Lillys Handy findet. Nolte wollte unsere Handys haben, um sie unschädlich zu machen. Ich hab ihm meine beiden gegeben. Er hat das nicht gemerkt. Er denkt, er hätte das Problem ausgeschaltet.«

Von draußen hörten sie einen gellenden Schrei.

»Beeil dich«, drängte Paul.

»Was meinst du, was ich mach? Siehst du mein Bein, siehst du das? Ich geb alles, ey.«

Gestern Morgen waren sie noch Feinde, heute Morgen waren sie aufeinander angewiesen.

Endlich hatte Levent es geschafft. Paul riss seinen Arm los.

Im gleichen Moment ließ sich sein Mitschüler völlig erschöpft auf den Boden fallen. »Du musst es alleine machen, Alter.«

»Halt durch, Levent.« Paul hastete los.

Nach der gefesselt zugebrachten Nacht, fühlten sich seine Beine taub an, als er durch die Tür in den Sommermorgen hinausstolperte. Fünf flache Stufen ging es hinauf. Paul erreichte den Rand des ehemaligen Schwimmerbeckens. Kurz ging sein Blick über die seit Langem aufgegebene 25-Meter-Bahn: niemand im Becken, niemand an den Seiten, niemand hinten, wo der hohe Holzlattenzaun von Efeu überwuchert wurde.

Schon bevor er Nolte lachen hörte, ahnte Paul, wohin er schauen musste: nach oben.

Sie standen oben, hoch oben auf dem Sprungturm. Kein Zehner, aber doch ein Siebeneinhalber, und das Becken darunter noch mal einige Meter tief. Paul knickten die Knie weg. Das hatte Nolte also vor: Er wollte Lilly in den Tod springen lassen. Wahrscheinlich gab ihm das den besonderen Kick, sie Stück für Stück näher an den Rand der Betonplatte zu treiben. Entsetzt musste Paul miterleben, wie Lilly sich kreischend am Geländer festklammerte, wie sie in die Knie ging und auch die Beine ums Geländer schlang.

Pauls Schwindel wurde wieder heftiger. Doch trotz seiner Gehirnerschütterung ergriff er das kühle Metall der Leiter. Warum hatte man die eigentlich nicht abmontiert, warum hatten die Behörden gedacht, es reiche aus, das Gelände abzuriegeln, um die Leute am Hinaufklettern zu hindern?

Was spielt das noch für eine Rolle?, dachte Paul, während er unsicher Stufe für Stufe erklomm. Hätte sich der Turm nicht angeboten, hätte Nolte sich was anderes ausgedacht.

»Nolte«, rief Paul und hielt einen Moment inne, weil sich ihm alles drehte, »lassen Sie Lilly gehen, sie ist unschuldig.«

»Halt dich raus oder du bist der Nächste!« Nolte sah kurz zu Paul herunter und Lilly hatte Gelegenheit, ein Stück vom

Abgrund wegzukrabbeln. Dadurch ließ sie aber das Geländer los.

Sofort zog Nolte sie in die Mitte der Plattform und packte sie an den Schultern. So konnte sie nicht mehr an die Stäbe heranlangen.

»Jetzt«, sagte Nolte befriedigt, »jetzt du.«

Lilly brachte keinen Ton mehr hervor. Sie saß mit dem Gesicht zum Abgrund, die gefesselten Hände nach vorne gestreckt. Mit Noltes Pranken auf ihren schmalen Schultern saß sie da wie ein Kind auf einem Schlitten, das darauf wartet, von den Erwachsenen einen Schubs zu kriegen, um den Berg runterzusausen. Früher, vor wenigen Jahren, war noch Wasser im Becken gewesen. Lilly hatte sicher mal an der Stelle gestanden, an der sie jetzt saß. Sie hatte sicher den gleichen Blick über das Becken auf die Bäume gehabt. Sie hatte sich aufs Eintauchen ins kühle Wasser gefreut.

Heute war kein Wasser drin, nicht mal eine Pfütze.

»Neeeeein«, schrie Paul aus Leibeskräften und rüttelte in seiner Not an der Leiter, die gefährlich schwankte.

»Kletter wieder runter, Paul! Geh nach Hause zu Mama«, befahl ihm Nolte. »Wenn nicht, wirst du mitansehen, wie deine Freundin hier den kürzeren Weg nimmt. Diese Methode hat einen großen Vorteil: Man macht sich nicht die Hände schmutzig. Ein Messer zu nehmen gibt eine Riesensauerei. So ist es besser.«

»Leon ist *tot*!«, schrie Paul.

»Ja? Gut. Und der Türke? Wie hieß er noch gleich: Ibrahim?«

Lillys Turnschuhe quietschten auf der Plattform. Nolte hatte begonnen, sie an den Schultern nach vorn zu drücken. Ihre Arme ruderten in der Luft, auf der Suche nach einem Halt.

So schnell er konnte, stieg Paul die letzten Stufen hoch. Er glaubte nicht mehr, dass er Lilly retten könnte. Ihre Füße hatten den Abgrund schon erreicht. Aber Paul musste alles versuchen. Er war es ihr schuldig.

Plötzlich ertönte eine elektronische Melodie, laut, vertraut, fordernd.

»Hab ich euch die Scheißhandys nicht abgenommen?« Nolte wirkte irritiert, weil ihm ein Fehler unterlaufen war. Er hörte auf, Lilly vorwärtszuschieben. Mit den Händen auf ihren Schultern stand er da, während ihre Beine schon in der Luft baumelten und sie nur noch mit den Pobacken auf dem Turm Halt fand.

»Willst du deine letzte Nachricht noch hören?«

Lilly gab keine Antwort, Paul auch nicht. Während Nolte ihr das Handy abnahm und aus unerfindlichen Gründen – vielleicht purer Neugier – den Anrufbeantworter laut stellte, kletterte Paul auf die Plattform.

Im gleichen Moment erklang Tatjanas aufgeregte Stimme:

»Warum gehst denn du nicht dran, Lilly? Ich hab mir das jetzt überlegt, ich mach das. Ich sag ihm, dass ich dabei war und ihr nicht.«

Tatjana schnappte am anderen Ende nach Luft. »Auch wenn ich so 'ne Angst hab, Lilly, so 'ne Scheißangst vor diesem Killer: Ich mach das für euch. Ich warte hier auf jemanden vom Radio, der sendet das alle halbe Stunde, hat er mir versprochen, der Moderator oder wie der heißt, der sagt dann, dass Tatjana Schmitt dabei war, als der Penner gestiefelt wurde, Tatjana und nicht Lilly, und Levent auch nicht. Ich mein, ich kann nur für mich sprechen. Was andere Leute tun, ist deren Sache.«

55

Gerd presste in einem stillen Fluch die Zähne aufeinander. Konnte er sich so getäuscht haben? Konnte irgendeine unscheinbare Tatjana Schmitt schuldig sein und diese schrille Schreckschraube, die Martins Marie so verdammt ähnlich sah, dagegen nicht? Sollte ihm ein solcher Schnitzer unterlaufen sein?

Er hatte doch so gut wie möglich recherchiert: den Herbergswirt und die Lehrerin ausgehorcht, die Fotos studiert, die Schüler beschattet und so weiter. Lilly war schuldig. Sie stand auf der Liste, sie gehörte zu den Bösen.

Auch wenn ihre Augen nicht ganz so stumpf und leer waren, auch wenn sie ihn in seiner Verkleidung als Stadtstreicher zuerst freundlich angesprochen hatte, auch wenn sie ihm todesmutig und selbstlos gefolgt war, um den Sohn seiner Vermieterin zu retten.

Sie passte nicht ganz ins Bild, aber ... Man brauchte sie doch nur anzuschauen. Er bräuchte ihr nur noch ein Mal in die Augen sehen, dann wüsste er wieder, dass er richtiglag.

Aber dafür müsste er sie umdrehen und das war wohl kaum noch möglich.

»Sie haben Tatjana gehört.« Der Sohn seiner Vermieterin stellte sich neben ihn und stand jetzt mit dem Rücken zum Becken, die linke Hand am Geländer, die rechte ausgestreckt, damit Lilly sich festhalten konnte. »Lassen Sie Lilly gehen! Bitte, Sie haben gehört, dass sie unschuldig ist.«

Gerd ahnte, dass Paul Brinker recht hatte. Die Worte des fremden Mädchens auf der Mailbox hatten ehrlich und überzeugend geklungen. Nur ungern sah er es ein: Das Mädchen hier, dessen knochige Schultern er eisern festhielt, war die Falsche.

»Aber selbst wenn sie in diesem Fall unschuldig ist ... Die sieht doch aus wie Dreck.«

»Sie haben kein Recht, so zu reden.«

»Hattet ihr denn das Recht, meinen Sohn zusammenzuschlagen, ihn wie Dreck zu behandeln, ihn in den Müll zu werfen? Denk daran, Paul Brinker, ihr habt angefangen, ihr, deine Freunde, völlig ohne jeden Grund.«

»Ja, stimmt. Aber Lilly nicht. Sie war nicht dabei.«

»Was wäre denn anders gewesen, wenn sie dabei gewesen wäre?«

»Lilly hätte ... Lilly hätte das nicht zugelassen.« Paul Brinker heulte. Er heulte laut und streckte seine Hand flehentlich nach der des Mädchens aus. Die gab keinen Laut mehr von sich. Sie schlotterte nur. Gerd war sicher: Er bräuchte sie gar nicht mehr hinunterzustoßen. Er musste sie nur loslassen, dann fiele sie von selbst.

»Lilly hätte also eingegriffen, ja? Sie hätte nicht zugelassen, dass ihr Martin so demütigt, dass er jeden Lebensmut verliert. Sie hätte sich euch in den Weg gestellt?« Gerds Sarkasmus wandelte sich in Selbstmitleid. Die Vorstellung, dass es theoretisch so hätte sein *können*, dass es tatsächlich unter diesen Jugendlichen jemanden hätte geben können, der eingeschritten wäre, trieb ihm für einen Moment Tränen in die Augen. Aber so war es nicht gewesen.

Er horchte kurz auf. Richtig, sein Gehör hatte ihn nicht getäuscht: Die Bullen rückten an. Das war vielleicht der gravierendste seiner vielen kleinen Fehler, seit er sich unter falschem Namen ins Haus der Brinkers einquartiert hatte: Er hatte vorhin nicht kontrolliert, ob der Türke ihm alle Handys gegeben hatte. Der Junge hatte nach dem Sturz in den Graben so angeschlagen gewirkt, dass er ihm keine Finte mehr zugetraut hatte.

»Die Polizei, dein Freund und Helfer.« Heiser lachte Gerd

auf. »Aber als Martin sie brauchte, waren sie nicht da. Jetzt kommen sie, um die Täter zu retten.«

Gerd dachte daran, dass er sich hatte ändern wollen. Dass er sich solche Mühe gegeben hatte und es auch beinahe wirklich geschafft hätte. Alles hatte er auf den Weg gebracht. Doch kurz vorm Ziel waren diese Jugendlichen gekommen.

»Ihr habt mein Leben zertreten, wie ihr Martins Gesicht zertreten habt.«

Im Augenwinkel sah Gerd, dass Paul sich endlich traute, aktiv zu werden. Er kniete nieder, hielt sich mit der einen Hand fest und zog mit der anderen am Arm des Mädchens. Gerd ließ ihn.

»Ich hatte euch *alle* umbringen wollen«, sagte er leise, während er beobachtete, wie Lilly vorsichtig versuchte, ihre Beine zurück auf die Plattform zu ziehen und ihr Gewicht weg vom Abgrund zu verlagern. Ein Nervenkitzel, der sie enorme Anstrengung kostete.

»Ihr fünf wart meine letzte Aufgabe, nachdem ihr meinen Sohn ermordet habt. Was ist, Paul? Erfahre ich den letzten Namen noch?«

»Nur wenn Sie Lilly zur Leiter lassen.«

Noch einmal verstärkte Gerd den Griff um Lillys Schultern. Noch einmal lenkte er ihren Blick auf die Tiefe. Noch einmal genoss er es, sie entsetzt aufquieken zu hören. Dann drehte er sie so, dass sie zur Treppe krabbeln konnte. Wieder brabbelte sie dabei wie ein Kleinkind.

»Wawawawa«, äffte Gerd sie nach und lachte aus vollem Hals.

Das Freibadgelände wimmelte sicher schon von Polizisten. Jeden Moment würden sie ihm per Megafon mitteilen, dass sie auf ihn schießen würden, wenn er nicht freiwillig aufgäbe.

Das Mädchen hatte die Leiter erreicht, traute sich aber mit den gefesselten Händen nicht herunter. Paul stellte sich vor sie, zwischen sie und ihn.

Gerd hatte plötzlich keine Lust mehr. Keine Lust mehr zu kämpfen, den Jungen zu attackieren oder durch eine Geiselnahme seine Verhaftung hinauszuzögern.

Eigentlich interessierte ihn der letzte Name schon nicht mehr. Trotzdem fragte er Paul noch einmal: »Und? Sagst du ihn mir jetzt?«

»Nein.«

Gerd nickte. »Du bist es selbst«, sagte er grinsend. »Du kleines, feiges Arschloch bist es selbst.«

Pauls und sein Blick trafen sich. Eine letzte Sekunde Stille.

»Nein«, formten Pauls Lippen, als die durch den Lautsprecher verzerrte Stimme eines Polizisten Gerd zum Aufgeben aufforderte.

»Doch. Und damit wirst du leben müssen. Genau wie diese Tatjana.«

Gerd wandte sich ab und robbte auf dem Hosenboden zum Rand.

»Sich umbringen ist feige«, hörte er die giftige Stimme des Mädchens. »Sie haben Leon auf dem Gewissen. Leon, der nur zu viel gesoffen hat und dann nicht mehr wusste, was er tat. Sie sind ein Mörder. Sie, nicht meine Freunde.«

»Vergiss nicht, was deine Freunde meinem Sohn angetan haben. Frag Paul. Auch das war Mord.«

Paul schwieg. Kein Nein kam über seine Lippen.

Gerd warf einen letzten Blick zurück auf die zwei. Die kleine Kodderschnauze, die würde sich durchsetzen, dachte er. Das war genau so ein Mädchen, in das Martin sich verliebt hätte.

»Mein Sohn wär auf dich geflogen«, murmelte er, wobei ihm gleichgültig war, ob sie es noch hörte. Ein Gedanke, den er die ganze Zeit immer wieder mit Macht verdrängt hatte, ließ sich jetzt nicht mehr zurückhalten. Der Gedanke wurde so stark, dass er seinem Körper schließlich den Impuls gab, sich über den Rand zu stürzen:

Martin hätte diese Rache nicht gewollt.